Werner Kehrer

Blechschaden

Ein Reutlingen-Krimi

Oertel + Spörer

Dieser Kriminalroman spielt an realen Schauplätzen.
Alle Personen und Handlungen sind frei erfunden.
Sollten sich dennoch Ähnlichkeiten mit lebenden oder verstorbenen Personen ergeben, so sind diese rein zufällig und nicht beabsichtigt.

Postfach 16 42 · 72706 Reutlingen

Titelbild: Werner Kehrer
Umschlaggestaltung + Satz:
Oertel+Spörer Verlag, Bettina Mehmedbegović
Druck und Bindung: CPI books GmbH, Leck
Printed in Germany.
ISBN 978-3-88627-372-0

Susanne Schnitzler ärgerte sich maßlos. Sie stand auf dem Parkplatz vor dem Krankenhaus in Nürtingen. Ihr Auto war weg! Sie hatte sofort einen Verdacht: der neue Assistenzarzt hatte es abschleppen lassen. Das war bestimmt seine Rache für die Anzeige, die sie gegen ihn erwirkt hatte. Begonnen hatte das Ganze kurz nach Dienstantritt von Dr. Harro Kienzler in der Kreisklinik Esslingen, Abteilung Nürtingen. Susanne Schnitzler war dort Oberschwester und schon über zwanzig Jahre tätig. Sofort fiel ihr auf, wie der neue Arzt um die jungen Kolleginnen herumscharwenzelte, hie und da Komplimente verteilte und sie selbst überhaupt nicht beachtete. Im Gegenteil, er ignorierte ihre gut gemeinten Ratschläge über die Gegebenheiten in der Klinik, die sie aufgrund ihrer langen Dienstjahre gerne preisgab. Zu allem Übel sah der Kerl auch noch verdammt gut aus, was die jungen Kolleginnen zu blenden schien. Das alles wäre ja noch einigermaßen zu ertragen gewesen, aber der Gipfel war, dass der Kerl ihren lang erstrittenen Parkplatz auf dem Gelände des Krankenhauses beanspruchte. Susanne Schnitzler hatte sich das Recht dort zu parken erstritten, weil sie sich nachts auf dem Weg zu ihrem Auto davor fürchtete, überfallen zu werden. Und nun kam dieser junge Arzt und stellte das alles infrage. Eines Abends entdeckte Susanne Schnitzler eine große Delle in der Beifahrertür ihrer Mercedes A-Klasse. Das Fahrzeug war relativ neu, sie hatte es von ihrem Vater geschenkt bekommen, weil dieser sich ein anderes, größeres Auto zulegte. Ihr Vater hatte sich furchtbar aufgeregt und ihr geraten, rechtliche Schritte einzuleiten. Sie war also zur Polizei gegangen und hatte Strafanzeige wegen Fahrerflucht erstattet. Die Beamten stellten an Ort und Stelle fest, dass die Beschädigung des Autos nur vom Fahrzeug von Dr. Kienzler stammen konnte. Der hatte also ihr Auto beschädigt, ohne ihr Bescheid zu sagen. Die Polizisten warteten auf den Arzt, bis er die Klinik verließ, dabei stellten sie fest, dass er auch noch erheblich unter Alkoholeinfluss stand. Sie beschlagnahmten sofort seinen Führerschein, da er mehr als ein Promille Alkohol im Blut hatte. Daraufhin beantragte er wegen übler Nachrede bei der Klinikleitung die Entlassung Susanne Schnitzlers. Damit hatte er natürlich keinen Erfolg, im Gegenteil, er wurde vom Klinikrat gerügt, weil er im Dienst Alkohol zu sich genommen hatte. Bei nächster Gelegenheit nahm er sich Susanne Schnitzler zur Seite und schwor ihr mit übelsten Beschimpfungen Rache. Jetzt versuchte sie mehrmals ihren Vater auf dem Handy anzurufen, was ihr aber nicht gelang. Sie wusste, dass dieser mit ihrer Mutter, wie jeden Mittwoch um diese Zeit, in Reutlingen beim Arzt war. Albert Schnitzler wartete dabei immer im Auto und löste Kreuzworträtsel, während seine Frau in Behandlung war. Vielleicht hatte er sein Handy vergessen oder nicht eingeschaltet. Er rechnete sicherlich nicht mit einem Anruf seiner Tochter, da sie meistens in der Nachtschicht arbeitete. Heute hatte sie früher Feierabend gemacht, da sie noch einige Besorgungen machen musste, die sie am Vormittag nicht erledigen konnte. Nach einigem Hin und Her beschloss sie, die Polizei anzurufen. Sie wollte gerade die Eins-Eins-Null wählen, da sah sie, wie Harro Kienzler das Krankenhaus verließ. Sie versteckte sich hinter einem geparkten Auto und beobachtete ihn. Wenn er hinter dem Verschwinden ihres Autos steckte, dann musste er auch wissen, dass sie auf der Suche nach diesem war. Er ging nun den Weg entlang in Richtung der Bushaltestelle. Als er in etwa der Höhe der Stelle angekommen war, wo Susanne Schnitzlers A-Klasse geparkt gewesen war, grinste er vor sich hin. Also doch! Die kalte Wut stieg in ihr hoch und am liebsten wäre sie dem Kerl an die

Gurgel gesprungen. Sie versuchte noch einmal ihren Vater zu erreichen, vergebens. Kienzler stand nun an der Bushaltestelle und wartete. Es dauerte nicht lange, da kam auch ein Bus. Nachdem dieser abgefahren war, verließ Susanne Schnitzler ihr Versteck und wählte die Notfallnummer der Leitstelle in Nürtingen. Nach etwa zehn Minuten fuhr ein Streifenwagen vor.

Immer wieder knirschte Ruben Blankenhorn vor Aufregung mit den Zähnen. Er hatte gerade ein Ballerspiel der übelsten Sorte gezockt. Reih um hatte er alle Gegner erschossen, die ihn aus dem Hinterhalt angegriffen hatten. Er war inzwischen der absolute Könner auf diesem Gebiet und spielte das Spiel im höchsten, erreichbaren Level. Auf diversen Cyberpartys ging er regelmäßig als Sieger hervor. Leider sah es in seinem realen Leben nicht besonders rosig aus. Er hatte aufgrund seiner schlechten Zeugnisse in der Hauptschule keine Lehrstelle bekommen. Dabei setzte der Vater doch so große Hoffnung in Ruben, als er noch die Grundschule besuchte. Ruben sollte aufs Gymnasium gehen und eine Karriere bei der Polizei machen. Der Vater war ebenfalls Polizist, hatte es aber nur bis zum Polizeiobermeister gebracht. Um seinem Sohn den rechten Weg zu zeigen, setzte der Vater immer wieder auf häusliche Gewalt. Besonders fürchtete Ruben die Ausgabe der Zeugnisse, denn da setzte es immer wieder eine Tracht Prügel, wenn die Noten nicht den Erwartungen der Eltern entsprachen. Einmal entdeckte sein Lehrer Hämatome an Rubens Körper und verständigte sofort das Jugendamt. Die Eltern wurden vorgeladen und belehrt, konnten allerdings glaubhaft versichern, dass die Verletzungen am Körper ihres Sohnes von einer Balgerei mit Nachbarskindern stammten. Hätten die Beamten des Jugendamtes in der Schule und bei Nachbarn nachgefragt, so hätten sie eine ganz andere Antwort erhalten. Der Junge galt als Außenseiter, hatte keine Spielkameraden und blieb auch jeder Sportveranstaltung fern. Er blieb lieber in seinem Zimmer alleine und spielte am Computer. Nach dem Einschalten des Jugendamtes gab es vonseiten der Eltern keine nachweisbare Gewaltanwendung mehr. Im Gegenteil, sie fanden sich mit ihrem Schicksal ab und kümmerten sich nicht mehr um den Jungen. Fortan igelte er sich noch mehr ein und lebte in seiner Traumwelt, in der nur er die Macht über das Leben in seiner Umgebung hatte. Er entwickelte Spaß am Töten, wollte nun unbedingt Metzger werden. Der Berufsberater in der Schule riet Ruben davon ab, weil er ihm gegenüber perverse Neigungen beim Töten von Lebewesen offenbarte. Der Mann empfahl den Eltern sogar, mit dem Jungen einen Psychiater aufzusuchen, weil er die Kaltblütigkeit eines Killers zeigte. Fortan nannte sich Ruben deswegen auch Killer. Dann kamen erste Erfahrungen mit Drogen, die er durch Diebstähle finanzierte. Dabei entwickelte er ein solches Geschick, dass er niemals erwischt worden war. So war er nun das geworden, was er jetzt gegen über seinem Vater darstellte, ein Versager. Er war nach dem Gesetz erwachsen und wollte sich an seinem Vater rächen, in irgendeiner Form. Dieser war ihm aber körperlich noch immer überlegen, sodass Ruben keine Auseinandersetzung gegen ihn wagen konnte. Deshalb wollte er es auf eine andere Weise tun. Er wollte dem brutalen Kerl beweisen, dass er zu mehr fähig war. Er, den dieser Drecksbulle immer abfällig als Hänfling oder Handschuh bezeichnete. Er besuchte nun eine Berufsvorbereitungsschule, die nichts anderes war, als ein Auffangbecken für junge Leute, denen der Einstieg in das Berufsleben nicht geglückt war. Dort lernte er seinen Kumpel Dose kennen, der immer nur Bier aus der Dose trank, deshalb sein Name.

Killer und Dose lagen auf einem abgewetzten Sofa im Keller eines alten Lagerschuppens und spielten mit ihren Waffen. Es handelte sich dabei um alte Pistolen der Marke Walther PP. Sie stammten aus Polizeibeständen der Tschechischen Republik, die sie ihrerseits aus ausgemusterten Waffenarsenalen der deutschen Polizei in den siebziger Jahren übernommen hatten. Killer hatte sie über dunkle Kanäle teuer erworben. Das Geld dafür hatte er noch nicht aufgetrieben, aber das sollte sich heute ändern. Aus lauter Langeweile gab er ein paar Schüsse auf eine Schaufensterpuppe ab, die als Übungsobjekt für ihren großen Plan diente und auf die er ein Bild seines Vaters geklebt hatte. Die Schüsse waren draußen nicht zu hören weil er die Waffen so abgeändert hatte, dass Schalldämpfer daran angebracht werden konnten. Diese hatte Killer in der Schule heimlich selber hergestellt, worauf er mächtig stolz war. Wieder erklang ein „Plopp“, und die Schaufensterpuppe fiel nach hinten. Von draußen hörte Killer plötzlich das Geräusch einer sich öffnenden Tür. Normalerweise lief während ihrer Schießübungen immer Musik, damit man das Restgeräusch des Knalls nicht hören konnte. Heute hatte er darauf verzichtet, weil er der Ansicht war, um diese Zeit würde niemand von den Nachbarn, den Mitgliedern einer Rockband, anwesend sein. Nun mussten die beiden den Startzeitpunkt ihrer Aktion verschieben, denn der Musiker musste nicht unbedingt ihre Abfahrt mitbekommen. Dose holte sich noch ein Bier aus dem Kühlschrank. Der Raum war als Aufbewahrungsort für Gebrauchtwaren getarnt. Im Eingangsbereich waren als Sichtschutz alte Waschmaschinen, Kühlschränke und Elektroherde aufgetürmt.

An den Wänden hingen Luftaufnahmen von den Orten, die sie „besuchen“ wollten, wie es Dose gerne formulierte. Sie hatten die Aufnahmen aus dem Internet heruntergeladen und vergrößert, damit die Abfahrtswege besser eingezeichnet werden konnten. Killer wurde langsam nervös, es gefiel ihm gar nicht, wenn jemand ihm seine Pläne durchkreuzte. Wenn sie den Raum nicht noch brauchen würden, hätte er den Kerl da drüben einfach umgelegt. Er hielt sowieso nichts von der Musik, welche die Musiker im anderen Raum zum Besten gaben. Für ihn war das irgend so ein altbackenes Rockgedöns. Er stand auf Techno, und zwar auf die extrem harte Art. Endlich bewegte sich die Tür wieder und der Kerl verließ den Raum.

Killer ging ihm leise in einigem Abstand nach, um sich zu überzeugen, dass der Musiker auch tatsächlich das Gebäude verließ. Nach wenigen Minuten kam er wieder und gab das Zeichen zum Aufbruch. Um seine Nervosität zu unterbinden, warf er eine Ladung Crystal Meth ein. Sie nahm ihm auch das Angstgefühl.

Sie hatten sich zwei gleich aussehende Autos besorgt, aber mit Kennzeichen aus zwei Landkreisen versehen. Dies sollte eventuelle Zeugen in Widersprüchlichkeiten verwickeln. Los ging die Fahrt durch Reutlingen nach Pfullingen. Damit sie nicht weiter auffielen, fuhren sie nicht direkt hintereinander. Sie durchquerten Pfullingen und fuhren weiter die Gönninger Landstraße hinaus. Beim Komposthof bogen sie links ab, in den Wald hinein.

Dort befand sich der Parkplatz des Hundezuchtvereins. Nun stieg Dose zu Killer ins Fahrzeug. Sie fuhren danach zurück nach Reutlingen.

„Haste eigentlich bemerkt, dass die Beifahrertür an dem Auto eingedellt ist?", fragte Dose.

„An welchem?"

„An dem hier."

„Ist doch wurscht, der wird eh abgefackelt."

„Ich mein halt wegen der Zeugen."

Killer winkte einfach ab. Sie verkleideten sich nun als muslimische Frauen, geschminkt und mit Kopftüchern versehen, traten sie nun die Rückfahrt an. Nach ein paar Minuten erreichten sie die Innenstadt von Reutlingen.

Killer steuerte das Fahrzeug zunächst in Richtung Stuttgart, wendete aber auf Höhe des Bahnhofes und fuhr wieder in die andere Richtung. Beim ehemaligen Postgelände befand sich rechts ein Parkplatz, den steuerte er an. Zu seinem großen Ärger war aber nichts frei. Also wartete er hinter einem geparkten Fahrzeug, ob ein Fahrzeughalter kommen würde und einen Platz freimachte. Dann fuhr er aber unvermittelt wieder aus dem Parkplatz hinaus.

„Was is?“, fragte Dose verdutzt.

„Da sind gerade die Bullen gekommen, um die Parktickets zu überprüfen. Denen gehen wir lieber aus dem Weg“, brummte Killer.

Er sah schon ein wenig bizarr aus in seiner Verkleidung. Die Wangen hatte er leicht mir Rouge versehen und die Augenbrauen gezupft. Seine Lippen waren auffällig Rot bemalt. Genauso sah Dose aus. Sie hatten sich Kopftücher in einem Billigshop gekauft und um den Kopf gewickelt. Von Weitem sahen sie wirklich wie zwei Frauen aus dem Orient aus. Killer wendete das Fahrzeug am AOK-Knoten und fuhr wieder zum Bahnhof. Ein weiteres Mal bog er in den Parkplatz vor der ehemaligen Hauptpost ein. Dieses Mal hatte er Glück, es waren sogar gleich mehrere Parkplätze frei geworden. Er parkte das Fahrzeug neben einem anderen, an dessen Fahrerseite das Fenster herabgelassen war. Sie prüften in aller Ruhe ihr Outfit und luden ihre Waffen durch. Plötzlich brüllte der Fahrer des Wagens neben ihnen irgendetwas von gestohlenem Auto. Killer hob seine Waffe und drückte zwei Mal ab.

„Also gut, dann Plan B!“, sagte er in aller Ruhe und startete den Motor.

Dose starrte ihn mit weit aufgerissenen Augen an.

„Du hast eben einen Mann erschossen!“, brüllte er mit überschlagender Stimme.

„Na und? Hätte der sein Maul gehalten, würde der noch leben! Ich verstehe nicht, dass du so’n Terz machst! Das haben wir doch alles durchgesprochen“, sagte Killer eiskalt.

„Glaubst du, dass uns jemand gesehen hat?“
„Und wenn? Die wissen nicht, wer wir sind. Und das Auto wird nach Plan B entsorgt.“
Sie bewegten sich im abendlichen Stoßverkehr in Richtung Tübingen. Zu Killers Erstaunen sah er kein einziges Einsatzfahrzeug mit Sondersignal fahren, also war sein Opfer zu diesem Zeitpunkt noch nicht entdeckt worden.

Kriminalhauptkommissar Gerhard Meininger sah auf die Uhr. Es war kurz vor Feierabend, als ein Notruf der Kollegen von der Streife auf seinen Monitor kam. In Rot unterlegten Buchstaben war zu lesen, dass soeben ein blutüberströmter Mann in seinem Auto am Parkplatz des Hauptpostamtes aufgefunden worden war. Er wies Schusswunden am Kopf auf, weshalb der Einsatz der Kriminalpolizei notwendig wurde. Meininger schüttelte den Kopf.
„Immer wenn ich am Abend was vorhabe, passiert was, Mist elender!“, schimpfte er.
Sein Kollege Kriminalkommissar Fromm stand ebenfalls von seinem Schreibtisch auf und folgte ihm.
„Hat sich da einer eine Kugel in den Kopf gejagt?“, fragte er.
„Ich weiß es nicht, wir werden es gleich sehen.“
Meininger fuhr mit Sondersignal zwischen den Autos hindurch, die an den Verkehrsampeln warteten. Auf der Karlstraße war eine Spur in Richtung Tübingen abgesperrt worden, was zu dieser Tageszeit ein riesiges Verkehrschaos verursachte. Meininger wendete auf Höhe der Einmündung der Gartenstraße und bog dann wenig später in den Parkplatz der ehemaligen Hauptpost ein. Inzwischen war ein Sichtschutz aufgebaut worden, um die Neugierigen fern zu

halten. Auf dem Parkplatz standen fast nur noch Ei fahrzeuge. Neben ein solches parkte er sein Dienstfahrzeug. Meininger und sein Kollege Fromm stiegen aus und gingen direkt zu dem Auto, an welchem sich der Kollege Maier von der Spurensuche zu schaffen machte. Daneben stand der herbeigerufene Notarzt und sprach in ein Diktiergerät. Meininger nickte ihm grüßend zu, man kannte sich von früheren Einsätzen.

„Zweimal in den Kopf geschossen, der Mann war sofort tot!“, sagte Maier, der nun auch Meininger bemerkte.

„Selbstmord?“, fragte dieser nur knapp zurück.

„Es gibt keine Waffe. Wir haben jedenfalls keine gefunden.“

„Wer hat den Toten entdeckt?“

„Seine Ehefrau. Sie sitzt im Krankenwagen. Frag mal den Arzt, der kann vielleicht mehr sagen.“

Meininger ging zu dem Arzt hinüber, der inzwischen zu Ende gesprochen hatte.

„Hallo Herr Doktor, wie geht’s?“, sagte Meininger und hielt dem Arzt die Hand entgegen.

„Gut, danke der Nachfrage!“, antwortete dieser und schüttelte Meiningers Hand.

„Was meinen Sie, kann ich vielleicht mit der Frau des Opfers reden?“

„Versuchen können Sie es, aber ich glaube, Sie haben wenig Glück, die Frau ist stark traumatisiert. Wir bringen sie in die psychologische Ambulanz ins Klinikum am Steinenberg.“

Meininger ging zu dem Krankenwagen, in dem eine zusammengekauerte Frau saß, die die Hände vor das Gesicht gepresst hielt und hemmungslos weinte. Als er sie sah, drehte er wieder ab und ging zu Maier an den Tatort.

„Habt ihr Papiere oder den Führerschein gefunden?“

„Dein Kollege hat ihn an sich genommen und klärt gerade ab, ob er mit dem Halter des Fahrzeuges übereinstimmt.“

Also ging Meininger zum Dienstfahrzeug, wo Christian Fromm über Funk bei der Auskunftsstelle die notwendigen Daten einholte.

„Also, der Halter des Fahrzeugs ist ein gewisser Albert Schnitzler aus Kappishäusern, das ist ein Teilort der Stadt Neuffen. Er ist sechsundsiebzig Jahre alt, verheiratet mit Helga Schnitzler, vierundsiebzig. Sie wohnen in der Muselgasse. Sie haben eine Tochter. Der Mann wurde aus nächster Nähe, wahrscheinlich aus einem Auto heraus erschossen. Zwei Kugeln trafen ihn am Kopf, eine steckt im Rahmen des Autos in Höhe der Kopfstütze des Beifahrers. Die Kollegen von der Streife haben schon versucht Augenzeugen zu finden, waren aber bisher erfolglos. Eine Frau, die unmittelbar neben dem Opferfahrzeug geparkt hatte, will den Toten nicht bemerkt haben, obwohl die Beifahrerscheibe mit Blutspritzern übersät ist. Ihre Personalien sind aufgenommen worden. Die Kollegen vom zuständigen Revier Nürtingen sind bereits beauftragt, die Tochter des Opfers ausfindig zu machen."

„Hm, danke", brummte Meininger.

Er blickte um sich und betrachtete die umstehenden Gebäude. Schließlich sagte er:

„Da könnte doch zufällig eine dieser Angestellten zum Fenster hinausgeblickt und den Tathergang beobachtet haben."

Die Mitarbeiter der in den umstehenden Gebäuden hatten natürlich längst den Rummel da unten mitbekommen, standen an den Fenstern und blickten herüber. Als Meininger nach oben blickte, drehten sie sich um und arbeiteten weiter.

„Ich brauche eine Liste aller Firmen in dem Gebäude und dann eine Liste aller anwesenden Mitarbeiter. Dann auf der gegenüberliegenden Straßenseite ebenfalls. Es kann doch nicht sein, dass da mitten in der Stadt am späten Nachmittag ein Mann auf offener Straße erschossen wird und niemand hört oder sieht etwas!", schimpfte Meininger.

„Da haben wir aber noch einen schönen Berg Arbeit, mein Lieber!“, meinte Fromm zweifelnd.

„Fahren wir zurück und berichten unserem Chef“, sagte Meininger.

Hier konnten sie ohnehin nichts mehr ausrichten.

Im Büro des Leiters der Kripo Reutlingen, Kriminalrat Hetterich, fand zunächst im kleinen Kreis eine Vorbesprechung statt. Meininger schilderte die Situation und die Umstände am Tatort und das damit notwendige, ermittlungstaktische Vorgehen. Da man um diese Zeit, es war nun kurz vor achtzehn Uhr, niemand mehr in den Büros der zum Tatort benachbarten Gebäude antreffen würde, beschlossen die Beamten, die Befragung der Angestellten auf den nächsten Tag zu verschieben. Professor Heimerl am Gerichtsmedizinischen Institut in Tübingen hatte schon mit der Obduktion des Opfers begonnen und wollte ebenfalls am anderen Morgen erste Ergebnisse liefern. Als sich die Versammlung gerade auflösen wollte, kam noch eine Eilmeldung auf den Monitor von Kriminaloberrat Hetterich.

Susanne Schnitzler saß etwas verloren auf einem Stuhl im Polizeirevier Nürtingen. Die Beamten hatten sie aufs Revier mitgenommen, um ihre Anzeige wegen des Diebstahls ihres Autos aufzunehmen. Sie mussten kurzfristig zu einem Einsatz ausrücken, weshalb sie die Frau baten, einen Moment zu warten. Dieser Moment dauerte nun schon eine halbe Stunde, weshalb sie langsam ungeduldig wurde. Unablässig versuchte sie, ihre Eltern zu erreichen, aber bisher ohne Erfolg. Sie machte sich schon Sorgen, denn das war ungewöhnlich. Eigentlich wollten ihre Eltern schon vor fünf Uhr wieder zu Hause sein. Hoffentlich war da nichts mit ihrer Mutter, die in letzter Zeit etwas kränkelte. Nach etwa einer weiteren Viertelstunde kamen endlich die Polizisten wieder, die ihr Anliegen bearbeiteten.

„Entschuldigen Sie bitte, aber wir hatten eine Keilerei unter Jugendlichen am Bahnhof!", erklärte einer der Beamten.

„Ihr Auto wurde also definitiv nicht abgeschleppt, das haben Nachfragen unserer Kollegen bei den diensthabenden Abschleppunternehmen ergeben. Es kann also nur gestohlen worden sein", sagte der andere Polizist.

Susanne Schnitzler schüttelte den Kopf. Wer sollte ausgerechnet ihre A-Klasse stehlen, wenn in unmittelbarer Nähe die wesentlich wertvolleren Fahrzeuge der Ärzte und Oberärzte geparkt waren. Oder hatte etwa ihr Vater eine Panne und hatte dringend ein anderes Auto gebraucht? Das würde natürlich erklären, warum sie ihn nicht erreichte. Langsam wurde sie unsicher.

„So, nun brauchen wir einige Angaben zu Ihrer Person, haben Sie Führerschein und Fahrzeugpapiere bei sich?"

„Äh, nein, äh, die sind im Fahrzeug!", stotterte sie.

„Das ist aber sehr leichtsinnig, das wissen Sie!", entgegnete der Beamte.

„Ich weiß, aber ich bin immer so vergesslich! Und wenn ich dann etwas suche, dann finde ich es nicht. So war das auch mit dem Fahrzeugschein, als ich Winterreifen kaufen wollte. Da hab ich ihn einfach im Wagen versteckt!", versuchte sich Susanne Schnitzler zu erklären.

„Bestimmt hinter der Sonnenblende, gell?"

„Äh, ja! Woher wissen Sie das?"

„Weil das alle so machen, verehrte Frau Schnitzler!"

„Also dann fangen wir doch einfach mit Ihnen an, Sie heißen?"

Susanne Schnitzler gab brav alle ihre persönlichen Daten preis, die der Beamte dann auch im Zweifinger-Such-System in seinen Computer eintippte. Er wiederholte dabei halblaut, das was er schrieb.

„Sie müssen wissen, dass ich das Auto von meinem Vater bekommen habe. Er war schon böse genug, als dieser Dr. Kienzler meine Tür beschädigte und einfach abgehauen ist“, plauderte Susanne Schnitzler, um von ihrem Missgeschick mit den Papieren abzulenken.

„Das Auto weist eine Beschädigung auf?“, fragte der Beamte zurück.

„Ja, an der Beifahrertür. Sie ist eingedellt“, sagte Susanne Schnitzler etwas zaghaft, als ob es ihr peinlich wäre.

„Das hilft uns vielleicht bei der Suche weiter. Gibt es sonst noch Besonderheiten? Irgendwelche Aufkleber?“

„Nein, nein! Das hätte Vati nie zugelassen!“

„Gut Frau Schnitzler, dann unterschreiben Sie doch bitte das Protokoll hier unten. Und Sie glauben, dass ein Kollege etwas mit dem Verschwinden Ihres Fahrzeugs zu tun hat?“

„Warum hat der sich denn so gefreut, als er sah, dass das Auto weg war?“, fragte sie aufgebracht zurück.

„Welchen Vorteil sollte dieser, äh ... Doktor Kienzler vom Abhandenkommen Ihres Fahrzeugs haben?“

„Eigentlich keinen, aber der weiß genau, dass ich mir von meinem kärglichen Gehalt so schnell kein anderes kaufen kann.“

„Das Auto war doch versichert oder nicht?“

„Doch natürlich. Aber ich weiß nicht, wie das ist, wenn es auf meinen Vater angemeldet ist.“

Das Telefon läutete. Der Beamte hob ab.

„Ha jetzat, hallo Karl-Heinz. Ond, wie goht's? Mensch, lass ons doch glei en Termin firs Kegla macha. Wia letztsch Johr, Revier gega Revier. Woisch no, wia dr Heiner ibr d'Schnur gfalla isch, ha ha ha. Des war luschtig. – Et luschtig? Wia moinsch? Was? Wer? Schnitzler? Jetzt wart amol en Augablick. Wann war des?“, fragte er sein Gegenüber in der Leitung.

Er notierte eine Adresse und einen Namen auf einem Zettel. Susanne Schnitzler konnte nicht sehen was der

Beamte schrieb, denn der Monitor des Computers verdeckte die Sicht.

„Also Schnitzler, aha. Vornama? Hanne. Ha? – Ja des isch jetzt et oifach. Des isch ibrhaupt et oifach. Also, Karl-Heinz, bleib mol dran!"

Susanne Schnitzler hatte dem Telefongespräch anfangs keine Aufmerksamkeit gewidmet. Erst als der Name Schnitzler fiel, wurde sie hellhörig. Nervös rutschte sie auf ihrem Stuhl hin und her. Ungeduldig wartete sie das Ende des Telefonats ab. Als der Beamte auflegte, fragte sie sofort: „Was ist mit Schnitzler? Sie haben den Namen doch gesagt, Schnitzler?"

„Frau Schnitzler, wie heißt Ihr Vater mit Vornamen?", fragte der Beamte zurück.

„Albert, Albert Schnitzler", sagte Sie nun unsicher.

„Was für ein Zufall Kollege, die Frau Schnitzler sitzt gerade bei mir und gibt eine Verlustanzeige für ihr Kraftfahrzeug auf!", sagte der Beamte seinem Kollegen am anderen Ende der Leitung nun aber auf Hochdeutsch.

Er sagte noch ein paar belanglose Dinge und legte dann auf.

„Frau Schnitzler", sagte er dann mit verhaltener Stimme: „Hatte Ihr Vater Feinde?"

„Feinde? Wie meinen sie das?", fragte sie verdutzt zurück.

„Naja, einfach Menschen, mit denen er einen solchen Konflikt hatte, dass sie ihm etwas antun hätten können", sagte der Beamte und redete ein bisschen um den heißen Brei herum.

„Was ist denn los? Ist etwas mit meinem Vater passiert? Sagen Sie mir es doch!"

„Ja, Frau Schnitzler, mit Ihrem Vater ist etwas Schreckliches passiert. Er wurde in Reutlingen in seinem Fahrzeug erschossen aufgefunden! Können Sie sich vorstellen, wer diese Tat begangen haben könnte?"

Die junge Frau schlug die Hände vors Gesicht und weinte heftig.

„Soll ich einen Arzt für Sie kommen lassen, Frau Schnitzler?“, fragte der Beamte besorgt.

Sie schüttelte den Kopf und beruhigte sich wieder.

„Er war kein einfacher Mensch. Er meinte immer, er müsse seinen Mitmenschen zeigen, wie man alles besser macht. Mit unseren Nachbarn lag er in Dauerstreit. Oftmals störte ihn buchstäblich die Fliege an der Wand. Aber trotzdem wüsste ich niemand, der ihn deshalb ...“, wieder weinte sie heftig.

„Frau Schnitzler, wir werden Sie jetzt nach Hause bringen. Die Kollegen von der Reutlinger Kripo würden dann morgen bei Ihnen vorbeikommen, um noch ein paar Dinge zu klären“, sagte er mit gedämpfter Stimme.

„Was ist mit meiner Mutter, wo ist die?“, fragte Susanne Schnitzler, während sie aufstand.

„Soweit ich es weiß, geht es Ihrer Mutter den Umständen entsprechend. Sie ist in die psychiatrische Abteilung im Klinikum in Reutlingen untergebracht worden“, sagte der Beamte und erhob sich ebenfalls.

Susanne Schnitzler setzte sich wortlos auf den Rücksitz in den Streifenwagen und ließ sich nach Hause fahren.

Killer verließ die B 28 an der Ausfahrt Betzingen. Nach einem kurzen Halt an einer Ampel bog er rechts ab in Richtung Ohmenhausen. Am Ortseingang von Ohmenhausen stand ein Blitzer, das wusste er. Dieser überwachte die Tempo-30-Zone, deshalb bremste er das Fahrzeug zunächst ab. Nachdem er den Blitzer passiert hatte, gab er wieder Gas und fuhr mit Tempo fünfzig weiter. Nach etwa einem Kilometer wurde er durch das Aufflammen eines Blitzlichtes überrascht. War da doch tatsächlich noch ein solcher Apparat aufgebaut worden.

Er zuckte mit den Schultern, denn er war mit Sicherheit auf dem aufgenommenen Foto nicht zu erkennen. Nachdem sie Ohmenhausen passiert hatten, erreichten sie wenige Minuten später ihr nächstes Etappenziel, Gomaringen. Kurz nach dem Ortseingang bogen sie zuerst links und dann gleich wieder rechts ab in die Härmlingstraße. Killer wollte zunächst gegenüber dem Busbahnhof parken, überlegte es sich aber anders, weil dort einige Schüler auf ihren Bus warteten. So parkte er zunächst auf einem Parkplatz daneben.

„Was ist, geht's los?“, fragte Dose mit gedämpfter Stimme.

„Nein, noch nicht, da sind mir zu viele Leute. Wir warten noch bis der Bus kommt“, antwortete Killer mit ruhiger Stimme.

Es vergingen einige Minuten, bis endlich ein Bus eintraf. Wenige Augenblicke später war der Platz verwaist. Killer startete den Wagen und parkte ihn genau vor der Einfahrt zum Busbahnhof an einer Mauer. Dies hatte den Vorteil, dass das Auto von den höher gelegenen Gebäuden nicht gesehen werden konnte. Beide machten sich ihre Kleider zurecht und verließen dann das Fahrzeug. Sie mussten einen steilen Weg hochgehen, um an den ehemaligen Bahnhof von Gomaringen zu kommen. Am Ende der Straße, gegenüber einer Gastwirtschaft, war das Objekt ihrer Begierde, eine Bank. Killer zog ein Bein etwas nach und ging recht bedächtig. Dose schlurfte einfach hinterher. Als sie den Eingang der Bank erreicht hatten, entsicherte Killer seine Waffe. Nun traten beide in den Kassenraum ein. Zwei Kunden standen am Schalter, an dem das Bargeld deponiert war. Die Angestellten nahmen zunächst keine Notiz von den beiden, bis Killer seine Waffe zog und sie an die Schläfe eines der beiden Kunden hob.

„Geld her, alles, sofort!", rief er mit krächzender Stimme.

Dose ging in dem Augenblick an den Schalter und schob einem Angestellten eine Plastiktüte entgegen. Dieser füllte augenblicklich alles Geld, was in der Ablage lag, hinein. Als diese leer war, rannte er sofort aus der Bank. Killer folgte ihm humpelnd, um eine Behinderung vorzutäuschen. Vor der Bank trennten sich ihre Wege, Killer rannte nach rechts, Dose nach links. Unten am Auto angekommen, startete Killer den Motor und fuhr die Härmlingstraße hinunter. Sofort entledigten sie sich ihrer Schleier und verstauten diese in einer Einsatztasche des Rettungsdienstes. Danach streiften sie sich Jacken des Roten Kreuzes über. Killer bog zunächst in die Hechinger Straße ein und dann später in die Tübinger Straße, welche in Richtung Gönningen führte. Nun waren sie komplett anders gekleidet. Dies war auch notwendig, denn am Ortsausgang von Gomaringen bildete sich ein Stau, weil ein Polizeifahrzeug die Weiterfahrt versperrte und jedes Fahrzeug kontrollierte. Dose standen Schweißperlen auf der Stirn, seine Nerven waren zum Zerreißen gespannt.

„Bleib bloß cool, Mann! Ich rede, nur ich, klar!", zischte Killer seinen Kumpanen an.

Kurz bevor sie an der Reihe waren, wischte sich Dose noch einmal das Gesicht ab, um eventuelle Make-up-Reste zu beseitigen. Killer öffnete das Seitenfenster der Fahrertür und schaute den Polizisten interessiert an.

„Guten Tag, was ist denn los?", fragte er gespielt neugierig.

„Allgemeine Fahrzeug- und Personenkontrolle. Wo kommen Sie her und wo wollen Sie hin?", fragte der Beamte.

„Wir sind auf dem Weg nach Pfullingen ins Rettungszentrum des Roten Kreuzes. Ich hab meinen Kollegen eben abgeholt. Wir sollten eigentlich schon dort sein, aber durch den Stau kommen wir zu spät."

„Ist okay, weiterfahren!", sagte der Beamte und winkte Killer durch.

Als sie etwa einen Kilometer weiter gefahren waren, wischte sich Dose erneut das Gesicht ab. Der Trick mit der weiteren Verkleidung hatte also geklappt. Sie hatten in den Altkleiderbeständen ihres Obermieters im Lagerschuppen ausgemusterte Dienstkleidung des Deutschen Roten Kreuzes gefunden. Die Einsatztasche des Rettungsdienstes hatten sie bei einem Verkehrsunfall gestohlen. Normalerweise waren die Helfer des Roten Kreuzes nur in dieser Kleidung unterwegs, wenn sie zu einem Einsatz gerufen wurden. Dieser Ansicht war wohl auch der Polizeibeamte gewesen, als er die beiden kontrollierte.

„Du bist eine eiskalte Sau!“, entfuhr es Dose.

„Alles Übungssache“, antwortete dieser ruhig.

Sie durchquerten Bronnweiler und fuhren weiter nach Gönningen. Dort bogen sie links ab, um wenig später wieder rechts in Richtung Pfullingen weiter zu fahren. Am Komposthof bogen sie wieder in den Parkplatz bei den Hundefreunden ein. Killer fuhr am Parkplatz vorbei ein Stück in den Wald hinein. Dann verließen beide das Fahrzeug und erkundeten zunächst die Umgebung. Kein Mensch weit und breit. Dann entnahm er die Tüte mit dem erbeuteten Geld und öffnete die Heckklappe. Dort befanden sich unter Teppichen zwei Benzinkanister und eine große Anzahl Aluminiumspäne. Dann schaltete er eine Zeitschaltuhr ein und machte sich mit Dose im Schlepptau auf den Weg zum Parkplatz. Sie setzten sich in das andere Fahrzeug, welches sie zuvor abgestellt hatten und fuhren zurück nach Reutlingen.

Andreas Dirr verlies wutentbrannt das Schönberg-Stadion in Pfullingen, wo er soeben, seiner Meinung nach unberechtigt, in der vierzigsten Minute ausgewechselt worden war. Seine Mannschaft, der TuS Derendingen, absolvierte ein Nachholspiel beim VfL Pfullingen und lag zur Pause schon 0:2 zurück. Gut, er hatte bei einem Tor eine gewisse Mitschuld, aber seine Kameraden hatten ebenfalls nicht aufgepasst. So hatte er sich schnurstracks umgezogen und war von dannen geeilt. Der Entschluss, seinem jetzigen Verein den Rücken zu kehren und zu den Stuttgarter Kickers zu gehen, reifte immer mehr.

Jetzt freute er sich darauf, in Tübingen mit seiner Freundin ein Eis essen zu gehen. Er befuhr gerade die Landstraße von Pfullingen nach Gönningen, als auf Höhe des Komposthofes sein Handy klingelte. Also bremste er sein Auto ab und fuhr links in einen Wanderparkplatz. Dort stellte er das Fahrzeug ab und sah zuerst einmal auf das Display, wer ihn erreichen wollte. Für ihn nicht ganz überraschend rief sein Trainer an. Dieser fragte ihn nach dem Grund seines überstürzten Aufbruchs. Nachdem er ihm mehrere Gründe nannte, begann der Trainer ihm wortreich sein Konzept für die Spieltaktik an diesem Auswärtskampf und Dirrs erfolgte, vorzeitige Auswechslung, darzulegen. Dirr langweilte die gebetsmühlenartigen Ausführungen, er stieg aus seinem Fahrzeug und ging ein wenig einen Weg entlang in den Wald hinein. Ab und an zog er sein Telefon vom Ohr weg und hob es in die Natur hinaus, als wolle er ein schnelles Ende des Gespräches herbeiführen. Nach ein paar Metern fiel ihm ein Auto auf, das mitten auf dem Waldweg abgestellt war. Er fragte sich, warum der Fahrer es nicht auf dem Parkplatz parkte, wo es dort doch genug Platz gab. Während sein Trainer am Telefon immer noch predigte, beschloss er das Auto genauer zu untersuchen, denn es konnte ja gut sein, dass jemand darin saß, der Hilfe benötigte. Er war bis auf etwa zwanzig

Meter herangekommen, als er plötzlich einen grellen Blitz und kurz darauf eine gewaltige Explosion sah. Instinktiv ließ er sich auf die Erde fallen, und hob schützend seine Hände über den Kopf. Überall um ihn herum flogen Splitter der Scheiben, Teile der Karosserie schlugen neben ihm auf dem Boden auf. Er erhob sich eilends, sammelte sein Handy ein und rannte den Weg hinunter zu seinem Fahrzeug. Als er im Auto saß, kontrollierte er seinen Körper auf Verletzungen. Erst jetzt bemerkte er, dass sein Trainer immer noch am Telefon philosophierte. Er drückte einfach die Aus-Taste.

„Arschloch blödes! Da könntest du verrecken und der Blödmann würde es nicht einmal merken!", schimpfte er.

Er startete den Motor und brachte sein Auto in Sicherheit, hinaus aus dem Wald auf die andere Straßenseite. Inzwischen hatten einige vorbeikommende Auto- und ein LKW-Fahrer den Vorfall beobachtet und angehalten. Dirr sah seine Anwesenheit deshalb eigentlich nicht mehr von Nöten und wollte sich auf den Heimweg machen, als sich ihm der LKW-Fahrer in den Weg stellte.

„Halt, Freindle! Et abhaua, dobleiba!", rief dieser und wollte Dirr aus seinem Auto zerren. Dieser hielt an und stieg mit erhobenen Händen aus, als wolle er zeigen, dass er keine bösen Absichten hatte.

„Ich hab nichts mit der Sache zu tun, ehrlich! Ich hab' im Wald geparkt, weil ich telefonieren wollte. Da hat's plötzlich geknallt, ehrlich!", erklärte er den Anwesenden.

„Des verzehlscht d'r Bolizei, wenn se do isch!", sagte der LKW-Fahrer.

„Der sieht mr wia so a Zuhälderle aus. Guck doch amol deam sein Karra o. Wer ko sich scho so an Audi S3 leischda? Koi nomaler Arbeider!", schrie ein anderer.

Dirr schüttelte nur den Kopf, es blieb ihm also nichts anderes übrig, als auf die Polizei zu warten, sonst verprügelten die anwesenden Neider ihn zu allem Übel auch noch.

Nach etwa zehn Minuten erreichte das erste Feuerwehrauto den Brandort. Inzwischen stand das gesamte Unterholz auf etwa einhundert Metern in den Wald hinein in Flammen. Das sich in der Nähe befindliche Vereinsheim der Hundefreunde Pfullingen war höchst gefährdet, ein Raub der Flammen zu werden. Nun traf auch der erste Streifenwagen der Polizei ein. Die Beamten sperrten sofort die Straße und verständigten die Leitstelle, damit sie Verstärkung schicken konnte. Der LKW- Fahrer ging sofort auf die Beamten zu und schilderte die Lage aus seiner Sicht. Dabei deutete er auf Andreas Dirr, der seinerseits zu den Beamten hinüber ging.

„Der Mann da sagt und gerade, dass er Sie kurz nach der Explosion aus dem Wald fahren sehen hat, stimmt das?", fragte die junge Polizistin Dirr.

„Ich kann Ihnen das erklären, kein Problem!", sülzte er, denn mit Frauen konnte er umgehen.

„Gut, dann folgen Sie mir doch bitte in den Streifenwagen", sagte sie recht angetan.

Inzwischen trafen weitere Fahrzeuge der Pfullinger Feuerwehr ein. Der Kommandant vor Ort forderte Überlandhilfe an, weil die Wasserversorgung hier draußen nicht gewährleistet und es zu befürchten war, dass sich das Schadensereignis zu einem Großbrand entwickeln würde. Weitere Streifenwagen trafen ein und sperrten den Brandherd weitläufig ab. Die anwesenden Zeugen wurden gebeten, ihre Adressen bei den Beamten zu hinterlassen, damit sie in den nächsten Tagen ihre Aussagen machen konnten. Nur Andreas Dirr musste noch dableiben. Er saß allein in einem Streifenwagen und wartete, bis sich jemand mit ihm befasste. Nix war es mit Eis essen in Tübingen. Sein Handy hatte ihm die vorher so charmante Polizistin auch abgenommen, aus Sicherheitsgründen, wie sie sagte. Dirr saß da und schmollte, während draußen der Bär steppte. An der Brandstelle trafen nun immer mehr Feuerwehrfahrzeuge ein. Wasserschläuche lagen kreuz und quer auf der Straße.

Eine riesige Rauchwolke stand über dem Wald, sie war sicherlich weithin sichtbar, dachte der junge Mann. Einige Fotografen und ein Kamerateam von einem Regionalsender waren auch schon vor Ort und machten eifrig Aufnahmen vom qualmenden Autowrack. Die Tür des Streifenwagens wurde geöffnet und ein Mann in Zivil setzte sich zu Andreas Dirr.

„Hallo, mein Name ist Carsten Dombrowski von der Kripo Reutlingen. Ich hab ein paar Fragen an Sie. Also, Sie sind der Andreas Dirr aus Gomaringen?"

„Ja, das bin ich, hören Sie, ich hab nichts …", wollte er gerade erklären, da wehrte sein Gegenüber mit den Händen ab.

„Die Fragen stelle ich!", sagte dieser.

„Aber …"

Carsten Dombrowski deutete auf seine Handschellen und Dirr verstummte augenblicklich.

„Woher sind Sie gekommen, bevor Sie hier in den Wald gefahren sind?"

„Vom Sportplatz in Pfullingen, ich hab da gekickt!", antwortete er bockig.

„Wann war das? Uhrzeit?"

„Anpfiff war um Fünf. In der Vierzigsten bin ich ausgewechselt worden, dann hab ich mich umgezogen und bin gegangen. Als ich da vorne vorbeigefahren bin, hat mich mein Trainer angerufen, weil er wissen wollte, weshalb ich den Platz verlassen habe. Das kann man auf dem Display meines Handys nachschauen. Die Telefonnummer vom Trainer hab ich hier."

Dirr reichte dem Kriminalbeamten einen Zettel mit der Adresse seines Trainers. Carsten Dombrowski glaubte Dirr anscheinend, denn er gab ihm sein Handy zurück. Der schaute sofort auf das Display und sah, dass einige Anrufe in Abwesenheit angezeigt wurden. Darunter vier von seiner Freundin.

„Kann ich meine Freundin anrufen, die macht sich sicherlich Sorgen, weil ich mich nicht gemeldet habe?“, fragte Dirr.

„Ja, okay, kein Problem“, sagte Dombrowski.

Dirr drückte eine Taste und hielt das Handy ans Ohr. Als seine Freundin sich meldete, erklärte er ihr kurz, was los war. Er verabschiedete sich und beendete das Telefongespräch.

„Erzählen Sie mir doch bitte, was da vorher aus Ihrer Sicht los war!“

„Ja, also: Ich bin auf den Parkplatz gefahren, weil mein Trainer angerufen hatte. Dessen Gelaber ging mir auf den Senkel, deshalb bin ich den Waldweg entlang gegangen. Dort fiel mir das Auto auf. Ich dachte mir, ich schau mal nach, weil es da oben stand und nicht auf dem Parkplatz. Da flog es plötzlich in die Luft. Ich bin dann den Weg wieder zurückgerannt und mit meinem Auto aus dem Wald herausgefahren. Da hat mich dann der Lastwagenfahrer aufgehalten.“

„Ist Ihnen zuvor eine Person aufgefallen, die sich in der Nähe aufhalten hat?“

„Nein, ich hab mich eigentlich so über meine Auswechslung geärgert, dass ich auf niemanden geachtet habe.“

„Sind Ihnen Autos entgegengekommen? Ein Motorrad vielleicht?“

„Nein, wirklich, ich habe nicht darauf geachtet!“

„Gut, Herr Dirr, das wär’s dann. Wir haben ja Ihre Personalien, wenn ich noch Fragen habe, wende ich mich an Sie. Ein schönes Auto haben Sie da. Verdient man als Fußballer in Derendingen so viel, dass man sich so was leisten kann?“

„Ich verdiene im Beruf ganz ordentlich“, antwortete Dirr ziemlich unbescheiden.

Dann verließ er den Streifenwagen und ging an der Polizistin vorbei, ohne sie eines Blickes zu würdigen. Die war bei ihm schon unten durch!

Kriminalhauptkommissar Gerhard Meininger schlief in dieser Nacht sehr schlecht. Immer und immer wieder kam in ihm das Bild des Rentners in Erinnerung, der am Nachmittag erschossen worden war. Er konnte auch nach so langer Zeit nicht einfach abschalten, wenn er Feierabend hatte. Als er schon längst wieder zu Hause war, erfuhr er aus den Nachrichten von dem Waldbrand in Pfullingen und vom Banküberfall in Gomaringen. Sein Kollege Carsten Dombrowski gab ihm telefonisch einen kurzen Lagebericht durch. Die Befürchtung, dass sich in dem Auto, welches in Brand gesetzt worden war, eine menschliche Leiche befand, bewahrheitete sich zum Glück nicht. Also musste nur wegen schwerer Brandstiftung ermittelt werden, und das band nicht so viele Mitarbeiter. In Reutlingen und Umgebung hatte sich also am gestrigen Tage einiges ereignet.

Wortlos saß er seiner Frau beim Frühstück gegenüber. Er las in der Zeitung und sah hin und wieder über den Rand hinweg zu ihr hinüber. Sie sah in mitleidig an, denn sie wusste nach all den Jahren, wie ihm zumute war.

„Gehst du zu der Frau?“, unterbrach Renate Meininger die Stille.

„Nein, ich glaube nicht, das sollen der Früh und der Rilling machen. Die sind härter im Nehmen als ich!“, antwortete er im Plauderton.

Dann war die Unterhaltung auch schon wieder zu Ende. Er mochte nicht so viel reden am frühen Morgen. Dann sah er auf die Uhr und erhob sich, um sich für seinen Gang zum Dienst zu richten. Mit einem innigen Kuss und einem Lächeln auf den Lippen verabschiedete er sich von seiner Frau. In solchen Situationen wurde es ihm immer bewusst, wie schön das Leben sein konnte, wenn man nicht von solchen Schicksalsschlägen betroffen war.

Er kam erst um halb zehn Uhr in der Dienststelle an, das reichte auch, denn erst für zehn Uhr war eine Lagebesprechung zur aktuellen Situation anberaumt worden. Sie fand im großen Sitzungsraum der Reutlinger Polizei statt. Kollegen von der Streife und von anderen Ressorts waren gekommen, um ihre Ermittlungsergebnisse im Fall des Ermordeten Albert Schnitzler zu berichten. An der großen Tafel wurden Namen und die dazu gehörenden Fakten angeschrieben. Aber alles, was dort festgehalten wurde, war reine Spekulation, weshalb auch hinter jedem angeführten Begriff ein Fragezeichen stand. Eigentlich wusste man nur den Namen des Toten, die seiner Angehörigen und seine Adresse.

Meininger ergriff das Wort und erläuterte das weitere Vorgehen. Er und sein Kollege Christan Fromm würden in der Umgebung des Tatorts Zeugenbefragungen durchführen. Denn in unmittelbarer Nähe befand sich eine Bank und in den Stockwerken darüber einige Arztpraxen und eine Leiharbeiterfirma. Auf der gegenüberliegenden Seite der Straße waren mehrere Büros, von denen man einen sehr guten Blick auf den Parkplatz hatte. Alle diese etwaigen Zeugen hatten am gestrigen Abend nicht mehr befragt werden können, da die meisten von ihnen um halb fünf Uhr Feierabend hatten. Das Obduktionsergebnis der Leiche stand noch aus, ebenso die kriminaltechnische Untersuchung der gefundenen Geschosse. Es wurde lebhaft diskutiert, ob eventuell ein Zusammenhang mit dem Banküberfall in Gomaringen bestand, dieser Gedanke wurde aber verworfen, weil zunächst überhaupt keine Täterbeschreibung am Tatort in Reutlingen vorhanden war. Vom Gomaringer Überfall wusste man, dass es sich um als muslimische Frauen verkleidete Täter gehandelt haben musste, denn die Art des Rennens bei der Flucht der Täter hatte so gar nichts Weibliches an sich gehabt, so die Aussage des Bankpersonals und der anwesenden Kunden. So ging man nach etwa einer halben Stunde auseinander mit der Vereinbarung, sich am Nachmittag gegen sechzehn Uhr wieder zu treffen. Meininger und seine Kollegen kehrten in ihr Büro zurück, um sich im kleinen Kreis zu besprechen.

„Tollen Auftrag, den du uns da zukommen lassen hast. Jetzt können wir da rüber in dieses Kaff fahren“, maulte Willi Früh, der Älbler aus Sonnenbühl.

„Kappishäusern ist ein wunderschön gelegener Ort mit einer fantastischen Sicht auf Stuttgart. Anders als bei euch da oben, wo man außer Steinen nichts sieht.“

„Das sehen der Herr Hauptkommissar aber falsch! Denn wir sind Älbler zwecks dem Überblick, wir sehen hinaus ins weite Land!“, antwortete Früh poetisch.

„Ja, ja, wenn die Wolken nicht tief hängen! Also versucht, von der Frau des Getöteten so viele Details wie möglich heraus zu bekommen. Vielleicht hat den Mann doch ein Nachbar auf dem Gewissen, denn dieser Schnitzler war offenbar nicht allzu beliebt in seiner Umgebung. Hört euch mal um, ob dort einer im Schützenverein ist, es gab ja leider in letzter Zeit einige unschöne Vorkommnisse mit Waffen von Sportschützen.“

„Also gut, dann lass uns gehen!“, sagte Früh zu seinem Kollegen Rilling, der sich zum Aufstehen überwinden musste.

Gerhard Meininger und Christian Fromm stiegen wenig später in ihren Dienstwagen und fuhren in die Innenstadt. Sie versuchten ihr Glück auf dem Parkplatz vor der ehemaligen Hauptpost. Langsam fuhr Meininger in den Parkplatz ein, es war mal wieder alles besetzt.

„Ob es dem Täter wohl genauso ergangen ist?“, fragte Fromm.

„Ich denke ja. Es wäre schon ein großer Zufall, wenn jemand hier hereinfährt und sofort einen freien Platz findet. Also hat er genauso gewartet, wie wir. Schauen wir uns doch einmal die Gebäude in der Umgebung an.“

Die Geschäftsräume einer Bank befanden sich keine zehn Meter vom Parkplatz entfernt. Die Einsicht in die Bank war durch Sichtschutzjalousien erschwert. Von innen aber konnte man bestimmt sehr gut auf den Parkplatz sehen.

Das Auto des Opfers hatte mitten auf dem Parkplatz gestanden, sodass die direkte Sicht darauf durch andere Autos verdeckt gewesen war. Im Stockwerk über der Bank befanden sich Arztpraxen, deren Fenster aber zum Teil blind gemacht worden waren, damit kein Einblick von außen möglich war. Eines der Fenster aber war schräg gestellt und Meininger konnte eine Hand erkennen, die eine Zigarette hielt. Von dort oben hatte man einen sehr guten Überblick über den Parkplatz. Endlich kam eine mit Taschen beladene Frau am Wagen der beiden Beamten vorbei. Wenig später verriet das nervöse Flimmern der Blinker den Standort ihres Autos. Meininger startete den Motor und gab den hinter ihm Wartenden zu erkennen, dass er den frei werdenden Parkplatz beanspruchte. Dies gestaltete sich zunächst nicht so einfach wie gedacht, denn ein uneinsichtiger Senior drängelte sich an Meininger vorbei und fuhr direkt in die Parklücke.

„So könnte es natürlich auch passiert sein!“, schimpfte er und stieg wutentbrannt aus.

Er forderte den Mann auf, sein Fahrzeug sofort aus dem Parkplatz zu entfernen. Der Mann beachtete ihn nicht einmal, sondern stieg seelenruhig aus und zog von dannen. Er hatte nicht einmal das dafür notwendige Ticket gelöst. Meininger rief sofort die Kollegen der Streife an und veranlasste, dass der Alte eine saftige Strafe bekam.

„Mal im Ernst, ich könnte mir vorstellen, wenn jemand mit einem nervösen Zeigefinger solch einem unverfrorenen alten Sack wie dem da begegnet, legt er ihn einfach um! Es hat nicht viel gefehlt, dann hätte ich …“, zischte Meininger höchst erregt.

„Jetzt beruhig dich doch Mann, da wird sicher gleich was frei!“, tröstete ihn Fromm.

„So ein blöder Hund!“, schimpfte Meininger weiter.

Inzwischen war eine Streife gekommen und verpasste dem Fahrer einen Strafzettel. Meininger wartete eine Weile, weil er das blöde Gesicht des Mannes sehen wollte, wenn er den Strafzettel sah. Der ließ sich aber offenbar zu viel Zeit, also machten sich beide Beamten auf den Weg zur Bank. Der Eingang zur Bank befand sich am Eck des Gebäudes. Als Meininger und Fromm eintraten, nahm kaum jemand Notiz von ihnen. Der Innenraum war hell und völlig offen gestaltet, nirgendwo mehr eine Sicherheitsverglasung, alle Kundenschalter waren frei einsehbar. Meininger ging hinüber zur Westseite des Raumes, von der man auf den Parkplatz sehen konnte. Nun wurde eine Angestellte auf die beiden aufmerksam.

„Schönen guten Tag, die Herren, kann ich etwas für Sie tun?"

„Guten Tag, verehrte Frau ...", antwortete Meininger und versuchte den Namen auf einem Schild am Revers ihres Jacketts abzulesen.

„Schmollinger! Janette Schmollinger!", half ihm die Frau.

„Ja also, Frau Schmollinger, mein Name ist Meininger und das ist mein Kollege Fromm. Wir sind vor der Reutlinger Kripo und bearbeiten den Mord, der ja quasi vor Ihrer Nase verübt wurde. Wer arbeitet an diesen Arbeitsplätzen?", fragte er.

„Ach so ja, schreckliche Sache! Ich habe das eigentlich nur durch das Fernsehen erfahren. Wir dachten alle, es sei ein Unfall passiert, als all die vielen Polizeibeamten hier auftauchten. Um auf Ihre Frage zurückzukommen: An diesen Schreibtischen arbeiten wir nur, wenn wir ein diskretes Kundengespräch führen", antwortete sie. Sie wirkte ziemlich unsicher, offensichtlich war es ihr peinlich, mit Polizeibeamten zu sprechen.

„War das gestern auch der Fall? Vor allem am Nachmittag!", fragte Fromm.

„Es ist mir gar nicht recht, wenn ich Ihnen auf Ihre Fragen antworte. Ich weiß nicht, ob ich Ihnen das alles sagen darf. Ich verständige am besten unseren Filialleiter, Herrn

Köberle, der wird Ihnen sicherlich kompetentere Auskünfte geben können!", sagte sie und verschwand im hinteren Teil des Raumes.

Meininger sah Fromm skeptisch an. Während sie warteten, ging Meininger an einen der Schreibtische und schob den Vorhang beiseite. Man sah zwar hervorragend auf den Parkplatz, aber der Blick auf den Platz wo das Auto des Ermordeten gestanden hatte, war durch die geparkten Fahrzeuge verdeckt. Nach ein paar Augenblicken kam ein gut gekleideter Mann aus einer der Türen, gefolgt von Frau Schmollinger.

„Die Frau Schmollinger hat mir soeben von Ihrem Anliegen erzählt meine Herren. Es tut uns wahnsinnig leid, aber wir können Ihnen in dieser Sache nicht weiterhelfen. Gestern Nachmittag hatten wir keine Beratungsgespräche, somit konnte auch niemand etwas von diesem tragischen Zwischenfall mitbekommen", versuchte er zu erklären.

Offenbar war ihm die Anwesenheit von Kriminalbeamten in seinem Bankinstitut ziemlich peinlich. Meininger ärgerte dies über alle Maßen.

„Sagen Sie, sind Sie denn auch so abweisend gegenüber der Polizei, wenn da ein Ganove steht, nach Ihrem Geld schreit und mit einer Waffe rumfuchtelt? Nein? Komisch gell, dann sind wir bei Ihnen willkommen!", rief er plötzlich laut, sodass es alle im Raum hören konnten. Nun sahen alle zu ihnen herüber und fragten sich, was da gerade los war.

„So war das natürlich nicht gemeint! Entschuldigen Sie bitte! Ich unterstütze Sie natürlich bei Ihren Ermittlungen, was wollten Sie noch mal wissen?", fragte der Mann nun verdattert.

„Vergessen Sie es! Ich hoffe, wir sehen uns nicht wieder! Guten Tag!", brummte Meininger und verließ mit Fromm im Schlepptau die Bank. Sie gingen ein paar Meter weiter zu einem Seiteneingang, an dem verschiedene Schilder auf die im Gebäude untergebrachten Arztpraxen und eine Leiharbeitsfirma hinwiesen. Zuerst versuchten sie, die Tür zu öffnen, was zunächst nicht gelang. Also klingelte Meininger bei einem Zahnarzt. Ohne Nachfrage ertönte der Türsummer, sodass beide in einen Flur eintraten.

Im ersten Stock befand sich die Zahnarztpraxis, aus deren Fenster die Hand mit der Zigarette geragt hatte. Also klingelte Meininger und sofort wurde die Tür geöffnet. Am Tresen saß eine ältere Frau und lugte über eine Lesebrille hinweg die Neuankömmlinge skeptisch an.

„Sie haben einen Termin?“, fragte sie.

„Nein, aber ein paar Fragen“, antwortete Meininger schlagfertig und hielt ihr seinen Dienstausweis unter die Nase.

Verwundert schaute sie die beiden an.

„Was kann ich für Sie tun, meine Herren?“

„Können Sie mir sagen, wer da vorhin zu einem der Fenster hinaus geraucht hat?“

„Das kann nur die Tanja gewesen sein! Sie ist unsere Auszubildende. Die jungen Dinger qualmen heutzutage, das ist unerhört. Zu unserer Zeit hätte es das nicht gegeben!“

„Naja, die Zeiten ändern sich halt. Können wir kurz mit der jungen Dame reden?“

Sie stand auf und ging einen schmalen Gang nach hinten. Man hörte ein kurzes Getuschel, während man aus dem Behandlungszimmer das wohlbekannte und gefürchtete Pfeifen des Bohrers hörte. Zwischendurch ertönte auch einmal ein schmerzhafter Aufschrei, welcher Meininger daran erinnerte, dass er in den nächsten Wochen ebenfalls zum Zahnarzt gehen sollte, wovor ihm schon jetzt graute. Wenig später kam die Dame wieder, hinter ihr ein junges Mädchen, das hochrot angelaufen war. Offenbar dachte sie, die beiden Kriminalbeamten seien wegen ihres Rauchens gekommen.

„Guten Tag, junge Frau! Wir hätten eine Frage an Sie. Haben sie gestern gegen sechzehn Uhr ebenfalls zum Fenster hinaus geraucht?“

Die Frau sagte gar nichts, schüttelte nur den Kopf.

„Das kann nicht sein Herr Kommissar, da war die Tanja doch in der Schule“, mischte sich ihre Kollegin ein.

„Gibt es noch jemanden, der bei Ihnen beschäftigt ist, der raucht?“, fragte nun Christian Fromm.

„Nein, die andere Kollegin raucht nicht, die ist gerade beim Chef und assistiert“, meinte die Ältere.

„Schauen Sie oder Ihre Kolleginnen ab und zu hinaus auf die Straße oder den Parkplatz da unten?“

„Sie meinen wegen gestern? Nein, also ich habe erst etwas mitbekommen, als die Polizeiautos eintrafen. Wenn der Chef behandelt, haben wir eigentlich keine Zeit zum Rausschauen.“

„Und Ihre Patienten?“

„Das Wartezimmer ist auf der anderen Seite zum Bahnhof hin.“

„Gut, dann bedanken wir uns für die Auskunft. Schönen Tag noch!“, sagte Meininger, tippte an die Stirn und machte sich auf den Weg aus der Praxis.

Auf dem gleichen Stock befand sich eine weitere Zahnarztpraxis und ein Frauenarzt, zu dem die Frau des getöteten Albert Schnitzler gegangen war. Bei allen erhielten die Kriminalbeamten dieselben negativen Aussagen. Also gingen sie noch einen Stock höher zu der Leiharbeitsfirma. Auch dort mussten sie zuerst klingeln. Aber im Gegensatz zu unten quäkte eine Stimme aus einer Gegensprechanlage.

„Sie wünschen?“, fragte eine weibliche Stimme ziemlich ungehalten.

„Mein Name ist Gerhard Meininger von der Reutlinger Kriminalpolizei, wir hätten ein paar Fragen an Sie!“

„In welcher Sache?“

„Gestern wurde ein Mann auf dem Parkplatz vor dem Haus erschossen, wir wollen wissen, ob jemand von Ihnen etwas bemerkt hat?“

„Moment!“

Ein Knacken signalisierte, dass der Hörer aufgelegt wurde. Sicherlich beratschlagten jetzt die Anwesenden hinter der Tür, was die Polizei wohl von ihnen wollte. Einige Zeit später wurde die Tür geöffnet und eine dralle Mittfünfzigerin bat die Beamten, einzutreten.

„Sie müssen entschuldigen, meine Herren, aber Polizeibesuch ist in unserer Branche immer mit Problemen verbunden. Was kann ich also für Sie tun?", säuselte sie.

„Haben Sie freie Sicht auf den Parkplatz vor der Hauptpost?", fragte Meininger.

„Ja, sicher, von unserem Besprechungszimmer aus. Kommen Sie, ich zeige es Ihnen."

Sie stand auf und tänzelte vor Meininger einen Gang entlang. Einen Augenblick lang hatte er gute Lust, ihr mit der Hand einen Klaps auf ihre überdimensionalen Pobacken zu geben. Aber er konnte sich zurückhalten. Sie öffnete eine Tür zu einem Raum, der nach abgestandenem Rauch stank. Meininger wollte nicht wissen, was sich in diesem Raum für Dramen mit den armen Schweinen abspielten, die auf solche Firmen angewiesen waren. Ein Fenster war schräg gestellt, sodass der Straßenlärm hereindrang. Von hier oben hatte man den besten Blick auf den Parkplatz und den Tatort.

„War gestern jemand in diesem Raum, so gegen sechzehn Uhr?", fragte Meininger.

„Gestern war hier Hochbetrieb. Eine namhafte Reutlinger Maschinenbaufirma hat einen Großauftrag erhalten und gleich achtzig Mitarbeiter angefordert. Die wurden gestern alle auf ihre neue Aufgabe vorbereitet. Daher waren alle unsere Räume bis in die Nacht hinein besetzt."

„Wer war in diesem Raum?"

„Ich, ich habe die Unterweisung in Fünfergruppen zu je einer Stunde durchgeführt."

„Ist Ihnen in dieser Zeit, so gegen sechzehn Uhr, auf dem Parkplatz da unten etwas Ungewöhnliches aufgefallen?"

„Nein, schauen Sie doch da runter, da ist ein Kommen und ein Gehen. Ein Schimpfen und ein Hupen, den ganzen Tag! Da achtet man nicht mehr sonderlich darauf, was da unten geschieht."

„Haben Sie einen oder zwei Schüsse gehört? Ich meine, das ist ja ein ziemlich ungewöhnliches Geräusch."

„Nein, zwischendurch war das Fenster ja geschlossen. Bei dem Lärm kann man ja niemanden unterrichten. Beim besten Willen, ich kann Ihnen da nichts Konkretes sagen!"

Ihre Antworten klangen ehrlich, das merkte Meininger sofort. Er sah auf den Parkplatz hinunter, wo sich der Rentner, der ihm den Parkplatz weggeschnappt hatte, über den erhaltenen Strafzettel ärgerte. Meininger lächelte zufrieden. Der hatte jetzt seinen Denkzettel. Es war tatsächlich ein wildes Durcheinander da unten. Viele Fahrzeuge versuchten auf den Parkplatz einzufahren, obwohl dieser hoffnungslos ausgelastet war. Ein Stadtbediensteter war gerade dabei, abgelaufene Parktickets zu kontrollieren und Strafzettel zu verteilen. Er wurde nun zum Zielobjekt des Rentners. Meininger und Fromm bedankten sich artig für die Auskünfte und gingen zum Ausgang des Büros. Anschließend verließen sie das Gebäude und machten sich auf den Weg zur gegenüberliegenden Seite der Eberhardstraße. Dort mussten sie erst einmal den Eingang zum Gebäude suchen. Die Befragung der dort Beschäftigten ergab ebenfalls kein befriedigendes Ergebnis. Lediglich der Angestellte eines Reisebüros wollte zwei auffällige Personen beobachtet haben, die sich längere Zeit an dem vor dem Postgebäude befindlichen Brunnen aufgehalten hatten. Obwohl die Temperaturen hochsommerlich waren, trugen die beiden Kapuzenpullis. Meininger notierte sich für alle Fälle die Personenbeschreibungen. Es war nun Mittagszeit geworden, Meininger und Fromm aßen entgegen ihrer sonstigen Gewohnheit einen Döner und beobachteten währenddessen den gegenüberliegenden Parkplatz.

„Ich kann einfach nicht glauben, dass es keinen Zeugen für die Tat gibt", brummte Meininger.

„Ja, das ist unglaublich! Da vergeht keine Minute, ohne dass ein Auto in den Parkplatz einfährt. So schnell kann doch die Tat gar nicht begangen worden sein!", meinte Fromm.

„Gestern Abend ist zwar ein Beitrag in den Regionalnachrichten gekommen, aber bisher hat sich noch niemand gemeldet."

„Wir sollten uns nochmal direkt an die Presse wenden, vielleicht mit einem Ortstermin", schlug Fromm vor.

„Die Zeitungen haben ja schon ein Bild vom Parkplatz abgedruckt, das sollte doch eigentlich reichen!"

Meininger wischte sich den Mund mit einer Serviette ab und steuerte mit seinem Kollegen Fromm wieder den Parkplatz an, wo sich auch das Dienstfahrzeug befand.

Willi Früh fuhr ziemlich flott die Serpentinen der Weinbergsteige in Metzingen hinauf. Sein Begleiter Max Rilling hielt sich am Armaturenbrett fest, um nicht seitlich an der Scheibe des Dienstwagens anzuschlagen. Er schaute verwundert seinen Kollegen am Steuer an.

„Wir fahren aber keine Rallye, oder?", fragte er besorgt.

„Haste Schiss Mann? Die Kurven sind doch geil!", sagte Früh begeistert.

„Ich hab heut Abend noch was vor! Ich wollte den Tag eigentlich nicht im Krankenhaus verbringen!"

„Spielverderber", brummte Früh und drosselte das Tempo. „Wo müssen wir überhaupt hin in diesem Kaff?"

„In die Wiesenstraße. Ortsmitte, links hoch die Kirchstraße, dann muss die Wiesenstraße kommen."

„Wir werden uns ja hoffentlich nicht verfahren!“, sagte Früh sarkastisch.

Kurz vor der Ortschaft Kohlberg ging eine Abzweigung nach rechts ab in den Ort Kappishäusern. Der Ortsteil der Stadt Neuffen lag oberhalb des Ermstales auf einem Bergrücken. Von einigen der dort gebauten Häuser hatte man einen fantastischen Blick hinaus ins Unterland. Kriminalobermeister Früh fand das Wohnhaus des Opfers Albert Schnitzler auf Anhieb. Es war, wie alle anderen in der Nachbarschaft, in den Hang gebaut und man hatte von dort einen schönen Ausblick auf den Rand der Schwäbischen Alb. Früh klingelte an einer Säule am Eingang des Grundstücks. Es dauerte eine Weile, bis eine Stimme ertönte.

„Ja?“

„Guten Tag, wir sind von der Kripo, können wir mit Ihnen sprechen?“

„Moment!“

Wieder vergingen ein paar Augenblicke, bis eine Tür geöffnet wurde. Eine Frau vielleicht Anfang dreißig trat heraus und ging auf die beiden Beamten zu.

„Ich bin der Willi Früh und das ist mein Kollege Max Rilling. Dürfen wir Ihnen ein paar Fragen stellen?“, fragte Früh und zeigte der Frau seinen Dienstausweis.

„Ich weiß nicht, ob ich Ihnen weiterhelfen kann. Sie kommen sicher wegen der Sache mit meinem Vater. Meine Mutter ist noch im Krankenhaus, sie hatte einen Nervenzusammenbruch.“

„Frau, äh …“, stammelte Früh.

„Schnitzler, Susanne Schnitzler, ich bin die Tochter.“

„Ja, Frau Schnitzler, wir sollten einfach ein paar Dinge wissen. Wir kennen das Umfeld Ihres Vaters ja nicht. Es geht um ein paar grundlegende Dinge.“

„Gut, kommen Sie herein.“

Sie drehte sich um und ging eine Steintreppe hinauf voraus, die um das Haus herum führte. Die eigentliche Haustüre befand sich an der rückwärtigen Seite. Sie führte die beiden Beamten in ein geräumiges Wohnzimmer, von dem man einen noch besseren Blick auf die Schwäbische Alb hatte.

„Hatte Ihr Vater Feinde?“, fragte Früh sofort.

„Ja, viele!“, kam die überraschende Antwort.

Verwundert sahen sich Früh und Rilling an. Solch eine Antwort hatten sie nicht erwartet.

„Wie sollen wir das verstehen, Frau Schnitzler?“, fragte Rilling verwundert.

„So wie ich es sage! Er hatte viele Feinde. Er war kein einfacher Mensch, müssen Sie wissen. Er war pedantisch reinlich! Wenn er jetzt hier wäre, würde er einen Anfall bekommen, weil ich Sie in dieses Zimmer gelassen habe. Hier durfte man sich nur sonntags aufhalten. Er hatte mit fast allen Nachbarn Streit, wegen Bäumen, die ihr Laub in seinen Garten abwarfen, weil sie seiner Meinung nach nicht richtig ihren Rasen mähten, und so weiter.“

„Dass man nur am Sonntag ins Wohnzimmer durfte, kenne ich noch von meiner Oma, aber das ist schon ewig lange her. Dass es so etwas noch gibt!“, sagte Früh.

„Frau Schnitzler, trauen Sie einem Menschen in Ihrem Bekanntenkreis eine solche Tat zu?“, fragte Rilling nun.

„Eigentlich nicht. Ich wüsste keinen unserer Nachbarn, der so etwas tun könnte. Auch in unserer Verwandtschaft nicht, nein!“, sagte Susanne Schnitzler und schüttelte den Kopf.

„Außer dem Kienzler vielleicht, dem könnte ich so was zutrauen, dem Schwein!“

„Wer ist dieser Kienzler?“

„Doktor Harro Kienzler, Arzt im Krankenhaus, in dem ich arbeite. Der ist Jäger, also hat er bestimmt auch eine Waffe.“

„Das ist aber ein schwerwiegender Vorwurf, den Sie da machen, Frau Schnitzler. Wie kommen Sie darauf?“

„Der Kienzler hat mir mein Auto beschädigt und ist abgehauen. Mein Vater hat ihn angezeigt, daraufhin wurde ihm der Führerschein abgenommen. Mein Vater hatte ihn vorher zur Rede gestellt, da hat ihm Kienzler wörtlich ins Gesicht gesagt, dass er ihm die Rübe vom Hals blasen werde, wenn er zur Polizei gehen würde."

„Wo können wir diesen Doktor Kienzler antreffen?", fragte Früh.

„Der müsste jetzt in der Klinik sein. Gestern hat er mein Auto klauen lassen, da bin ich sicher!"

„Ihr Auto wurde gestohlen? Wann?"

„Gestern, zwischen sechs Uhr morgens und zwölf Uhr mittags! Ich hab ihn beobachtet, wie er das Krankenhaus verließ und als er gesehen hat, dass mein Auto fehlt, hat er gegrinst!"

„Gut, Frau Schnitzler, dann kümmern wir uns mal um den Herrn Doktor! Danke für die Auskunft!", sagte Früh.

Die beiden Beamten verließen das Haus wieder und gingen zu ihrem Wagen, um nach Nürtingen zu fahren.

„Sag mal, glaubst du die Geschichte mit dem Arzt?", fragte Rilling während der Fahrt.

„Eigentlich nicht, aber wir müssen der Sache nachgehen! Der Alte muss ein ziemliches Arschloch gewesen sein! In meiner Nachbarschaft gibt es auch so einen. Dem Kerl ist es langweilig, also überwacht er seine Nachbarn und zeigt sie wegen jeder Kleinigkeit an."

„Dich auch?"

„Nö, ich bin ja bei der Polizei! Vor mir hat er Respekt!"

Wenig später fuhren sie auf den Besucherparkplatz des Krankenhauses Nürtingen ein. Am Empfang zeigte Früh der Dame seinen Dienstausweis und teilte ihr sein Anliegen mit. Die Frau telefonierte kurz und sagte zu den beiden, dass sie sich ein paar Minuten gedulden sollten, denn der Herr Doktor Kienzler sei gerade in einer Besprechung. Also nahmen sie auf einer Bank Platz und beobachteten das Treiben im Krankenhauseingang. Etwa zehn Minuten später kam ein weiß gekleideter Mann aus einem der vielen Gänge an den Empfang. Die Dame wies auf die Wartenden, wohin er sich eilends begab.

„Ich habe gehört, Sie wollen mich sprechen?", fragte der Mann gehetzt.

„Wenn Sie der Herr Doktor Kienzler sind, ja", sagte Früh, erhob sich und hielt ihm seinen Dienstausweis unter die Nase.

„Das bin ich, ja. In welcher Angelegenheit kann ich Ihnen weiterhelfen?"

„Kennen Sie einen gewissen Herrn Schnitzler?", fragte Früh.

„Ich kenne einige Männer mit dem Namen, der ist hier in der Gegend ziemlich geläufig, müssen Sie wissen!"

„Wir meinen Albert Schnitzler", mischte sich Rilling ein.

„Sie meinen den Alten von der Schnitzler, unserer Vorzeigeoberschwester? Ja, den habe ich mal kennengelernt. Wenn ein Mann den Titel Arschloch verdient hat, dann der!"

„Sie sind aber nicht gut auf den Mann zu sprechen, ist da etwas vorgefallen?"

„Ja, es ist noch nicht lange her, da habe ich eine große Dummheit begangen. Ich war auf einer Feier von einem Bekannten. Er wurde zum Professor ernannt. Da wurde es spät in der Nacht und ich hatte mächtig einen getankt. Am anderen Morgen bin ich dummerweise in die Klinik gefahren. Wieder einmal, wie so oft, belegte die blöde Kuh zwei Parkplätze. Da ich es eilig hatte und noch nicht so richtig peilen konnte, hab ich ihren Wagen gestreift. Am Nachmittag wurde ich zu einer Notoperation nach Esslingen gerufen, also dachte ich, ich rede am nächsten Tag mit ihr über das Missgeschick. Noch am gleichen Abend tauchten Ihre Kollegen auf und drängten mich, eine Blutprobe entnehmen zu lassen. Das war's dann. Am nächsten Tag kam der

Alte und veranstaltete einen Mordszirkus. Ich habe ihm ein paar deftige Worte an die Birne geknallt, selbstverständlich unter vier Augen. So ein blöder Sack, dem wünsche ich die Pest an den Hals!“

„Herr Kienzler, haben Sie eine Waffe?“

„Äh, ja. Ich bin Jäger, aber nicht hier. Ich stamme aus dem Hohenlohischen. Mein Vater hat in Weikersheim eine Jagd. Dort sind auch meine Waffen deponiert. Warum fragen Sie?“

Dr. Kienzler schaute die beiden Beamten irritiert an. Er verstand den Zusammenhang nicht, noch nicht.

„Weil der Albert Schnitzler gestern mitten in Reutlingen auf einem Parkplatz erschossen wurde.“

„Das wundert mich nicht. Aber Sie glauben doch nicht etwa, ich hätte …?“, fragte Doktor Kienzler entrüstet.

„Können Sie uns sagen, wo Sie gestern am Nachmittag waren?“

„Das kann ich Ihnen sagen, ja, aber das ist eine sehr, sehr delikate Angelegenheit!“

„Warum?“

„Weil es sich um ein Date handelte, das möglichst nicht an die Öffentlichkeit gelangen sollte, Sie verstehen?“, sagte er gedämpft und tat dabei geheimnisvoll.

„Das heißt, Sie haben sich mit Frau Schnitzler getroffen, um sich mit ihr zu versöhnen!“, sagte Früh, dem das Getue auf die Nerven ging.

„So ein Quatsch! Mit der? Ich? Ich bin doch nicht bekloppt! Diese Beißzange! Kein Kollege und keine Schwester können die leiden! Keiner! Die geht jedem mit ihrem rechthaberischen Getue auf den Senkel. Den Zivis machte sie die Hölle auf Erden. Fragen Sie einfach mal ein paar ehemalige Zivis, die heute Pfleger sind.“

„Mit wem haben Sie sich dann getroffen?“

„Mit der Frau meines Chefs.“

„Oha, das ist in der Tat delikat. Und wo?“

„Das kann und werde ich Ihnen nicht sagen!"

„Und wo finden wir die Frau Ihres Chefs?"

„Oben in der Intensivstation. Sie assistiert aber gerade bei einem Notfall."

„Sie wissen, dass Frau Schnitzlers Auto gestern entwendet wurde?"

„Wie, gestern? Echt, das habe ich nicht mitbekommen!"

„Frau Schnitzler sagte uns aber, Sie hätten gelacht, als Sie gesehen hätten, dass der Wagen gefehlt hat."

„Quatsch, die blöde Kuh hat sich hinter einem Auto versteckt, als ich die Klinik verließ. Ich dachte schon, die hat was von meinem Verhältnis zu Andrea, der Frau meines Chefs, mitbekommen."

„Gut, Herr Doktor. Wie können wir die Frau, wie heißt sie noch mal?"

„Grohe", zischte er leise.

„Also die Frau Grohe erreichen? Diskret natürlich!", sagte Früh in väterlicher Art, obwohl er bestimmt mindestens gleich alt war wie dieser Doktor Kienzler.

„Kommen Sie mit."

Er stand auf und ging ihnen mit schnellen Schritten voraus. Dann öffnete er die Türe zu einem kleinen Aufenthaltsraum. Auf einem Tisch standen halb volle Kaffeetassen. Auf den Stühlen befanden sich Handtaschen, die geöffnet waren, sodass man die persönlichen Dinge darin erkennen konnte. Nach ein paar Minuten wurde die Tür geöffnet und eine äußerst attraktive Mittvierzigerin huschte herein.

„Sind Sie Frau Grohe?", fragte Früh sofort.

„Ja!", hauchte sie mit weit aufgerissenen Augen.

„Wir wollen nur wissen, ob Sie gestern Nachmittag mit Herr Doktor Kienzler zusammen waren?"

„Ja."

„Die ganze Zeit?"

„Ja, und die ganze Nacht!"

„Gut das genügt uns, danke!"

So wie sie gekommen war, verschwand sie auch wieder. Rilling pfiff leise durch die Zähne.

„Ein heißer Feger, mein lieber Mann!“, brummte Früh.

Sie gingen nun aus dem Raum und grüßten die Dame am Empfang freundlich, als sie die Klinik verließen.

„Sag mal, die Frau ist doch wesentlich älter, als der gute Doktor Kienzler oder?“, fragte Rilling als sie bereits im Fahrzeug saßen.

„Tja, ich könnte ja sarkastisch sein und sagen: Auf alten Gäulen lernt man das Reiten“, lästerte Früh.

„Haha, oder eine alte Geiß schleckt auch gern am Salz, haha!“, antwortete Rilling.

Sie fuhren nun zurück zur Dienststelle, um über die gewonnenen Erkenntnisse zu berichten.

Ein paar Tage später, es war an einem Dienstag nach zehn Uhr abends, machte sich Killer auf den Weg nach Sondelfingen, um sich mit Pavel zu treffen und endlich seine Schulden zu begleichen. Die geforderten sechstausend Euro für die paar Pistolen und zweihundert Schuss Munition erschienen ihm zu viel, zumal eine der Waffen nicht richtig funktionierte. Zumindest hatte Killer eine der Waffen manipuliert, um den Preis zu drücken. Er parkte seinen klapprigen Kombi auf einem Parkplatz am Ortsausgang in Richtung Reicheneck. Pavel bewohnte eine Einliegerwohnung in der Strohgäustraße. Killer ging die leicht bergan führende Straße hinauf. Etwa nach zweihundert Metern bog er nach rechts in einen Hof ab und ging eine Treppe hinab zum Hintereingang eines Hauses. Zuvor vergewisserte er sich, dass ihn auch niemand gesehen hatte. Die Siedlung am Rande der Ortschaft schien um diese Zeit im

Tiefschlaf zu liegen. Er klingelte nicht, sondern klopfte vorsichtig an ein Fenster, hinter dem Licht brannte. Das Klopfzeichen folgte einem Taktmuster, das vorher vereinbart worden war. Dann öffnete sich leise die Haustür, Killer zwängte sich in die Wohnung hinein, und schaute sich nochmals um, ob ihn jemand bemerkt hatte.

„Hast du das Geld?“, fragte Pavel aufgeregt. „Du musst wissen, meine Lieferanten werden langsam nervös!“

Stumm warf Killer viertausend Euro auf den Tisch. Es waren alles Fünfziger, sodass es ein schöner Haufen Geld war. Pavel zählte nervös und zog zwischendurch immer wieder an seiner Zigarette. Das ganze Zimmer war total verqualmt. Überall standen leere Bierflaschen herum.

„Hey, das sind nur vier Riesen, wir hatten sechs abgemacht!“, keifte Pavel.

„Eine der verdammten Dinger funktioniert nicht richtig. Das ist sowieso alter Schrott.“

„Die Waffen sind zwar alt, aber sie funktionieren super. Hast du die Knarre dabei, dann schaue ich sie mir an.“

„Nachher. Hast du die Munition beschafft?“

„Noch nicht, wir müssen sie noch abholen!“

„Und wo?“

„Nicht weit von hier. Ich hab sie dort versteckt. Hier ist es mir zu gefährlich. Ich glaube, meine Vermieterin schnüffelt hier rum, wenn ich nicht da bin.“

„Also gehen wir!“, sagte Killer und stand auf.

Pavel zog sich eine dunkle Jacke über und folgte ihm. Bevor er die Haustür öffnete, versicherte er sich, ob die Luft draußen rein war. Dann traten beide in die Nacht hinaus. Sie gingen direkt über die angrenzenden Wiesen hinab in Richtung Orschel-Hagen, einem weiteren Vorort Reutlingens. Sie durchquerten eine Senke mit Wiesen und Äckern. Killer folgte Pavel wortlos, der hatte offensichtlich ein Gartenhaus als Versteck für seine diversen Waren ausgewählt. Am gegenüberliegenden Hang befanden sich unzählige

Obstbaumgrundstücke, auf denen sich Geschirrhütten befanden. Einige dieser Grundstücke waren total verwildert. Killer schätzte, dass sich auf einem solchen Grundstück das Versteck befand. Es war stockdunkel und immer wieder stolperten sie über einen Stein oder ein Stück Holz, das ihnen im Weg lag. Dann erreichten sie auf dem Scheitelpunkt des Hügels einen Weg, der wieder bergab führte. Killer konnte ein Gebäude erkennen, das umzäunt war.

„Wo sind wir denn hier?“, fragte er Pavel.

„Warte hier und schau, ob jemand kommt!“

„Halt, halt, halt! Ich hab dich gefragt, wo wir hier sind!“, fragte er noch einmal und hielt Pavel dabei am Arm fest.

„Jetzt scheiß bloß nicht in die Hose. Ich hol dir deine Munition, die ist da drin“, antwortete er.

„Was ist das da?“ Killer deutete auf das Haus und wurde langsam ungeduldig.

„Das ist das Schützenhaus von Sondelfingen. Es ist heute und morgen geschlossen, da kommt keiner her. Ich weiß, wie man da reinkommt.“

„Du weißt aber schon, dass da eine Alarmanlage installiert ist, ja?“

„Nicht da, wo ich rein gehe. Ich hab das beobachtet, als ich im Biergarten eine Halbe getrunken hab. Ich hab gesehen, wie Leute mit kleinen Koffern reingegangen sind. Da unten ist der Pistolenbunker, da hat es sicherlich genug Munition. Die Tür da hinten ist nicht überwacht, ich hab das schon mal abgeklärt. Totsicher!“

„Aber ich steige nicht über den Zaun, da kannst du mich sonst wo lecken!“

„Brauchst du auch nicht. Du stehst hier oben und beobachtest, ob sich jemand nähert, den Rest mach ich!“

Daraufhin ließ Killer ihn los und ging wieder ein paar Meter bergauf. Dort befand sich ein Bauwagen, der sich in der Dunkelheit abzeichnete. Killer lehnte sich dagegen und beobachtete die Umgebung. Unten am Haus hörte man ein leises Scheppern und Klirren. Offenbar hatte Pavel einen Geräteschuppen aufgebrochen und holte sich dort das notwendige Werkzeug. Wenig später gab es mehrere dumpfe Schläge. Offenbar versuchte Pavel, mit einem großen Hammer, eine Stahltür einzuschlagen. Dann erklang das Ächzen des Stahlrahmens. Killer war unwohl zumute. Die Tür war doch mit Sicherheit in die Alarmanlage des Hauses eingebunden, wenn sie offensichtlich auch nicht unmittelbar mit dem Gebäude in Verbindung stand. Er überlegte sich, ob er nicht einfach weggehen sollte, um bei Pavel vor der Haustür zu warten. Der werkelte wie ein Verrückter, kam aber anscheinend keinen Schritt weiter, denn er fluchte wie ein Rohrspatz. Killer dachte noch, dass eigentlich schon längst die Alarmanlage hätte anschlagen müssen, wenn die Tür abgesichert war. Da sah er, wie sich von Richtung Reicheneck her ein Fahrzeug in schneller Fahrt näherte.

„He, he!", rief er. „Die Bullen, weg hier!"

Er rannte schnell den Berg hinunter, zurück in Richtung Sondelfingen. Von Weitem hörte er Schreie von Männern, die mit starken Lampen das Gelände absuchten. Er duckte sich in einen Wassergraben, um nicht gesehen zu werden. Dort kauerte er eine Weile, bis sich die Lage wieder beruhigte. Unten auf der Straße nach Reicheneck sah er das Blaulicht eines Streifenwagens. Er verließ sein Versteck und lief nun über die Felder an den Ortsrand von Sondelfingen. In einem Gartengrundstück setzte er sich auf eine Bank und wartete ab, was geschah. Er konnte nun unmöglich zurück zu seinem Auto gehen und nach Hause fahren, denn man sah ihm deutlich an, dass er über die Felder gerannt war. Es dauerte etwa eine halbe Stunde, da sah er, wie sich eine Gestalt näherte. Der Gang verriet Killer, dass es sich nur um Pavel handeln konnte. Er wartete reglos, damit er nicht entdeckt werden konnte. Es schien Pavel niemand zu folgen, denn dieser setzte sich nun ebenfalls unweit von Killer ins Gras und atmete kräftig durch.

„Da hast du aber mächtig Glück gehabt, du Experte!", sagte Killer mit gedämpfter Stimme.

Pavel erschrak und fuhr augenblicklich hoch.

„Wo bist du? Bist du schon länger da? Hast du gesehen, ob mich jemand verfolgt?", fragte er panisch.

„Ich sag doch, du hast Glück gehabt, es hat dich keiner bemerkt!"

„Mist, das ist beinahe schiefgegangen! Ich war sicher, dass die Tür nicht überwacht wird. Die Alarmanlage hat ja auch nicht ausgelöst!"

„Schon mal was von einem stillen Alarm gehört, du Trottel!"

Killer ärgerte sich über die Naivität von Pavel, und dass er auf ihn hereingefallen war. Sie gingen zurück in die Wohnung. Dort angekommen, reinigte er zuerst einmal seine Kleidung. Killer setzte sich an einen Tisch und legte die von ihm manipulierte Waffe dort ab.

Pavel setzte sich nun dazu und untersuchte die Waffe.

„Ist die geladen?", fragte er.

„Ich hab sie noch nie geladen, weil der Schlitten nicht bewegt werden kann", antwortete Killer.

Pavel zielte mit der Waffe auf sein Bett und versuchte einen Schuss auszulösen. Dies gelang ihm nicht.

„Moment, ich hole nur kurz mein Werkzeug", sagte er und stand auf, um in einen anderen Raum zu gehen.

In diesem Augenblick zog Killer eine andere Waffe aus der Tasche, wischte diese sorgsam mit einem Lappen ab und legte sie statt der manipulierten auf den Tisch. Pavel kam nach einigen Augenblicken zurück und setzte sich wieder an den Tisch. Er hantierte an der Waffe herum und prüfte verschiedene Hebel. Dann plötzlich gab es einen Knall und Pavel sank von dem Stuhl auf den Boden. Er hatte sich selbst in den Kopf geschossen. Killer stand auf, entfernte vorsichtig das Magazin und füllte es bis auf drei Patronen. Dann legte er die Pistole auf den Boden neben die Leiche.

Er schob das Geld wieder ein und verließ den Raum. Vorsichtig öffnete er die Haustür und spähte nach draußen. Es schien niemand den Schuss gehört zu haben. Er zwängte sich hinaus und schloss vorsichtig die Haustür. Als er gerade in den Garten treten wollte, hörte er von oben Schritte. Er versteckte sich hinter einem vor der Haustür abgestellten Mülleimer. Er sah den Schatten einer älteren Frau, die zur Haustür von Pavel ging. Dort angekommen, legte sie den Kopf an die Tür, um zu horchen, was sich dahinter abspielte. Killer hielt den Atem an, damit man den Hauch in der kühlen Nacht nicht sehen konnte. Die Frau horchte eine ganze Weile an der Tür. Killer wurde es langsam ungemütlich hinter dem Mülleimer. Er konnte die Frau nicht erledigen, denn er hatte nur die manipulierte Waffe dabei und zudem auch keinen Schalldämpfer. Dann endlich machte sie Anstalten, wieder zu gehen. Durch die Tür war das Radio von Pavel zu hören, das Killer angelassen hatte, genauso wie das Licht. Als die Frau verschwunden war, ging Killer durch den Garten hinab auf die angrenzenden Wiesen. Drüben beim Schützenhaus sah man jetzt noch mehr Scheinwerfer, deren Lichtkegel die Gegend absuchten. Unten an der Reichenecker Straße angekommen, wartete er, bis kein Auto zu sehen war. Dann huschte er eilends über die Straße und stieg in seinen Wagen. Als er diesen starten wollte, versagte der Anlasser seinen Dienst. Also stieg er wieder aus und schob sein Auto den Parkplatz hinunter Richtung des Reichenbachs. Als er den nötigen Schwung hatte sprang er hinein auf den Fahrersitz und ließ das Kupplungspedal los. Nach ein paar heftigen Rucken sprang der Motor schließlich an. Er wendete sofort und fuhr wieder zurück nach Hause.

Es war kurz nach zehn Uhr, als sich die Beamten der Reutlinger Kriminalpolizei im Besprechungszimmer neben Kriminaloberrat Stefan Hetterichs Büro trafen. Man wollte die Ergebnisse der Obduktion des Opfers Albert Schnitzler und die bisher gewonnenen Erkenntnisse diskutieren. Kriminalhauptkommissar Meininger fehlte an diesem Tag, denn er hatte sich krankgemeldet. Heftige Zahnschmerzen hatten ihn die ganze Nacht geplagt. Obwohl sich das Malheur angekündigt hatte, weigerte er sich beharrlich, zum Zahnarzt zu gehen. Er setzte eher auf alte Hausmittel als auf die moderne Zahnmedizin. Diesmal allerdings war die Sache schief gegangen. Als Notfall hatte er noch am Vormittag einen Termin bekommen.

An der Projektionswand waren die berühmten Wölkchen angepinnt, auf denen verschiedene Namen standen. Mitten drin war eine Wolke mit dem Namen Albert Schnitzler, eigentlich makaber, aber das System diente der Übersicht. Darunter standen die bis jetzt gesammelten Fakten. Die Obduktion in Tübingen hatte ergeben, dass Albert Schnitzler von zwei Kugeln getroffen worden war. Eine war im Schädel zurückgeblieben, die andere Kugel hatte man in der Kopfstütze seines Fahrzeugs gefunden. Er war sofort tot gewesen. Die gefundenen Projektile waren zur genauen Untersuchung ans BKA nach Wiesbaden versandt worden.

Durch eine nochmalige Ausstrahlung der Fahndung im regionalen Fernsehen meldeten sich zwar mehrere Zeugen, deren Aussagen sich aber als unbrauchbar herausstellten, da sie sehr voneinander abwichen. Alles deutete darauf hin, dass das Opfer offenbar Zeuge einer Straftat gewesen war. Anders konnte man sich das bei der aktuellen Sachlage nicht erklären. Thomas Maier von den Spurensuchern berichtete, dass keine Patronenhülsen am Tatort gefunden worden waren, weshalb die Aussage eines Zeugen, er habe zwei verdächtige Personen zu Fuß in dem angegebenen Zeitraum in Tatortnähe beobachtet, nicht stimmen konnte. Kriminalobermeister Früh berichtete über seine Ermittlungen bei der Tochter des Opfers und der anschließenden Vernehmung des Arztes. Seiner Auffassung nach, komme der beschuldigte Arzt aber als Täter nicht infrage. Also war man im Fall Schnitzler keinen Schritt weitergekommen, was man den betretenen Minen der anwesenden Ermittler ansah. Im Anschluss wurden noch andere, aktuelle Fälle besprochen, so auch der Großbrand im Wald bei Pfullingen. Kriminalobermeister Dombrowski berichtete über die Ergebnisse seiner Ermittlungen. Das im Wald aufgefundene Fahrzeug war durch den Brand und einen umstürzenden Baum so schwer beschädigt worden, dass es für den Erkennungsdienst sehr schwierig war, den Fahrzeugtyp herauszufinden. Nur an einem, am hinteren Kotflügel nicht verformten Blech konnten die Experten ermitteln, dass es sich bei dem Fahrzeug um einen Mercedes A-Klasse handeln musste. Ansonsten konnten keine Spuren gesichert werden, da das Fahrzeug total ausgeglüht war. Willi Früh brachte den Gedanken ins Spiel, dass es dabei sich um das Fahrzeug der Tochter des Mordopfers handeln könnte. Dafür fehlten aber die Beweise, denn es waren weder Kennzeichen, noch andere typische Merkmale wie Rahmennummer oder Motornummer lesbar. Auch an diesem Tatort gab es keine zuverlässigen Zeugen, bis auf den zuerst verdächtigten Fußballer, der sich aber dann als harmlos herausstellte. Der Mann konnte den Autotyp in der kurzen Zeit, in der er ihn sah, nicht mit Sicherheit identifizieren. Was er aber mit Sicherheit sagen konnte, war dass das Fahrzeug silberfarben lackiert war. Kriminaloberrat Stefan Hetterich beendete mit einem tiefen Seufzer die Sitzung. Er stand auf und ging zum Ausgang des Raumes, als bei Thomas Maier, den die Kollegen nach Simenons Maigret-Romanen Moers nannten, das Telefon klingelte. Er meldete sich und stutzte.

Gerhard Meininger saß im Wartezimmer des Zahnarztes seines Vertrauens und las eine Illustrierte. Die Schmerzen, die er aushalten musste, ließ er sich nicht anmerken. Die vergangene Nacht war die Hölle gewesen. Der pochende Schmerz im Oberkiefer ließ ihn kein Auge zumachen. Er hatte alle möglichen Mittel probiert, aber ohne Erfolg. Gegen vier Uhr nahm er die erste Schmerztablette und schlief nach einer halben Stunde ein. Gegen halb sieben Uhr wachte er wieder auf, weil die Wirkung wieder nachließ. Er versuchte noch einmal, mit Alkohol den Mund auszuspülen, was aber außer einer Benebelung nur kurze Linderung brachte. Um neun Uhr war er schließlich weich geworden und hatte in der Praxis angerufen. Seine Frau ließ ihn einfach in Ruhe, sie wusste was für ein dickköpfiger Held er war. Jetzt saß er im Wartezimmer und las in einer Zeitschrift, welcher Promi gerade in Scheidung lebte oder wer mit wem ein Verhältnis hatte. Plötzlich ließen die Schmerzen nach, sodass er schon daran dachte, die Praxis wieder zu verlassen. In diesem Augenblick kam die Arzthelferin ins Wartezimmer und forderte ihn freundlich auf, ihr zu folgen. Sollte er türmen? Eigentlich hatte er ja gar keine Schmerzen mehr! Zu spät, der Zahnarzt kam ihm schon entgegen und streckte seine Hand aus.

„Welch Freude, einen solch hochgestellten Staatsdiener in meiner bescheidenen Praxis anzutreffen!“, lästerte er. Sie kannten sich schon viele Jahre. Und immer, wenn Meininger in der Praxis auftauchte, was selten vorkam, hatte der Zahnarzt einen flotten Spruch auf den Lippen.

„Ich hab keine Lyrik-Stunde gebucht, ich hab Zahnweh!“, brummte Meininger.

„Ui, der Herr Kommissär haben schlechte Laune. Als dann, wollen wir mal“, sagte der Zahnarzt und betätigte einen Schalter, der den Sessel nach unten gleiten ließ. Meininger war nun in einer Position, die ihn völlig hilflos machte. Nun konnte also dieser Zahnklempner, wie er ihn zu nen-

nen pflegte, mit ihm machen, was er wollte. Er konnte nicht einfach wegrennen! Zunächst machte der Zahnarzt eine Bestandsaufnahme der Zähne seit dem letzten Besuch. Dann begann er mit einem Eisstäbchen die Empfindlichkeit der Zähne zu testen. Als er an dem vermeintlich kranken Zahn ankam, zuckte Meininger derart zusammen, dass der Zahnarzt zurück wich.

„Aber hallo, ich glaube, da haben wir ein Problem! Wir müssen erst einmal eine Röntgenaufnahme machen", meinte der Mediziner.

Meininger setzte sich auf einen Stuhl in einen Nebenraum, bekam ein Stück Plastik in den Mund geschoben und musste dann stillhalten. Dann kehrte er wieder in den Behandlungsstuhl zurück. Es dauerte eine Weile, bis die Assistentin mit einem Röntgenbild zurückkam, das sie gleich dem Zahnarzt gab. Der sagte zu seiner Helferin ein paar dentaltechnische Begriffe und begann sofort, seinen Bohrer betriebsbereit zu machen.

„Ob wir den Zahn noch retten können, weiß ich nicht. Der Nerv ist derart entzündet, dass wir ihn stilllegen müssen. Das bedeutet eine Wurzelbehandlung. Die kann ich aber heute nicht machen, sonst verschiebt sich mein gesamtes Tagesprogramm. Ich werde jetzt den Zahn aufbohren, um den Druck zu nehmen und den Nerv zu betäuben. Dann können Sie wenigstens heute Nacht schlafen, nicht dass Sie mir wieder so schlecht gelaunt hier auftauchen", sagte der Zahnarzt über seine Brille hinweg.

Gerade als die Assistentin die Betäubungsspritze aufzog, vibrierte das Handy Meiningers. Er hatte es stumm geschaltet, weil es ihm peinlich war, wenn es in der Praxis klingelte. Seine Kollegen wussten von seinem Leiden Bescheid, denn er hatte sich am frühen Morgen abgemeldet. Wenn nun jetzt einer von ihnen trotzdem anrief, konnte es nur etwas sehr Wichtiges sein. Der Zahnarzt bemerkte die Unruhe seines Patienten und stutzte.

„Is was? Haben wir ein Problem?“, fragte der Zahnarzt verwundert.

Meininger konnte nicht reden, mit all den Watterollen und dem Absauger ihm Mund. Er fingerte sein Handy aus der Tasche und versuchte zu schauen, wer ihn anrief. Da verstummte das Telefon auch schon wieder.

„Jetzt aber schnell die Spritze, sonst haut uns der noch vorzeitig ab!“, sagte der Zahnarzt zu seiner Assistentin und setzte die Spritze.

Dann wartete er eine Weile, bis die Wirkung der Spritze einsetzte, und begann, den Zahn zu behandeln. Währenddessen vibrierte das Handy Meiningers wieder, aber nur kurz.

Also hatte er eine SMS erhalten. Er fingerte das Handy wieder aus der Tasche und versuchte, die Nachricht zu lesen. Dies gelang ihm aber zunächst nicht. Die Assistentin nahm ihm das Handy weg und legte es auf die Seite.

„Das hat Zeit, jetzt sind wir an der Reihe!“, sagte sie mit strengem Blick.

Meininger reagierte mit erzürntem Gesichtsausdruck, was die beiden im weißen Kittel aber nicht beeindruckte. Das Pfeifen des Bohrers ging ihm durch Mark und Bein. Er wusste, warum ihm der Zahnarztbesuch ein Horror war! Nach etwa zehn Minuten begann der Zahnarzt mit dem Einbringen des Provisoriums.

„Sodele, jetzt noch spülen und der werte Herr Kommissar kann wieder böse Buben jagen gehen“, sagte der Zahnarzt freundlich.

Meininger überlegte, ob er ihm eine scheuern sollte, verdrängte den Gedanken aber schnell wieder, da dieser ja auch nur seinen Job machte. Nun konnte er endlich die Nachricht auf seinem Display lesen: Mutmaßliches Tatfahrzeug im Mordfall Schnitzler gefunden, las er da. Also machte er sich auf den Weg zur Dienststelle. Seine gesamte rechte Gesichtshälfte war immer noch betäubt. Er hatte das Gefühl, dass ihm der Mundwinkel hinunterhing. Als er das Büro betrat sahen ihn alle komisch an, sie hatten nicht damit gerechnet, dass er an diesem Tag noch zum Dienst erscheinen würde.

„Du siehst aus, wie ein Feldhamster im Herbst!“, lachte der Kollege Fromm bei seinem Anblick.

Meininger ging zum Spiegel und sah zum ersten Mal, dass seine rechte Gesichtshälfte ziemlich angeschwollen war.

„Das vergeht wieder. Was ist mit dem Tatfahrzeug?“, fragte Meininger ungeduldig. Er konnte wegen der Betäubung kaum richtig sprechen.

„Es handelt sich um das Auto, das im Wald bei Pfullingen angezündet worden ist. Es wurde zwar gründlich untersucht, aber der Zufall half uns mal wieder weiter. Wegen der enormen Hitze konnten die Kollegen von der Spurensicherung nichts Verwertbares finden. Deswegen wurde das Wrack zur Verschrottung freigegeben. Beim Abladen vom LKW fiel das Wrack von der Ladefläche auf die Oberseite, dabei kullerte eine Patronenhülse aus einer der Sitzhalterungen auf den Boden“, berichtete Carsten Dombrowski.

„Wir haben aber doch noch gar keine Tatwaffe. Wir wissen doch nur das Kaliber und die Hülse muss nicht unbedingt zu den gefundenen Projektilen passen!“, entgegnete Meininger.

Er hielt nichts von voreiligen Schlüssen. Schon zu oft musste er vermeintliche Erfolgsmeldungen wieder zurücknehmen, was für ihn eine schmerzliche Niederlage bedeutete.

„Das ist ja alles klar, aber wir lassen die Hülse trotzdem untersuchen“, meinte Christian Fromm.

„Wir hätten da noch eine Theorie“, meldete sich nun Willi Früh. „Wir wissen, dass es sich bei dem Fahrzeug um eine Mercedes A-Klasse handelt. Der Zufall will es, dass am Tattag der Tochter des Opfers Albert Schnitzler das Auto vom Parkplatz ihres Arbeitsplatzes gestohlen wurde.

Es handelt sich dabei um denselben Typ, sogar die Farbe stimmt. Nur stellt sich dabei die Frage, wer das Fahrzeug gestohlen hat und warum. Und warum wurde es dann ausgerechnet im Pfullinger Wald angezündet?“

„Was hattet ihr für einen Eindruck von der Frau, als ihr sie besucht habt?“, fragte Meininger.

„Mir kam sie eher unterkühlt vor, sogar verbittert. Die hat ihre Rachegefühle ganz auf diesen Arzt ausgerichtet.“

„Kommt sie als Mörderin ihres Vaters infrage?“

„Daran haben wir gar nicht gedacht. Sie ist die einzige Tochter. Die Eltern scheinen gut situiert zu sein. Die übermäßig Trauernde hat sie eigentlich auch nicht gespielt, oder was meinst du?“, sagte Willi Früh und sah dabei zu seinem Kollegen Rilling hinüber.

„Schwer zu sagen. Aber zutrauen würde ich es der Frau eigentlich nicht. Vor allem, woher sollte sie die Tatwaffe haben und wie sollte sie von Pfullingen zurück nach Kappishäusern kommen? Sie hat keinen Freund. Nö, ich glaube nicht, dass sie infrage kommt.“

„Dann wissen wir auch nicht mehr als vorher. Ich gehe dann mal nach Hause, meinen dicken Kopf eine Weile aufs Sofa legen. Ich hab heute Nacht kein Auge zugetan!“, sagte Gerhard Meininger und verabschiedete sich.

Es war keine halbe Stunde vergangen, nachdem Kriminalhauptkommissar Meininger nach Hause gegangen war, da läutete bei der Kripo das Telefon. Es waren die Kollegen von der Streife, die sie über einen unnatürlichen Todesfall im Reutlinger Stadtteil Sondelfingen unterrichteten. Also machten sich Kriminalkommissar Fromm und Kriminalobermeister Carsten Dombrowski auf den Weg.

Es war kurz vor der Mittagszeit, als sie in die Strohgäustraße in Sondelfingen einbogen. Sie brauchten nicht lange suchen, denn nach etwa zweihundert Metern sahen sie den weißen Transporter der Spurensicherung. Thomas Maier, den sie am Morgen noch bei der Besprechung getroffen hatten, war schon wieder im Einsatz.

Einer der uniformierten Beamten kam auf Fromm zu und berichtete die ersten Erkenntnisse.

„Es handelt sich um eine männliche Leiche. Der Name ist Pavel Prpic, tschechischer Staatsangehöriger. Es handelt sich wahrscheinlich um einen Selbstmord, die Tatwaffe ist noch vor Ort. Seine Vermieterin hat uns gerufen, weil sie gestern Abend ein verdächtiges Geräusch wahrgenommen hatte und weil der Mieter heute nicht zur Arbeit gegangen ist."

„Okay, danke. Wo ist die Frau?", fragte Fromm.

„Sie ist in ihrer Wohnung. Sie heißt Veith, Hermine Veith."

Fromm ging zur Haustür und klingelte. Sofort wurde diese geöffnet. In der Tür stand eine Frau, die etwa siebzig Jahre alt sein musste. Sie war das Paradebeispiel einer schwäbischen Hausfrau: blau geblümte Kittelschürze, gelbe Gummistiefel und ein Haarnetz auf dem Kopf mit Lockenwicklern darunter! Christian Fromm musste bei dem Anblick grinsen.

„I be grad em Garda gwea ond ha Aggersalod gsät!", sagte sie mit krächzender Stimme und deutete auf ihre Schuhe.

„Frau Veith, könne wir Sie kurz etwas fragen?"

„Jo, wenn s nix koschdat!"

„Sie haben etwas Verdächtiges gehört, sagten Sie den Kollegen. Was war das?"

„S mog em Elfe rom gwea sei, der Film isch grad aus gwea. Wisset se, selle Pilcher gugg i emmer o, wega derra scheena Landschaft. Also do han i ebbes ghert, wie wenn oiner mit em Hammer auf da Tisch nohaut. I ben no na ganga ond han ghorcht, mir ischd aber nix aufgfalla. No ben e halt ens Bett ganga. Heit morga om Siebene isch sein Roller emmer no dogschdanda, weil der goht sonscht emmer om halb sechse. Mo ner em Achde emmer no dogschdanda ischd, ben e na ond han klingelt. Weil er hot au schau öfter verschlofa. Wisset se, er drenkt gern a bissle! Ond vorher hot dauernd sei Telefo gschellat, no hann e halt dr Bolezei ogruafa."

„Wissen sie wo der Herr Prpic gearbeitet hat?"

„Z' Reitlenga bei ra Mascheenafirma", krächzte die Frau, die das „r" übermäßig rollte.

„Danke fürs Erste, Frau Veith!", sagte Fromm und machte sich auf den Weg nach unten in die Einliegerwohnung.

Dort werkelten die Kollegen von der Spurensicherung. Fromm ging zu Thomas Maier, der die Leiche mit einem inzwischen hinzugekommenen Arzt untersuchte. Der tote Mann lag auf der Seite, neben einem Stuhl.

„Was gibt es fürs Erste zu sagen?", fragte er vorsichtig.

„Kopfschuss, sofort tot, etwa zwölf Stunden her. Die Waffe liegt dort in der Tüte. Ob er sich selber erschossen hat, wird sich zeigen, wenn wir eventuell Paraffinspuren an seinen Händen gefunden haben. Ist ein bisschen seltsam, wenn sich jemand erschießt, dann setzt er normalerweise die Waffe an der Stirn oder unter dem Kiefer auf. Der aber hat sich aus etwa einem halben Meter und von vorne erschossen. Könnte sein, dass es sich um einen Unfall handelt. Es könnte sich ein Schuss beim Herumhantieren mit der Waffe gelöst haben, denn auf dem Tisch dort liegt Werkzeug. Bei der Waffe handelt es sich um eine Pistole der Marke Walther PP. Ist eine ausgemusterte Behördenwaffe. Schaut mal das Magazin an, da fehlen drei Patronen, eine davon hat er im Kopf. Seltsam sind auch die Verletzungen an den Fingern. Der muss zuvor irgendetwas montiert haben, das scharfkantig gewesen ist. Wir schicken die Waffe mal nach Wiesbaden, die sollen sich darum kümmern."

„Okay, danke. Habt ihr schon Papiere gefunden?"

„Da sind wir noch dran. Schau mal die Schuhe da draußen an, der hat wohl gestern einen Outdoor-Einsatz gehabt."

Fromm ging in eine Art Diele hinaus und betrachtete ein paar Sportschuhe, die völlig verdreckt waren. Dann ging er vor das Haus und schaute nach, ob er Spuren sehen konnte. Tatsächlich sah man eine Spur den Garten hinab in Richtung der anschließenden Felder. Fromm sah in Gedanken versunken in Richtung Reicheneck, einem Nachbarort, als plötzlich einer der Streifenkollegen neben ihm auftauchte.

„Gestern Abend gab es einen Einbruchsversuch gleich in der Nähe", sagte er zu Fromm.

„Aha, und wo war das genau?", fragte Fromm zurück.

„Etwa in der Richtung dort liegt das Schützenhaus Sondelfingen. Dort haben gestern Unbekannte versucht, durch eine Seitentür einzudringen. Bevor die alarmierten Kollegen eintrafen, sind sie unerkannt entkommen. Es konnten aber Blutspuren am Rahmen einer Stahltür gesichert werden."

„Es wäre ja schön, wenn das unser Mann gewesen ist. Dann hätten wir wenigstens gleich den Täter."

Fromm drehte sich um und ging zurück in die Wohnung. Inzwischen hatten die Kollegen Ausweispapiere auf den Namen Prpic gefunden. Interessanterweise war auch ein Dienstausweis der tschechischen Polizei darunter. Der Tote war also zu irgendeinem früheren Zeitpunkt Angehöriger der Polizei gewesen. Auf einem Tisch lagen verstreut verschiedene Schlüssel. Darunter ein auffällig grob geformter Bartschlüssel, der aus einer alten Tür stammen musste. Kommissar Fromm nahm ihn in die Hand und betrachtete ihn interessiert.

„Der gehört mit Sicherheit nicht hier ins Haus", meinte er und zeigte ihn seinem Kollegen.

„Sieht nach einem Schlüssel für einen Schuppen oder Stall aus“, sagte Dombrowski.

Fromm nahm den Schlüssel zu sich und ging in den Garten, wo die Vermieterin des Toten werkelte.

„Sagen Sie, Frau Veith, hat Ihr Untermieter ein Grundstück besessen?“

„Ha jo, do hieba em Schehroi. I wois aber ett amol genau wo. Do isch er emmer nommdabbad!“

„Wo ist dieser Schehroi oder wie das heißt?“

„Schönrain hoißt des richtig, Schönrain! Ond der isch genau do hieba, do mo au s Schitzahaus isch!“, krächzte sie und zeigte Fromm in die Richtung, in die auch sein Kollege von der Streife gezeigt hatte.

„Aha, das ist aber interessant. Da werden wir doch gleich mal nachschauen!“

„Wie willst du die richtige Hütte finden? Wenn ich da hinüberschaue, sehe ich mindestens zwanzig solcher Dinger!“, sagte Carsten Dombrowski skeptisch.

„Mit Geduld und Spucke finden wir die Richtige, du wirst schon sehen! Außerdem sieht der Schlüssel so aus, als wäre die Hütte in einem ziemlich schlechten Zustand, und das sind wenige, so wie ich es sehe.“

Sie fuhren also die Straße hinab und bogen nach wenigen Metern links in einen Feldweg ab, der die Senke durchquerte. Auf der anderen Seite angekommen, bogen sie links ab, und fuhren bergauf etwa dreihundert Meter, bis an der linken Seite das Schützenhaus von Sondelfingen zu sehen war. Fromm fuhr langsam auf den Parkplatz und stellte den Motor ab. Zu seinem Erstaunen waren einige Personen zu dieser Zeit anwesend. Neugierig schauten die Männer zu den Neuankömmlingen herüber. Christian Fromm und Carsten Dombrowski verließen das Dienstfahrzeug und gingen zu den Männern hinüber.

„Hallo, sind Sie von dem Verein hier?“, fragte Kriminalkommissar Fromm und zeigte seinen Dienstausweis.

„Jo. Do hent doch a baar so Seggel gmoint se kennet eibrecha. Dia hent mehr Schada ogricht, als dass se klauen kenna hent!“, schimpfte ein grauhaariger älterer Mann, der ebenfalls das „r“ stark rollte.

„Kennen Sie sich hier in der Gegend ein bisschen aus?“, fragte Fromm den Mann.

„Sagat mr amol so, i ben a Sondelfenger. No sott I me scho a bissle auskenna, oder Armin?“, antwortete der Mann empört und sah dabei den neben ihm stehenden Jüngeren an.

„Jo, sott ma scho!“, antwortete der kurz.

„Ich habe hier einen Schlüssel von einem Gartenhaus. Haben sie eine Idee, wo der passen könnte?“

„Oh je, des ko i ett saga, sieht aber noch ra alde Hitte aus. Die send a bissle dort nonderwärts“, sagte der Jüngere und deutete in Richtung Reicheneck.

„Wenn der dem Einbrecher ghert, no gangat mir glei mit ond zendat dem sei Hütte a!“, schimpfte der Ältere.

„Zuerst schauen wir mal, und dann kommt lang nichts. Vor allem kein Feuerle!“, sagte Fromm und ging mit seinem Kollegen die Straße hinab in Richtung Reicheneck. Nach etwa fünfzig Metern zweigte ein unbefestigter Feldweg rechts ab. Dort sah man schon die erste Hütte stehen. Fromm betrat das Grundstück und untersuchte das Schloss an der Hütte, ohne Erfolg. Gleich daneben, aus dem Nachbargrundstück stand die nächste. Aber auch hier passte der Schlüssel nicht. Die Hütten, die in dieser Umgebung standen, waren alle in ordentlichem Zustand, so waren auch neue Schlösser angebracht, die andere Schließsysteme hatten. Fromm winkte ab und ging wieder bergauf in Richtung Schützenhaus. Carsten Dombrowski wartete unterhalb des Schützenhauses auf seinen Kollegen.

„Da haben wir heute noch was zu tun, wenn du hier alle Hütten im Umkreis untersuchen willst.“

Fromm zuckte nur mit den Schultern und ging über den Parkplatz am Schützenhaus vorbei einen dahinter befindlichen Seitenweg hinauf. Die Mitglieder des Vereins werkelten an einer Seitentür, die ziemlich lädiert aussah. Mit Zangen versuchten sie, die Stahltür wieder zurechtzubiegen, damit sie in den Rahmen passte, der ebenfalls herausgebrochen und schon wieder einbetoniert worden war. Oberhalb stand auf einem kleinen geschotterten Platz ein Bauwagen. Hier traf sich offensichtlich die Schützenjugend, denn es lag allerlei Unrat herum. Fromm ging daran vorbei und überquerte eine angrenzende Wiese. Nach etwa fünfzig Metern kam er wiederum auf einen unbefestigten Weg, dem er eine ganze Weile folgte. Von dort aus konnte man schön den Albtrauf erkennen. Die Grundstücke waren alle nach Süden ausgerichtet, weshalb man dort im Sommer sicherlich angenehm ruhen konnte. Nach ein paar Metern kam die erste Hütte in Sicht. Sie war zwar äußerlich in guter Verfassung, aber bei näherem Betrachten sah man, dass sie schon in die Jahre gekommen war. Und tatsächlich, hier passte der Schlüssel. Fromm musste den Schlüssel ein paar Mal bewegen, ehe das Schloss nachgab. Im Inneren befanden sich ein paar Gartengeräte und in der Ecke stand ein alter Tisch. Auf diesem stand eine halb leer getrunkene Schnapsflasche. Fromm öffnete die Schublade des Tisches. Dort lagen ein paar alte Messer, Bindedraht, ein Flaschenöffner und weiter hinten eine Pistole, eine Walther PP. Das Magazin war voll bestückt. Sonst war nichts in der Schublade, was Fromm interessiert hätte. Er packte die Waffe vorsichtig in sein Taschentuch ein und verstaute sie in seiner Jackentasche, dann sah er sich in der Hütte um. Er rückte den Tisch auf die Seite, um zu sehen, ob sich dahinter etwas verbarg. Dann räumte er die Gartengeräte beiseite, denn der Boden an dieser Stelle sah anders aus. Er hob eines der Dielenbretter an, und siehe da, darunter kam eine Plastiktüte zum Vorschein. Fromm öffnete sie vorsichtig, um keine Spuren zu verwischen. In einer Dose befand sich ein weißes Pulver, vermutlich Crystal Meth, eine Höllendroge. Fromm pfiff durch die Zähne, das war aber mal interessant. In einer zweiten Tüte, die er etwas weiter unten im Boden fand, war, sorgsam eingewickelt, die Munition für die Waffe. Es waren Patronen tschechischer Herkunft, wie die Aufschrift der Schachteln verriet. Christian Fromm durchsuchte nun jeden Winkel der Hütte, fand aber nichts Wichtiges mehr. Mit seiner Beute machte er sich auf den Rückweg. Am Schützenhaus waren nun noch mehr Männer an der Arbeit. Ein großer, lockiger Mann, der der Aufschrift an seiner Hose nach ein Gas-Wasser-Installateur sein musste, setzte eine riesige Zange an, um die Stahltür wieder zurück zu biegen. Offensichtlich war es ihm gelungen, die Tür so weit wieder herzurichten, denn alle Anwesenden klopften ihm anerkennend auf die Schulter. Carsten Dombrowski saß auf einer Bank in einem abgegrenzten Biergarten und beobachtete das Treiben der Schützenvereinsmitglieder. Vor ihm stand ein kühles Weizenbier, das eine schöne Schaumkrone hatte. Fromm setzte sich zu ihm und breitete seine Beute auf dem Tisch aus.

„Schau mal, was ich da oben in einer Hütte gefunden habe“, sagte er stolz.

Dombrowski sah sich das Ganze in aller Ruhe an und nahm erst einmal einen großen Schluck von seinem Bier.

„Der Kerl handelte also auch noch mit Rauschgift, da kommt deine Selbstmordthese aber gehörig ins Wanken“, antwortete Carsten Dombrowski und wischte sich den Schaum vom Mund ab.

„Das war nicht meine These, und, wir sind doch noch im Dienst, oder?“, fragte Fromm seinen Kollegen, auf das Bier deutend.

„Na und? Vor einigen Jahren hat das niemand interessiert. Wenn der Prpic also erschossen wurde, dann von wem?“

„Von seiner Pistole natürlich!“, antwortete Fromm grinsend.

„Haha! Möchtest du auch eins?“, deutete Dombrowski auf das vor ihm stehende Glas.

„Nein, sonst werde ich müde. Was tun wir nun?"
„Ich denke, wir fahren zurück und übergeben die Sachen dem Erkennungsdienst, oder hast du eine bessere Idee?"
„Hier draußen ist es richtig gemütlich, da könnte ich noch eine Weile sitzen bleiben."
„Von mir aus gern. Ich glaube sogar, hier kann man gut essen!"
Sie hatten sich gerade auf einen längeren Besuch eingestellt, da klingelte Fromms Handy. Es war sein Chef Stefan Hetterich, der die beiden zwecks Besprechung zurück in die Dienststelle beorderte. Dombrowski ging in das Schützenhaus hinein und zahlte, während Fromm sein Sammelsurium sorgsam verpackte und in seiner Jackentasche verstaute.

Killer saß auf dem alten Sofa im Keller des Lagerschuppens und betrachtete das vor ihm liegende Geld vom Banküberfall in Gomaringen. Dose saß neben ihm und starrte ins Leere. Er war wieder einmal zugedröhnt, wie schon so oft.
„Hat sich nicht besonders gelohnt, die Sache. Achttausendeinhundertundfünfzig Euro. Wenn du so weitermachst mit deiner Kifferei, fliegen wir noch auf", sagte Killer emotionslos und zielte mit seiner Pistole auf seinen Komplizen.
„Is doch nur zwischendurch. Morgen is wieder Pause", lallte Dose. „Krieg ich jetzt meinen Anteil?"
„Zunächst aber nur Fünfhundert. Sonst drehst du noch durch!", sagte Killer und reichte ihm zehn fünfzig Euroscheine.
Er hätte jetzt gerne ein paar Schießübungen gemacht, aber er musste Munition sparen, denn seine Quelle dafür war versiegt. Nebenan hörte man das Hämmern von Rockrhythmen, die Musiker hatten Bandprobe.

„Wir müssen ein neues Projekt planen. Dazu brauchen wir einen dritten Mann. Wen könntest du dir dafür vorstellen?“, fragte Killer.

Dose antwortete nicht, sondern sah mit leerem Blick an die Decke. Er blies den Rauch seines Joints langsam durch die Nase. Der typische Geruch fiel im Gebäude nicht besonders auf, da die Altkleidersäcke, die über dem Raum gelagert worden waren, besonders im Sommer, wenn es warm war, bestialisch stanken.

„An was hassn gedacht, bei dem neuen Projekt?“, nuschelte Dose.

„Geldtransporter. Richtig fett! ’N paar Kilo Riesen abzocken. Dann ab in den Süden!“

„Wie willst ’n das machen? Das geht doch gar nicht!“, entgegnete Dose und richtete sich auf.

„Lass das mal meine Sorge sein! Wir brauchen dazu nur einen dritten Mann. Schau dich mal um. Ist am Samstag nicht in Betzingen wieder eine Cyberparty? Wir müssten doch ’ne Einladung haben oder?“

„Scheiße, ja! Ich hab aber am Samstag keinen Bock!“

Killer und Dose hatten schon oft bei solchen Partys mitgemacht, wo jeder gegen jeden am Computer kämpfte. Sieger war, wer am Schluss die meisten Gegner bei solch einem Ballerspiel vernichtet hatte. Killer hatte schon zweimal gewonnen und Dose war mehrmals knapp Zweiter geworden. Solch eine Veranstaltung ging oft bis in die frühen Morgenstunden hinein und konnte mächtig anstrengend sein, da die ganze Zeit volle Konzentration gefordert war. Killer brauchte danach immer ein paar Tage, bis er sich wieder von den Strapazen erholt hatte. In dieser Zeit feierte er krank, ging also nicht aus dem Haus.

„Dann solln wer nich hingehen?“, Dose lallte immer mehr.

„Doch ja! Jetzt hör mal endlich mit der beschissenen Kifferei auf, Mann! Mit dir kann man ja kein vernünftiges Wort mehr reden!“, schimpfte Killer.

„Wieso, ich versteh dich doch gut!"

Killer ging das Verhalten von Dose mächtig auf den Geist. Er hielt eine Waffe in der Hand und hätte diesem Trottel am liebsten eine Kugel verpasst, aber er brauchte ihn noch. Noch. Auch das Schicksal von Dose war von ihm vorbestimmt. So wie er alles vorbestimmt hatte. Mit dieser Waffe in der Hand war er der Herr auf Erden, konnte er bestimmen, über Leben und Tod, das gefiel ihm ungemein. Dieser Kerl da neben ihm war nichts anderes für ihn als ein Adlatus, ein Gehilfe ohne Wert. Er wollte es ihnen allen zeigen, was in ihm steckt. Sie werden sich noch wundern, seine Eltern, Lehrer und all die anderen Besserwisser! Derjenige, der ihn schnappen wollte, musste früh aufstehen, sehr früh. Er hatte bis jetzt keine Spuren hinterlassen, hatte den Trick mit den beiden Autos angewendet und war als Muslima verkleidet aufgetreten. Der nächste Coup würde eine ganz andere Dimension haben!

Christian Fromm und sein Kollege waren zur Dienststelle gefahren und sofort ins Besprechungszimmer gegangen. Dadurch bemerkten sie die auf einem Besucherstuhl sitzende Susanne Schnitzler nicht. Die beiden Kollegen gaben ihren Bericht zur Lage in Sondelfingen ab, während vonseiten der anderen eigentlich keine Neuigkeiten zu vermelden waren. Die Beamten gingen also wieder zurück in ihr Büro. Erst jetzt bemerkte Fromm die wartende Susanne Schnitzler.

„Guten Tag, Frau Schnitzler, warten Sie etwa auf uns?"

„Das könnte man sagen, und zwar schon seit einer Stunde!", antwortete sie vorwurfsvoll.

„Wir waren bei einem vermutlichen Suizid in Sondelfingen, da kommt man nicht so schnell weg! Warum haben Sie nicht mit unseren Kollegen gesprochen?“

„Weil ich nur zu Ihnen wollte, ganz einfach!“

Fromms Kollegen gingen grinsend an den beiden vorbei. Sie dachten sich dabei ihren Teil.

„Also gut, dann kommen Sie doch bitte mit!“, sagte Fromm und bat die Frau in das Büro.

„Womit kann ich Ihnen dienen?“

„Ich habe eine Anzeige bekommen!“, sagte sie knapp. Sie machte dabei den Eindruck einer bockigen, pubertierenden Göre.

„Nun, das ist eigentlich nicht Besonderes, vor allem, was haben wir damit zu tun?“, fragte Fromm genervt zurück.

„Ich war das aber gar nicht!“

„Sie waren was gar nicht?“

„Na ja, an dem Tag, als mein Vater …“, stammelte sie und begann zu weinen.

„Ja, was war da?“, fragte Fromm und verdrehte seine Augen.

„Da bin ich doch gar nicht in Ohmenhausen gewesen! Und mein Auto war ja auch geklaut! Und jetzt soll ich einhundertdreißig Euro bezahlen und dann soll ich auch noch den Führerschein abgeben!“

„Das heißt, sie wurden geblitzt? In Ohmenhausen?“

„Ja, aber ich bin doch gar nicht gefahren! Das war der, der mein Auto geklaut hat!“

„Geben Sie mir bitte den Brief!“

Sie reichte ihm ein Schreiben des Landratsamtes in Reutlingen. Darin stand der berühmte Satz: „Ihnen wird zur Last gelegt, am …“ Nun, hatte man wenigstens ein Foto von den Autodieben.

„Frau Schnitzler, das ist überhaupt kein Problem. Die Kollegen in Nürtingen haben ja Ihre Anzeige aufgenommen, und auf dem Foto, das geschossen worden ist, erkennt man den Autodieb. Wenn sie wollen, veranlasse ich, dass mir das Foto oder ein Abzug davon zugestellt wird, das ist in der heutigen Zeit kein Problem mehr!"

„Ja, das würde mir schon ein bisschen helfen. Wissen Sie, das ganze Theater belastet mich ungemein!", sagte sie mit zitternder Stimme.

Fromm hob den Telefonhörer ab und rief im Landratsamt an. Die Sachbearbeiterin versprach, die Aufnahme herauszusuchen und sie ihm per E-Mail zukommen zu lassen.

„Wollen Sie eine Tasse Kaffee?", fragte er Susanne Schnitzler, um sie etwas zu beruhigen.

„Nein, ich trinke keinen Kaffee, da kann ich nicht schlafen."

Es dauerte etwa fünf Minuten, dann gab der Computer einen Ton von sich, der vermeldete, dass eine Mail angekommen war. Fromm war inzwischen aufgestanden und holte sich einen Becher Kaffee. In aller Ruhe setzte er sich nun an seinen Rechner und öffnete die angehängte Datei. Zuerst überflog er das Foto, doch dann stutze er. Er beugte sich derart nach vorne, dass er einen Teil seines Kaffees über seine Hose schüttete.

„Schaut euch das mal an!", rief er seinen Kollegen zu.

Die unterbrachen ihre Arbeit und traten hinter Christian Fromm, um einen Blick auf dessen Monitor zu werfen.

„Da war doch die Sache in Gomaringen. Hat da nicht im Fahndungsaufruf gestanden, dass die Täter in muslimischen Frauenkleidern auftauchten?", fragte Carsten Dombrowski.

Auf dem Bild waren eindeutig zwei Frauen mit Schleier zu sehen. Die Gesichter waren schwer zu erkennen, da der Schleier nur die Augen freiließ. Fromm telefonierte sofort mit seinen Kollegen in Tübingen, die den Banküberfall von Gomaringen bearbeiteten. Diese waren natürlich höchst erfreut, denn auch sie hatten bisher keine greifbaren Ergebnisse. Nun konnten sie mit dem Foto an die Öffentlichkeit gehen, denn das Auto mit den zwei Gestalten an Bord musste jemandem aufgefallen sein. Christian Fromm übermittelte das Foto sofort an seine Kollegen.

„Frau Schnitzler, es gibt immer wieder Zufälle, die helfen uns bei unserer täglichen Arbeit ungemein! Es war eine hervorragende Idee von Ihnen, mit dem Brief zu uns zu kommen. Selbstverständlich wird die Anzeige gegen Sie fallen gelassen. Außer, Sie waren eine der beiden hier abgebildeten Personen! Dann wird es kritisch!“, sagte Fromm ein wenig sarkastisch.

„Mit solch einem Fummel würde ich mich nicht aus dem Haus trauen!“, sagte sie verächtlich, als sie das Bild betrachtete.

„Gut, dann können Sie wieder gehen. Sie bekommen in den nächsten Tagen mit Sicherheit noch einmal Bescheid wegen dieser Sache, und wenn wir Fragen haben, rufen wir einfach bei Ihnen an, okay?“, sagte Christian Fromm und gab ihr die Hand.

Anschließend begleitete er sie hinaus und ging sofort zu seinem Chef, um ihm die Neuigkeit zu verkünden.

Kurz nachdem er wieder im Büro zurück war, meldete sich ein Kollege vom Polizeiposten in Gomaringen. Er und sein Kollege hatten unmittelbar nach dem Banküberfall eine Verkehrskontrolle durchgeführt, dabei war einem von ihnen die auf dem Blitzerfoto abgebildete A-Klasse wegen des Esslinger Kennzeichens und der deutlich sichtbaren Beule in der Beifahrertür aufgefallen. Am Steuer saßen aber nicht die abgebildeten Frauen, sondern zwei junge Männer in Uniformen des Roten Kreuzes. Nach Angaben des Fahrers waren beide auf dem Weg nach Pfullingen zu einem Einsatz. Christian Fromm rief bei der Verwaltung des Roten Kreuzes in Reutlingen an und bat den Sachbearbeiter, die Einsatzprotokolle vom Tag des Überfalls in Gomaringen durchzusehen. Der Mann fand aber keinen bedeutenden Einsatz, der überregionale Kräfte erforderlich gemacht hätten, schon gar nicht aus dem Landkreis Esslingen. Es bestand also der begründete Verdacht, dass es sich bei den Brandstiftern des Waldbrandes in Pfullingen und den Tätern des Banküberfalls in Gomaringen um dieselben Personen handeln konnte. Nun galt es, Zeugen zu finden, die die Täter beim Abstellen des Fahrzeugs und beim Verschwinden aus dem Wald von Pfullingen beobachtet hatten. Alle diese Erkenntnisse gingen an die lokale Presse und das Regionalfernsehen. Fromm erhoffte sich von der Maßnahme einige wichtige Informationen.

Kriminalhauptkommissar Gerhard Meininger hielt es zu Hause nicht mehr aus! Er war wegen seiner Zahnbehandlung eine Woche krankgeschrieben und nun fiel ihm die Decke auf den Kopf. Er ertappte sich dabei, dass er im Nachmittagsfernsehen Sturm der Liebe anschaute, aber nach etwa fünf Minuten wieder abschaltete. So weit war er dann doch noch nicht gekommen, dass er sich so etwas antat. Er konnte sonst nichts anfangen, denn man hatte bei ihm entgegen der ersten Aussage seines Zahnarztes keine Wurzelbehandlung gemacht, sondern sofort die Zahnwurzel abgesägt. Deshalb musste er einige Tage starke Schmerztabletten einnehmen. Nach der Einnahme dieser Tabletten hatte er das Gefühl, er schwebe auf einer Wolke. Außerdem waren seine Sinne vernebelt, es war also kein Gedanke daran zu verschwenden, mit seinen Kollegen zu telefonieren, um sich über die aktuelle Lage zu informieren.

Heute ging es ihm besser. Keine Schmerzen mehr, die Wange war abgeschwollen und er hatte richtig gut geschlafen. Man sah aber deutlich die Spuren des Eingriffes. Sein

Auge war blutunterlaufen, ebenfalls die Stelle an der Wange, unter der der Eingriff stattgefunden hatte. Sein Aussehen störte ihn aber nicht, viel schlimmer war das Gefühl, zur Untätigkeit verdammt zu sein. Seine Frau Renate riet ihm ab, vorzeitig zum Dienst zu gehen, denn wegen seines Aussehens bestand die Gefahr, dass er sich zum Gespött seiner Kollegen machte. Er selber war in solch einer Situation anderen gegenüber nicht gerade zimperlich. Aber er hörte nicht auf sie, sondern bestieg dienstbeflissen sein Auto und fuhr in Richtung Reutlingen. Normalerweise war er immer der Erste, der am frühen Morgen an seinem Schreibtisch saß. Doch heute war alles anders. Es war eine Sonderkommision mit dem Namen Soko – K 7,65 gebildet worden. Alle Kollegen waren schon im Dienst und saßen bereits im Büro des Chefs der Reutlinger Kriminalpolizei, Stefan Hetterich. Auf Meiningers Tisch stapelten sich Unterlagen von verschiedenen Fällen, die er noch zu bearbeiten hatte. Er sah sie grob durch und ging ebenfalls hinüber ins andere Büro. Als er die Tür öffnete, sahen ihn die Kollegen erstaunt an. Dann passierte das, was Meiningers Frau befürchtet hatte. Nach der kurzen Freude, dass er endlich wieder zum Dienst kam und die üblichen Fragen nach dem Wohlergehen, stellte einer der Kollegen die Frage, ob er mit einem Bären gekämpft habe und dabei den Kürzeren gezogen hatte. Der Fantasie des Lästerns waren dabei keine Grenzen gesetzt. Nach einigen Augenblicken aber rief Kriminaloberrat Stefan Hetterich die Anwesenden zur Ordnung.

„Meine Herren, bitte! Kommen wir zurück zur Tagesordnung. Lieber Kollege Meininger, wir waren gerade dabei, den Bericht des Bundeskriminalamtes durchzugehen. Damit du auf dem Laufenden bist, hier die folgenden Fakten: Der in Sondelfingen aufgefundene Pavel Prpic wurde mit derselben Waffe getötet wie Albert Schnitzler. Das steht in einem Gutachten, das wir heute Morgen aus Wiesbaden bekommen haben. Bei der Waffe handelt es sich um eine ehemalige Dienstwaffe der deutschen Polizeibehörden, die in den frühen 70er-Jahren in die damalige Tschechoslowakei verkauft wurde. Es handelt sich um eine Pistole der Marke Walther vom Typ PP im Kaliber 7,65 mm, die nachträglich für den Gebrauch eines Schalldämpfers umgebaut wurde. Prpic ist bis zu seinem Todeszeitpunkt strafrechtlich nicht in Erscheinung getreten. Wie gesagt, wurde Albert Schnitzler mit derselben Waffe erschossen. Auch die im ausgebrannten Fahrzeug von Pfullingen gefundene Patronenhülse stammt aus dieser Waffe. Das hieße also, dass dieser Prpic der Mörder von Albert Schnitzler ist. Bei den tschechischen Behörden läuft eine Anfrage zur Klärung der Person Pavel Prpics als ehemaliger Angehöriger der dortigen Polizei, weil in seiner Wohnung ein alter Dienstausweis der tschechischen Polizei gefunden wurde. Ein Vergleich von Prpic Gesicht, mit denen auf einem Bild einer Verkehrsüberwachungsanlage in Ohmenhausen abgelichteten Personen hat aber keine Ähnlichkeit ergeben. Es musste sich aber bei dem geblitzten Fahrzeug mit dem Esslinger Kennzeichen, bei dem Tatfahrzeug des Mordes in Reutlingen und dem vom Banküberfall in Gomaringen um ein und dasselbe handeln. Das hieße also, dass wir es mit mindestens drei Tätern zu tun haben. Wir bilden nun drei Ermittlungsteams, die in verschiedene Richtungen arbeiten. Dabei sind folgende Fragen zu klären: In welchem Zusammenhang steht die Tochter Schnitzlers zu Prpic? Es war ja schließlich ihr Fahrzeug, das gestohlen und bei dem Banküberfall in Gomaringen benutzt wurde. So weit bekannt ist, besitzt dieser Prpic lediglich einen Roller, der als Kleinkraftrad angemeldet ist. Das nächste Team befasst sich mit der Person des Tschechen. Arbeitsplatz, Freunde, Kollegen, Bekannte und so weiter. Er hatte ja nicht nur die Waffen, sondern auch diese Teufelszeugs Crystal Meth. Die Analyse im Labor ergab, dass die Droge bereits mehrfach gestreckt und verunreinigt war, was sie immens gefährlich macht. Wer waren mögliche Kunden, wo brachte der Kerl das Zeug an den Mann? Die Rekonstruktion der Umstände des Todes von diesem Prpic ergab, dass er sich nicht mit Absicht erschoss. Offenbar hantierte er mit der Waffe, bevor sich der Schuss löste. Es könnte aber durchaus möglich sein, dass eine zweite Person anwesend war und ihn wie auch immer zu seinem Handeln zwang. Es konnten aber leider keine weiteren Spuren, wie etwa Fingerabdrücke, an der Waffe nachgewiesen werden. Der Rest der Mannschaft bearbeitet die Zeugenaussagen, die nach Ausstrahlung unserer Fahndung im Fernsehen eingegangen sind. Gerhard, so wie du aussiehst, kann man dich nicht auf die Menschheit loslassen, ich denke, dass wird deine Aufgabe sein", beendete Hetterich seinen Vortrag.

„Danke, zu gütig!", brummte Meininger beleidigt.

„Sind noch Fragen, meine Herren?", fragte Hetterich in die Runde. „Keine? Gut! Die Kollegen Fromm und Früh kümmern sich um Susanne Schnitzler, Dombrowski und Rilling fahren nach Sondelfingen", sagte er und stand auf, um den Raum zu verlassen.

Die Kollegen saßen noch eine Weile und tauschten ihre Meinungen aus. Dann machten sich alle an ihre Arbeit. Meininger setzte sich an seinen Schreibtisch und sortierte Zeugenaussagen, die nach dem bundesweit ausgestrahlten Beitrag in der Sendung „XY ungelöst" bei verschiedenen Polizeirevieren in Deutschland eingegangen waren. Er schrieb den Inhalt der Aussagen stichwortartig auf verschiedenfarbige Zettel, die er später den jeweiligen Personen und Tatorten zuordnete. Dann stand er auf und ging zu einer großen Pinnwand. Dort schrieb er als ersten Namen Prpic, dann Susanne Schnitzler, Albert Schnitzler und dazu malte er ein großes Fragezeichen. Pfeile zwischen den Namen sollten die Zusammenhänge deutlich machen. Auf runden Zetteln waren große Fragezeichen gemalt, die ungeklärte Fakten andeuten sollten. Nach etwa einer halben Stunde hatte er ein beträchtliches Sammelsurium an bunten Zetteln an der Pinnwand angebracht. Einen der Zettel behielt er aber zurück. Auf diesem stand die Aussage eines Verkehrsteilnehmers, der behauptete, an dem Tag, als in Gomaringen die Bank überfallen und in Pfullingen der Waldbrand gelegt worden war, habe er ein Auto aus dem Parkplatz neben dem Hundesportvereinsheim auf die Gönninger Landstraße einbiegen sehen. Zunächst hatte er dieser Begegnung keine weitere Bedeutung geschenkt. Als er aber die Sendung im Fernsehen sah, erinnerte er sich, dass er, unmittelbar nachdem er in Richtung Gönningen abgebogen war, eine Rauchsäule über dem Wald bei Pfullingen aufsteigen gesehen hatte. Dass dies der beginnende Waldbrand sein sollte, nahm er zu dem damaligen Zeitpunkt nicht wahr. Immer wieder verbrannten Gütlesbesitzer in dieser Gegend ihren Grasschnitt, was zu einer erheblichen Rauchentwicklung führte. Interessant an der Aussage war die Tatsache, dass es sich bei dem Auto offenbar um eine silberne Mercedes A-Klasse gehandelt hatte, die aber ein Reutlinger Kennzeichen trug. Sogar die beiden nächsten Buchstaben konnte sich der Mann merken, weil sie seinen eigenen glichen. Die Zahlenkombination wusste er allerdings nicht mehr. Meininger sah in der Zulassungsdatei nach dem Kennzeichen und dem Fahrzeugtyp. Er wurde auch gleich fündig, denn von diesem Fahrzeugtyp gab es mit der Kennung nur ein Exemplar. Dieses war auf eine Frau Dr. Andrea Maichle, wohnhaft im Anemonenweg in Reutlingen zugelassen. Zunächst suchte Meininger die Telefonnummer der Fahrzeughalterin heraus. Er konnte sich vorstellen, dass die Frau mit ihrem Hund im Wald spazieren und deshalb zufällig dort vor Ort war. Vielleicht hatte sie aber eine wichtige Beobachtung gemacht, die der Polizei bei ihrer Arbeit weiterhelfen konnte. Er ließ das Telefon eine Weile klingeln, es hob auf der andere Seite aber niemand ab.

Wahrscheinlich war die Frau bei der Arbeit in einer Praxis. Sie war laut Telefonbucheintrag Ärztin für Allgemeinmedizin, war aber keiner Praxis zugeordnet. Also musste sie wohl in einer Klinik arbeiten. Meininger rief beim Kreiskrankenhaus in Reutlingen an, wo er an die Klinikverwaltung des Landkreises Reutlingen verwiesen wurde. Dort war der Name der Frau unbekannt, weshalb er sein Glück in Tübingen versuchte, ebenfalls ohne Erfolg. Also suchte er den Anemonenweg auf dem Stadtplan heraus. Dieser war ein Seitenweg der Berggasse, einer noblen Wohngegend unterhalb des Georgenbergs. Eigentlich hätte er seine Kollegen auf dem Handy anrufen können, um sie zu bitten, dort vorbeizufahren, aber er wollte selber hinaus.

Der Anemonenweg war einfach zu finden, er zweigte von der Berggasse, die über die Steinenbergstraße zu erreichen war, links ab. Meininger verringerte das Tempo auf Schrittgeschwindigkeit, um die Hausnummern lesen zu können. Dies war aber sehr schwer möglich, da sich die meisten Häuser hinter dichten Büschen und Bäumen versteckten, sodass oft nur eine Gartentür sichtbar war. Er war gezwungen anzuhalten und die Namensschilder an den Klingeln zu lesen. Beim dritten Mal wurde er aber fündig. Auf einem Messingschild war der Name Maichle eingraviert, daneben ein eleganter Klingelknopf. Diesen betätigte Meininger ein paar Mal, ohne eine Reaktion auf dem Grundstück erkennen zu können. Etwa zehn Meter neben dem Eingang befand sich eine Garageneinfahrt. Diese gehörte offenbar ebenfalls zum Grundstück. Meininger versuchte, das Garagentor zu öffnen. Er zog am angebrachten Riegel und tatsächlich gab es nach. Gerade als er unter das Tor knien wollte, um einen Blick dahinter werfen zu können, hörte er das leise Quietschen des Gartentors. Sofort stand er auf und sah nach. Eine alte Frau blickte auf die Straße hinaus, um zu sehen, wer da wohl geklingelt hatte.

„Hallo!“, rief ihr Meininger zu. „Mein Name ist Meininger, Kriminalhauptkommissar Meininger von der Kriminalpolizei Reutlingen.“

Er hielt ihr seinen Dienstausweis unter die Nase. Die Frau sah ihn verwundert an, denn sie hatte sich einen Kriminalbeamten anders vorgestellt. Er hatte aufgrund seiner noch nicht ganz abgeschwollenen Wange eine etwas schlurfende Aussprache, von dem blauen Auge ganz zu schweigen.

„Ja, bitte, was führt Sie zu uns?“, fragte die Frau verunsichert.

„Hier wohnt doch eine Frau Doktor Maichle. Sind Sie das?“

„Nein, ich wohne gegenüber, ich schaue nur ab und zu nach dem Rechten bei der Frau Doktor.“

„Wie kann ich denn die Frau Doktor Maichle erreichen?“

„Schwer, sehr schwer. In welcher Sache denn?“

Die ältere Dame war nicht besonders auskunftsfreudig, das ärgerte Meininger.

„In einer Mordsache!“, übertrieb Meininger, denn es war ja noch überhaupt kein Zusammenhang mit den verübten Straftaten zu erkennen. Seine Antwort hatte die erhoffte Wirkung erreicht, die alte Frau riss die Augen weit auf und wiederholte: „Mordsache? Schrecklich!“

„Nun? Wie kann ich also die Frau Doktor erreichen?“

„Da müssen Sie nach Afrika gehen!“, antwortete die Frau knapp.

„Wie soll ich das verstehen?“

„Naja, die Frau Doktor ist für eine Hilfsorganisation in Afrika tätig. Ärzte ohne Grenzen, die kennen Sie doch sicher oder?“

„Ach so! Und seit wann ist sie dort?“

„Etwa einen Monat. Ja, fast genau seit einem Monat!“

„Aha. Und Frau Doktor Maichle hat ja sicherlich ein Auto. Ist das dort in der Garage?“

„Ja. Die ist aber abgeschlossen."
„Wer hat dafür einen Schlüssel?"
„Außer mir niemand."
„Ich habe vorher nachgeschaut, das Garagentor ist aber nicht abgeschlossen."
„Das ist unmöglich! Ich habe es doch selber verschlossen!"
„Wann?"
„Als die Frau Doktor gegangen ist, bin ich extra ums Haus herum gegangen und habe alle Türen und Tore verschlossen!"
„Na, dann schauen wir doch mal nach!"
Meininger ging zur Garage und zog mit einem Ruck das Garagentor auf. Die alte Frau sah ihm mit großen Augen zu. Er ging zu seinem Dienstfahrzeug und holte Gummihandschuhe, um keine Spuren zu verwischen. Es standen zwei Fahrzeuge in der Garage, die besagte Mercedes A-Klasse und ein alter Jaguar E-Type Cabrio. Der Oldtimer war mit einem weißen Leinenüberzug abgedeckt, sodass man nur das markante Heck erkennen konnte. Meininger ging an dem Mercedes vorbei und sah sofort die auf dem Boden liegenden Scherben. Die Scheibe war eingeschlagen und die Seitentür aufgebrochen worden. Meininger machte kehrt und ging wieder aus der Garage hinaus. Noch immer stand die alte Frau mit aufgerissenen Augen da.
„War da jemand drin?", fragte sie aufgeregt.
„Offensichtlich ja. Ist Ihnen die eingeschlagene Scheibe nicht aufgefallen?"
„Nein, nein, zur Garage gehe ich eigentlich nie, da ist ja nichts, was mich angeht."
„Das Auto wurde von jemand entwendet. Ist Ihnen in der letzten oder vorletzten Woche nichts aufgefallen?"
„Wissen Sie, hier in der Straße ist es sehr ruhig. Wir sehen durch die dichten Hecken nicht, was auf der Straße vor sich geht. Mir selber ist nichts aufgefallen, ich kann aber die Nachbarn fragen, wenn sie wieder zu Hause sind."

„Wann sind denn Ihre Nachbarn zu Hause? Ich würde das ganz gerne selber machen."

„Ach je, die meisten hier sind die ganze Woche weg und wenn dann nur am Wochenende einen Tag da. Fast alle sind auf Geschäftsreise oder der eine arbeitet an der Uni in Berlin."

Meininger erkannte, dass von den Nachbarn nichts zu erwarten war. Er rief Thomas Maier von der Spurensicherung an, damit dieser sich um das Auto kümmerte. Anschließend fuhr er wieder zurück zur Dienststelle.

Kriminalobermeister Carsten Dombrowski und sein Kollege Kriminalmeister Max Rilling warteten vor dem Tor einer Reutlinger Maschinenbaufirma auf eine Mitarbeiterin des Personalbüros. Sie hatten herausgefunden, dass Pavel Prpic dort arbeitete. Nach etwa zehn Minuten kam eine gut aussehende, junge Frau auf beide zu und bat die beiden Beamten, ihr in ein Besprechungszimmer im Pförtnergebäude zu folgen.

„Was kann ich für Sie tun, meine Herren?", fragte sie freundlich.

„Wir hätten gerne ein paar Auskünfte über einen Herrn Prpic. Der arbeitet doch bei Ihnen?", eröffnete Dombrowski seinerseits das Gespräch.

„Ja schon, aber er ist nicht Mitarbeiter unseres Hauses", sagte sie.

„Was heißt das?"

„Herr Prpic ist bei einer Personalagentur angestellt und an uns überlassen worden."

„Das heißt im Klartext, er ist Leiharbeiter."

„Wenn Sie so wollen, ja", sagte sie und zwinkerte dabei nervös mit den Augen.

„Seit wann arbeitet er denn bei Ihnen?"

„Etwa ein halbes Jahr. Aber nicht immer am Stück. Wir greifen auf Arbeitskräfte unserer Partnerfirma zurück, wenn Not am Mann ist. Also bei Krankheit des Stammpersonals oder bei einer hohen Auslieferungsquote. Sagen Sie, was ist mit dem Herrn Prpic, der fehlt nämlich schon eine ganze Weile unentschuldigt."

„Das werden wir Ihnen zu gegebener Zeit mitteilen", antwortete Dombrowski.

Der Tod Pavel Prpics wurde nicht an die Medien und seinen Arbeitgeber weitergegeben, da man an die Lieferanten des Rauschgiftes herankommen wollte. Da Prpic keine näheren Verwandten in Deutschland hatte, sah man sich seitens der Ermittlungsbehörden nicht genötigt, weitere Schritte in Richtung tschechischer Angehöriger zu machen.

„Können Sie uns sagen, an welchen Tagen Herr Prpic vor etwa zwei Wochen gearbeitet hat?"

„Vor zwei Wochen, sagen Sie? Da muss ich erst nachfragen, Moment bitte!"

Sie nahm ein schnurloses Telefon zur Hand und tippte eine Nummer ein. Sie sprach ein paar Sätze mit einer Kollegin und legte dann auf.

„Also der Herr Prpic arbeitete bis zu seinem Fehlen jeden Tag bei uns. Also auch im von Ihnen genannten Zeitraum."

„Konnte er während der Arbeitszeit das Werksgelände verlassen?"

„Nein, er muss sich hier an der Pforte abmelden. Das hat er aber offenbar nicht gemacht, denn er hat keine Fehlzeiten in diesem Zeitraum."

„Unbemerkt auch nicht?"

„Schwer, das Gelände wird von Kameras überwacht. Es wurde schon mehrmals versucht, bei uns einzubrechen. Wir haben die Sicherheitsvorkehrungen in den letzten Jahren verschärft. Somit wird jede Bewegung, die sich auf unserem Werksgelände ereignet, aufgezeichnet."

„Okay, dann danken wir Ihnen für Ihre Auskünfte", sagte Dombrowski und erhob sich. Sein Kollege Rilling tat es ihm nach.

„Sagen Sie, können wir mit der Rückkehr von Herrn Prpic rechnen? Er war eigentlich ein zuverlässiger Mitarbeiter. Wurde er verhaftet und eingesperrt? So ganz stubenrein war der nämlich nicht. Er hatte immer etwas zu verkaufen, da war man nicht sicher, ob es sich um Diebesgut handelte."

„So ähnlich ist es wohl, ja. Ich fürchte, Sie müssen die Zukunft ohne den Herrn Prpic planen", sagte Dombrowski und gab der Frau die Hand.

Kurze Zeit später saßen sie wieder im Dienstwagen und fuhren nach Sondelfingen.

Hermine Veith stand wieder im Garten und zupfte Unkraut. Als die Beamten ihr Grundstück betraten, beäugte sie die beiden misstrauisch.

„Guten Tag, Frau Veith, wir sind Kollegen vom Herrn Meininger, der letztens bei Ihnen war", sagte Dombrowski und zeigte seinen Dienstausweis.

„Vo wäm kommet Sia? Da sella kenn i ett!", sagte sie und drehte sich um, um weiter zu arbeiten.

„Es geht um Ihren Mieter, den Herrn Prpic. Wir hätten da ein paar Fragen", sprach Dombrowski weiter und stellte sich nun wieder direkt vor sie.

„Passet se auf, do hann i Aggersalat eingsät! Der muas ett he sei, bevor er kommt!", schimpfte sie.

„Frau Veith, hat seit dem Tod vom Herrn Prpic jemand versucht, in die Wohnung zu kommen?"

„Deam däd e d Laif aschlaga, dass er auf de Schdomba hoimrobba ko! Wann ko i denn dean Saustall do honda ausroma lau? Glaubet ihr etwa, dees got no ewig? Worom hot ma den eigentlich noit onder da Boda brocht?"

„Da gibt es noch ein paar formelle Probleme. Außerdem wird der Leichnam nach Tschechien verbracht. Meine Frage war, hat jemand versucht den Herrn Prpic zu erreichen?"

„Narr's Telefo schellat schau seit a baar Daag. Ond gerschdet isch oiner om s Haus rom gschlicha, nachts em olfa! I hau schier en d' Hoos gmacht, vor Angschd."

„Wie sah der Mann aus? Können Sie uns den beschreiben?"

„Wia denn, wenns Kuahnachd war?"

„Frau Veith, wissen Sie, wo sich der Herr Prpic in seiner Freizeit aufgehalten hat? Gibt es hier in Sondelfingen eine Kneipe?"

„Der isch äwell mit seim Roller noch Reitlenga neigfahra. A baar mol hent sen au mit em Taxi brocht, weil er zua gwea ischd wia a Schdrompf!"

„Wann war das, das letzte Mal? Können Sie sich erinnern?"

„Emmer em Freidichs, wenns Geld geba hot!"

„So auch am Freitag vor seinem Tod?"

„Was sage denn grad? Hennt Sias an de Aura?"

„Mein Kollege hatte Sie bestimmt schon danach gefragt, aber ich frag nochmal zur Sicherheit: Hatte der Herr Prpic Besuch, eventuell von Frauen?"

„Deam hätt i drfür doa! Hurereia geits in meim Haus etta! Ond Kerle send koine komma, dees hätt i gmerkt."

„Frau Veith, wir würden, wenn Sie nichts dagegen hätten, einen oder zwei Kollegen abstellen, die die Wohnung bewachen."

„Vo mir aus, solang i se ett durchfuadra muass!"

Dombrowski verabschiedete sich lachend von der kratzbürstigen Alten. Rilling hielt sich ein wenig abseits auf und beobachtete die Nachbarschaft. Ihm war aufgefallen, dass sich am Nachbarhaus ständig ein Vorhang bewegte, so als ob jemand hinter der Gardine stehe und das Treiben da unten beobachtete. Er sprach seinen Kollegen darauf an.

„Sollen wir da mal klingeln?", fragte Rilling.

„Nein, jetzt lieber nicht. Wer weiß, ob da noch mal so eine Beißzange wohnt. Wir schauen in der Einwohnermeldeliste nach und kommen bei Bedarf später wieder. Vielleicht schleicht hier nachts einer von Prpics Kunden herum oder einer seiner Lieferanten. Die Kerle können doch nicht bezahlen und sind ihren Lieferanten immer Geld schuldig. Vielleicht können wir unseren Invaliden Gerhard überreden, dass er sich heute Nacht auf die Lauer legt. Der ist ja zumindest ausgeruht nach seiner langen Krankphase."

„Na, das sagst du dem mal nachher ins Gesicht", sagte Rilling grinsend.

„Gehen wir noch kurz am Hauptbahnhof vorbei, wo sich dieser Prpic in einer der Kneipen rumgetrieben haben soll."

Die Beamten bestiegen ihr Dienstfahrzeug und steuerten den Hauptbahnhof von Reutlingen an. Im Umkreis des Bahnhofs und im Bahnhof selber gab es einige Kneipen. Carsten Dombrowski parkte den Wagen direkt vor einer ehemaligen Lagerhalle. Dort war eigentlich parken verboten, aber er hatte keine Lust, lange nach einem Parkplatz zu suchen. Er legte gut sichtbar ein Einsatzschild der Polizei hinter die Windschutzscheibe, um nicht abgeschleppt zu werden.

„Wo fangen wir an?", fragte Rilling.

„Ich denke, es wird am besten sein, wenn wir gleich in die Bahnhofsgaststätte gehen", antwortete Dombrowski.

Sie traten in die Bahnhofsgaststätte durch den Seiteneingang ein. Hinter der Bar war eine Frau mit dem Abtrocknen und Polieren von Gläsern beschäftigt. Ihr Kennerblick sagte ihr, dass die beiden Figuren, die da eintraten, keine potenziellen Kunden waren. Deshalb ließ sie sich Zeit, um sie nach ihrem Anliegen zu fragen. Dombrowski kramte einen Tablet-Computer hervor.

„Guten Tag, mein Name ist Dombrowski, das ist mein Kollege Rilling, wir ermitteln in einem ungeklärten Todesfall. Kennen Sie diesen Mann? Verkehrte der öfter hier, vor allem freitags?"

Die Frau sah das auf dem Tablet abgebildete Foto von Pavel Prpic genau an, überlegte eine Weile und schüttelte dann den Kopf.

„Der ist mir noch nicht untergekommen!“, sagte sie mit heiserer Stimme.

„Arbeiten Sie hier jeden Tag?“, fragte Rilling nach.

„Nein, natürlich nicht, aber freitags immer. Da ist Hauptkampftag und am Monatsersten, wenn es Hartzkohle gibt“, sagte sie und zündete sich eine Zigarette an, obwohl dies eigentlich in der Wirtschaft verboten war. Es kümmerte sie nicht, dass da gerade Polizeibeamte anwesend waren, denn sie wusste genau, dass beide andere Probleme hatten, als das Rauchverbot in Kneipen zu überwachen. Carsten Dombrowski packte sein Tablet wieder weg und bedankte sich artig, bevor er mit Max Rilling im Schlepptau die Kneipe wieder verließ.

„So, wo gehen wir jetzt zuerst hin? Fangen wir links oder rechts an?“, fragte Dombrowski.

„Links, da könnte ich mir eher vorstellen, dass dort Prpic verkehrte“, antwortete Max Rilling.

Im gegenüberliegenden Gebäude waren drei Kneipen untergebracht. Die Linke war eher ein Café im orientalischen Stil, weshalb die Gäste auch mehrheitlich aus Türken oder arabisch aussehenden Menschen bestanden. Dombrowski öffnete die Glastür, die ins Innere führte. Hinter der Theke stand ein Mann und unterhielt sich angeregt mit einem Gast.

„Guten Tag!“, sagte Dombrowski und zeigte dem Mann seinen Dienstausweis. „Kennen Sie diesen Mann?“

Der Wirt sah ihn misstrauisch an, während sein Gesprächspartner nervös an einer Tasse Kaffee nippte.

„Kenn isch nischt“, sagte er dann kurz angebunden.

Dombrowski musste einsehen, dass er hier nicht weiter kam. Er tippte sich an die Stirn zum Gruß und verließ mit Rilling das Lokal.

„Der war aber auch nicht ganz sauber oder?“, fragte Rilling.

„Wenn, dann ist das nicht unser Problem!“, antwortete Dombrowski und zog schon die nächste Tür auf. Es kam ihm laute Rockmusik entgegen. Das Lokal war eine Musikkneipe. Offenbar fand am Abend ein Auftritt einer Band statt, denn auf einer Empore baute ein älterer, rundlicher Mann ein Schlagzeug auf. Er sprach mit seinem Partner mit einem deutlichen badischen Akzent. Christian Dombrowski ging an die ausladende Bar, an der eine Frau mit halblangen, schwarzen Haaren Gläser über der Theke einordnete, die sie vorher aus der Spülmaschine geholt hatte. Wieder stellte sich Dombrowski artig vor.

„Hallo, wir suchen diesen Mann hier, war der vielleicht mal bei Ihnen im Lokal?"

„Nein, nicht dass ich wüsste. Ich bin aber auch nicht jeden Tag hier, wann soll der da gewesen sein?"

„Meistens freitags oder am Monatsanfang!"

„Am Monatsanfang sind eine Menge Hartzer da. Hm, Günther, kennst du den Mann?", fragte sie den älteren Musiker.

Der stand von seinem Schlagzeug auf und bemühte sich an die Theke. Er betrachtete das Bild auf dem Tablet und kräuselte die Stirn.

„Isch des net der, der neulich do vorne vom Stuhl gfalla isch? Was meinsch du Nobbe?", sagte er in schönstem badener Akzent und reichte den Computer seinem Partner.

„Hajo, des isch der Pavian. Den hots dohieba naghaua. Mit hent zerschd denkt, dass er he ischd, aber der isch wieder aufgschdanda, wia wenn nix gwea wär", sagte der andere Musiker. Er redete ein bisschen schnell, dabei zitterte ein kleines Bärtchen unterhalb der Lippen.

„Kennen Sie den Mann näher?", fragte Dombrowski nach.

„Noi, den kennat mir nur von do. Der hat sich halt als Pavel vorgschdellt. Mir hend halt Pavian zu em gsait, des sich oafacher zum ausschwetza!", sagte der Ältere.

„Hat er Ihnen etwas von seiner Herkunft erzählt oder sonstige Dinge?"

„Noi, der war so strunzbsoffa, den hot koiner mehr verstanda.“

„War er allein hier oder in Begleitung?“

„Am Freitag war er alloi. Der war eigentlich emmer aloi. Mit hent jetzad aber koi Zeit mai zom Schwetza, mir sottet da Soundcheck macha. Nochher kommat onsre Schnegga, do muas ällas schdemma!“

„Okay. Dann wollen wir Sie nicht länger aufhalten, danke für die Auskunft.“

Die beiden Musiker begaben sich wieder auf die Bühne und begannen auf ihren Instrumenten einige bekannte Stücke aus den sechziger Jahren zu spielen. Carsten Dombrowski verspürte große Lust, noch eine Weile in dem Lokal zu bleiben, denn die Band spielte genau die Musik, die ihm gefiel. Er lehnte sich zurück an die Theke und hörte eine Weile der Musik zu. Inzwischen war ein Mann gekommen, der sich ebenfalls hinter der Theke zu schaffen machte. Die Bedienung hatte ihn offenbar auf Dombrowski und Rilling aufmerksam gemacht. Als Dombrowski den Mann bemerkte, drehte er sich um und zeigte ihm das Foto von Prpic.

„Ja, den kenn ich, der war freitags öfter hier. Mal mehr, mal weniger besoffen!“

„War er immer allein?“

„Nicht immer, manchmal saß auch so ein Kapuzentyp bei ihm. Dann saßen sie aber meistens da hinten in der Ecke.“

„Können Sie den anderen beschreiben?“

„Schlecht. Der hatte meistens ein graues Kapuzenshirt an. Die Kapuze immer über den Kopf gezogen, sodass man sein Gesicht kaum erkennen konnte.“

„Wie alt schätzen Sie den Mann?“

„Zwanzig, fünfundzwanzig vielleicht. Der hatte manchmal eine Plastiktüte dabei, da war ein Ordner drin.“

„Sie meinen, es könnte ein Schüler gewesen sein?“

„Ja, wobei der älter aussah als ein typischer Schüler.“

Carsten Dombrowski suchte auf dem Tablet das Bild der Verkehrsüberwachungskamera von Ohmenhausen heraus und zeigte es dem Wirt. Der schüttelte aber den Kopf, offenbar war keiner der Abgebildeten mit Prpic in seiner Kneipe. Dombrowski bedankte sich und gab seinem Kollegen ein Zeichen, dass sie weiter gingen. Schweren Herzens verließ er die Kneipe und öffnete wenig später schon die nächste Tür. In diesem Lokal war es so finster, dass man annehmen konnte, man befinde sich in einem Keller. Der Wirt bestätigte die Aussagen seines Nachbarn, konnte aber genauso wenig nähere Angaben zu der zweiten Person machen. Die Beamten beendeten danach ihre Nachforschungen.

Währenddessen warteten Kommissar Christian Fromm und Kriminalobermeister Früh im Krankenhaus in Nürtingen, bis Susanne Schnitzler Zeit für sie hatte. Sie saßen im Warteraum der Notaufnahme und hatten schon alle ausliegenden Zeitschriften durchgelesen. Die Angestellte in der Notaufnahme hatte die beiden um Geduld gebeten, da Susanne Schnitzler bei einer Operation assistierte. Christian Fromm wurde langsam ungeduldig, und er ging hin und her. Das konnte er überhaupt nicht leiden: Warten auf jemanden und das wahrscheinlich wegen einer Lappalie. Sein Kollege Früh saß ruhig da und spielte mit dem Handy, ihm schien das Ganze nichts auszumachen. Dann plötzlich wurde eine Schiebetür geöffnet, und Susanne Schnitzler kam mit hastigen Schritten heraus.

„Sie wollten mich kurz sprechen?“, fragte sie und wirkte gehetzt.

„Nur eine Auskunft, kennen Sie einen Pavel Prpic?“, fragte Fromm.

„Nein, nie gehört! War's das?"

In diesem Augenblick klingelte das Handy von Fromm. Kriminalhauptkommissar Meininger teilte ihm mit, dass die Spurensucher eine Parkberechtigungskarte des Klinikums Nürtingen in einem zweiten, vermutlichen Tatfahrzeug vom identischen Typ gefunden hatten, die auf den Namen Dr. Andrea Maichle ausgestellt worden war. Die Umstände dazu wollte er Fromm später erklären.

„Frau Schnitzler, noch eine Frage: Kennen Sie eine Frau Dr. Maichle?"

Susanne Schnitzler wurde nun stutzig.

„Ähem ja, warum? Was hat das mit dieser Sache zu tun?", fragte sie unsicher zurück.

„Hat die Frau Dr. Maichle auch hier am Krankenhaus Nürtingen gearbeitet?"

„Ja, bis vor etwa drei Monaten. Glaube ich jedenfalls, dass es drei Monate her ist, dass sie gegangen ist."

„Sie besaß dasselbe Auto wie Sie, stimmt das?"

„Ja, ich glaube, das stimmt."

„Wissen Sie das genau?"

„Ja, weil sie öfters neben mir parkte!"

„Ihre beiden Autos standen also manchmal nebeneinander?"

„Je nachdem wie die Schichtzeiten übereinstimmten, ja."

„Können Sie uns sagen, ob hier an der Klinik ein Patient Prpic behandelt wurde? Das ist sehr wichtig."

„Hat das etwas mit meinem Vater zu tun?

„Ja, wir vermuten, dass der Mann der Mörder Ihres Vaters ist", sagte Fromm, um sie zu animieren, in den Patientenakten nach dem Namen Prpic zu suchen. Dies war eigentlich verboten, aber Fromm wollte so Zeit sparen.

Susanne Schnitzler verschwand in einem der angrenzenden Räume. Nach etwa zehn Minuten kam sie mit einem Ordner zurück, in dem sie mit hochgezogenen Augenbrauen blätterte.

„Also der Name Prpic ist angelegt, aber der Vorname ist Vaclav. Wohnhaft in Kohlberg im Zehnthof. Wurde eingeliefert mit einer Stichverletzung nach einer Schlägerei, vermutlich mit einem Messer. Erstversorgung machte der da drüben!“, sagte sie bissig und wies in Richtung einer Tür.

„Was heißt das, der da drüben?“, fragte Fromm nach.

„Na der, der mein Auto beschädigt hat!“

„Sie meinen den Doktor …“, Fromm zückte sein Büchlein und blätterte darin, denn von Susanne Schnitzler würde er den Namen nicht erfahren. „Ach ja, Dr. Kienzler, das ist ja interessant! Gut, ich glaube, dann wissen wir das meiste, danke Frau Schnitzler!“

Susanne Schnitzler drehte sich um die eigene Achse und entschwand hinter einer der Türen. Christian Fromm ging wieder zu der Frau am Empfang und fragte nach Dr. Kienzler. Er hatte kaum ausgeredet, da erschien der Mann wie auf Bestellung am Empfang. Er sah die Beamten ungläubig an.

„Nanu, Sie schon wieder hier? Was hab ich ausgefressen oder sind sie wegen meiner netten Kollegin hier?“, fragte er provozierend.

„Das trifft sich gut, Herr Doktor Kienzler. Sie haben einen Patienten Prpic erstversorgt. Können Sie sich daran erinnern?“

„Von wem wissen Sie das?“

„Wir haben da so unsere Quellen!“

„War das die Schnitzler? Ich sage Ihnen, wenn die Internas ausplaudert, ist sie fällig!“, schrie er.

„Jetzt beruhigen Sie sich erst einmal. Also, wissen Sie etwas über diesen Patienten?“

„Nein, ich kann mich an den Namen nicht erinnern. Wann soll das denn gewesen sein?“

„Vor etwa zwei Wochen“, log Fromm, denn danach hatte er Susanne Schnitzler nicht gefragt.

„Nein, beim besten Willen nicht, an den kann ich mich nicht erinnern.“

„Gut, noch eine Frage: Hier am Klinikum hat eine Frau Maichle gearbeitet. Sie besaß zufällig dasselbe Fahrzeug, wie Frau Schnitzler und parkte es gelegentlich neben ihr. Wussten Sie das?“

„Ja, im Gegenteil zu der Schnitzler hatte die Kollegin Maichle eine Parkberechtigung. Sie ist ja nun nicht mehr hier, schade!“

„Warum ist Frau Doktor Maichle gegangen?“

„Fragen Sie doch die Feldscheuche Schnitzler, mit der ist sie doch dauernd im Streit gelegen!“

„Gut, Herr Doktor, wir wollen Sie nicht länger aufhalten. Ich danke Ihnen für die Auskünfte.“

Wie Susanne Schnitzler verschwand auch Doktor Kienzler hinter einer der Türen.

„Die haben ja ein tolles Betriebsklima hier!“, sagte Fromm beim Verlassen der Klinik.

Als die Beamten im Dienstwagen saßen, nahmen sie Kontakt mit der Leitstelle in Esslingen auf, um sich über den Fall Prpic zu informieren. Vaclav Prpic war nach Auskunft der Kollegen in Nürtingen in einer Kneipe in eine Schlägerei verwickelt, in deren Laufe es zu einer Messerstecherei kam. Prpic wurde am Arm verletzt und zur Behandlung in die Klinik nach Nürtingen eingeliefert. Er erstattete aber keine Strafanzeige gegen den Täter, da er offenbar ein naher Verwandter war. Bei dem Streit unter den Beteiligten ging es offenbar um Spielschulden. Die Kollegen vermuteten aber, dass es sich um ein verpatztes Drogengeschäft handelte. Deshalb beschlossen Christian Fromm und Willi Früh Vaclav Prpic aufzusuchen. Eine Anfahrtsbeschreibung zur Wohnadresse gaben die Kollegen ebenfalls durch. Fromm fuhr über Frickenhausen und Tischardt nach Kohlberg. Der Kollege sagte ihm, er solle, nachdem er den Ortsrand von Kohlberg erreicht habe, an dem gut sichtbaren Gasthof geradeaus vorbei fahren, dann nach etwa zweihundert Metern das Fahrzeug parken. Danach zweigte links eine Einfahrt ab, die Im Zehnthof hieß. Fromm erreichte die Stelle problemlos, parkte den Dienstwagen und meldete sich bei der Leitstelle ab. Beide Beamte stiegen aus dem Fahrzeug und orientierten sich zunächst einmal. Zwischen zwei Häusern ging eine Gasse links ab. Carsten Fromm und Willi Früh folgten dieser, bis sie vor einem alten Haus standen. Fromm suchte nach einer Klingel und fand diese auch. Er drückte den Knopf und schaute erwartungsvoll nach oben zu den dortigen Fenstern, nichts tat sich zunächst. Er drückte noch einmal den Knopf und plötzlich rannte aus dem hinter dem Haus befindlichen Garten ein Mann weg. Die beiden Beamten mussten um das Haus herum laufen, um zu sehen wo der Mann hin rannte. Sie kamen an eine große Gartenfläche, zwischen der Fußwege angelegt waren. Im letzten Augenblick sah Fromm einen Mann einen Weg entlang rennen, der wieder zu den Häusern, die an der Hauptstraße gebaut waren, führte. Die Beamten rannten dem Mann hinterher, ohne allerdings die Hoffnung zu haben, ihn noch einholen zu können. An einer der Hauswände war ein Schild mit dem Namen Krämergässle befestigt, so hieß also der Weg. Fromm winkte ab, was bedeuten sollte, dass die Verfolgung keinen Nutzen hatte. Also gingen sie wieder zurück zu ihrem Dienstfahrzeug.

„Der muss ein verdammt schlechtes Gewissen haben, wenn der bei unserem Anblick türmt“, meinte Fromm, der noch ganz außer Atem war.

„Da sollen sich die Kollegen vor Ort drum kümmern, die kennen sich hier besser aus!“, sagte Früh.

Unmittelbar nach dem Ortsausgang von Kohlberg bog Fromm in einen Wanderparkplatz ein, von dem man auf den nahen Jusiberg wandern konnte. Willi Früh sah seinen Kollegen verwundert an.

„Was ist jetzt, hast du was vergessen?“, fragte er seinen Kollegen.

„Komm mal mit, ich zeig dir etwas!“

Sie stiegen aus dem Auto aus, Fromm überquerte die Straße und blieb auf dem Bürgersteig stehen.

„Ist das nicht ein grandioser Ausblick?“, fragte er Willi Früh begeistert.

„Fast so schön wie vom Roßberg“, antwortete der gelassen.

Der Ort Kohlberg lag unmittelbar am Fuß des Jusiberges, oberhalb von Metzingen und dem oberen Neckartal. Vom Ortsrand hatte man eine wunderschöne Aussicht auf das Neckartal und den dahinterliegenden Schwarzwald.

Nachdem sich Christian Fromm sattgesehen hatte, fuhren sie zurück zur Dienststelle nach Reutlingen. Dort wurden alle Erkenntnisse des Tages verglichen und in die von Gerhard Meininger angefertigte Aufzeichnung eingetragen. Aus der Tschechischen Republik waren nun auch die Auskünfte über Pavel Prpic eingetroffen. Er war tatsächlich Angehöriger der Staatspolizei gewesen, aber wegen Verdachts der Unterschlagung und Zusammenarbeit mit einer Rauschgifthändlerbande dann vom Dienst suspendiert worden. Der Dienstausweis wurde ihm damals entzogen, weswegen das in Sondelfingen aufgefundene Dokument eine Fälschung sein musste. Auch dass die Waffen, die Prpic aufbewahrt hatte, aus tschechischem Behördenbesitz stammten, wurde bestätigt. Es wurden sogar die Seriennummern der damals abhanden gekommenen Waffen aufgelistet. So konnte also festgestellt werden, dass irgendwo noch mehrere Pistolen der Marke Walther deponiert sein mussten. Die Kollegen vom Revier in Nürtingen versprachen, bei Vaclav Prpic sofort eine Hausdurchsuchung durchzuführen, da dieser ein Neffe von Pavel Prpic war und der begründete Verdacht bestand, dass er im Besitz der restlichen Waffen war. Des Weiteren wurde beschlossen, dass Gerhard Meininger und Christian Fromm am Abend in die Wohnung Prpics nach Sondelfingen fahren und sich auf die Lauer legen sollen, um den Unbekannten zu fassen, der wiederholt versucht hatte, mit diesem Prpic in Kontakt zu treten.

Dem Neuen wurden die Augen verbunden, damit er nicht erkennen konnte, wo sich der Raum befand, in dem sie ihre „Übungen“ durchführten. Dies ging natürlich nur bei Nacht. Killer und Dose saßen auf dem abgewetzten Sofa und beäugten den Neuen, den sie nur Prof als Kürzel für Professor nannten. Sie nannten ihn so, weil er sehr gute Schulnoten schrieb und auch sonst klasse Einfälle hatte. Sie hatten ihn bei der letzten Cyberparty kennengelernt. Er hatte alle in Grund und Boden geballert und dabei noch einen Sinn für Taktik gezeigt.

„Hast du schon mal ’ne richtige Knarre in der Hand gehabt?“, fragte Killer.

„Nein“, antwortete der Prof.

„Wenn du das Maul halten kannst, zeige ich dir eine.“

„Klar, ist doch kein Problem!“, antwortete Prof unsicher.

Er wusste noch nicht so richtig, was er von seinen neuen Bekannten halten sollte. Aber die Sache mit der Waffe interessierte ihn, schon wegen der Technik, die dahintersteckte. Killer stand auf und hob in der hinteren Ecke des Raumes einen Deckel, auf dem normalerweise der Kühlschrank stand. Dann fingerte er aus einer Kiste eine Waffe heraus und entfernte das Magazin. Danach zog er den Schlitten der Waffe zurück, um zu sehen, dass auch keine Patrone im Lauf steckte. Er ging hinüber zum Sofa und reichte dem Prof die Waffe.

„Oh, eine Walter PP 7,65 Millimeter mit Spannabzug. Alte deutsche Behördenwaffe, ist abgeschafft worden, weil die Durchschlagswirkung zu groß und Mannstopwirkung zu klein war. Wie kommst du denn an so was?“, fragte der Prof.

„Keine Fragen stellen!“, antwortete Killer kurz.

Der Prof hatte bemerkt, dass seine Frage zu brisant war.

„Ich meinte eigentlich, dass die in ein Museum gehören. Die sind technisch ja total überholt“, verbesserte er sich.

„Das ist doch völlig egal, Hauptsache, die knallen. Und das tun sie richtig schön“, mischte sich Dose ein.

Er war wieder einmal zugedröhnt, was Killer überhaupt nicht gefiel.

„Kannst du dir vorstellen, mit so einem Ding in der Gegend rumzuballern?“, fragte Killer nun den Prof.

„Warum nicht, das ist auch nichts anderes, als am Computer. Vielleicht ist es ein bisschen anders, wegen dem Rückschlag, aber sonst?“, antwortete er betont cool.

Nun reichte ihm Killer ein gefülltes Magazin.

„Meinst du, du triffst die Puppe da drüben?“

„Ist das nicht ein bisschen gefährlich, wegen der Querschläger?“, fragte der Prof nun und wurde langsam unsicher.

„Quatsch! Ich hab da unten schon ein paar Hundert Schuss verballert, da gab es nie einen Querschläger!“

„Hört uns denn da keiner? Das macht doch einen Höllenlärm!“

Killer stand auf und schaltete die Musikanlage ein. Er ließ einen Technotitel in einer Lautstärke laufen, dass man davon Ohrenschmerzen bekam. Dann führte der Prof das Magazin in die Waffe ein und entsicherte den Schlitten. Er zog vorsichtig am Abzug und plötzlich löste sich der Schuss. Er erschrak und zuckte zusammen. Killer lachte sich halb tot, als er dies sah. Dann nahm er die Waffe in die Hand und schoss mehrmals auf die Schaufensterpuppe. Obwohl keiner der Schüsse wegen der lauten Musik zu hören war, zuckte der Prof jedes Mal zusammen, wenn ein Geschoss die Puppe traf. Killer lud die Waffe erneut und reichte sie dem Prof. Der stand nun auf und zielte mit gestrecktem Arm. Dann zog er den Abzug schneller durch und setzte so sechs Treffer in den Kopf der Puppe. Killer applaudierte übertrieben und klopfte dabei dem Prof auf die Schulter. Dann stellte er die Musik wieder ab.

„Das klappt doch schon ganz gut!“, lobte er den Prof.

„Das Ding ist doch illegal oder hast du einen Waffenschein?“, fragte Prof.

„Illegal ist scheißegal! Ich sagte doch, keine Fragen! Sag mal, hast du eigentlich was auf dem Kerbholz?"

„Wie meinst du das?"

„Na, Vorstrafen oder so was?"

„Nein, bisher nicht."

„Das ist gut. Wir auch nicht! Aber pass mal auf: Wir haben etwas vor, das bringt uns ganz weit nach vorne! Kannste mitmachen, kriegst ein Drittel, garantiert."

„Und was ist das?"

„Das kann ich dir jetzt noch nicht sagen, wir müssen erst Mal abwarten, ob du dicht halten kannst!", sagte Killer und nahm einen großen Schluck aus der Bierflasche.

„Da seh ich jetzt kein Problem, was hier abläuft, geht ja keinen was an!", sagte der Prof, um die beiden anderen zu beruhigen.

Er konnte die Lage noch immer nicht einschätzen. Er wusste noch nicht einmal, ob er aus diesem düsteren Raum jemals wieder lebend herauskommen würde. Plötzlich hörte er das Wummern einer Bassgitarre aus einem der anderen Räume des Kellers.

„Sind da noch mehr Leute hier unten?", fragte er verdutzt.

„Ja, das sind unsere Nachbarn, die Proben nebenan", antwortete Killer und starrte dabei an die Decke.

„Kennst du die?"

„Nein, wir haben mit denen keinen Kontakt!"

Der Prof trank sein Bier leer. Nun war auch ein Schlagzeug nebenan zu hören und Stimmengewirr.

„Auch noch eins?", fragte Killer den Prof und winkte mit einer Flasche.

„Da sag ich nicht Nein!", antwortete dieser.

Eigentlich trank er nicht viel Alkohol, denn er war immer wieder knapp bei Kasse. Wenn sich aber die günstige Gelegenheit ergab, konnte er mächtig zulangen. Und heute, so hatte er das Gefühl, war wieder so ein Tag.

Um Kriminalhauptkommissar Gerhard Meininger und seinen Kollegen Christian Fromm in der Wohnung des getöteten Prpic in Sondelfingen unerkannt absetzen zu können, wurde der alte Sprintertrick angewendet. Der Fahrer fuhr rückwärts in die Garageneinfahrt hinein, so konnten Meininger und Fromm das Fahrzeug verlassen, ohne gesehen zu werden. Sie hatten zuvor Hermine Veith angerufen, um ihr Bescheid zu geben, dass sie beide am heutigen Abend in der Wohnung von Pavel Prpic auf den mysteriösen Besucher warten wollten. Kriminalhauptkommissar Meininger und sein Kollege Fromm opferten ihren Feierabend, um in der Sache Prpic und Schnitzler endlich weiterzukommen. Es war nach zwanzig Uhr, als sie sich in der Wohnung häuslich einrichteten, ohne jedoch nach außen hin zu zeigen, dass sich hier jemand aufhielt. Am liebsten hätten sie zuerst einmal alle Fenster geöffnet, denn es roch recht muffig. Meininger untersuchte das Sofa nach Dreck und anderem Unrat, es war aber erstaunlich sauber. Also machte er es sich bequem, denn die nächsten Stunden konnten extrem anstrengend werden. Sein Kollege Fromm setzte sich rittlings auf einen Küchenstuhl und begann ein Spiel auf seinem Handy.

„Was würdet ihr auch ohne diese Scheißdinger machen?", fragte Meininger genervt.

Es hatte sich auch bei der jungen Polizistengeneration eingebürgert, das Handy nicht mehr zum Telefonieren, sondern auch zum Spielen zu benutzen. Meininger missfiel dies außerordentlich, denn man konnte sich mit ihnen nicht mehr unterhalten, ohne dass sie mit gesenktem Kopf auf das Display starrten. Selbst Spielstände und sogenannte Leben wurden untereinander getauscht und zugesandt. Vielleicht war er aber auch nur neidisch, weil ihn die Technik der Mobiltelefone überholt hatte. Jedenfalls kämpfte er schon nach kurzer Zeit mit dem Schlaf. Er hatte sich vorsorglich einen Ohrhörer von einem neuartigen Radargerät ins linke

Ohr gestöpselt. Dieses war in der Lage, die Bewegungen von Personen durch Wände und Türen zu erfassen und einen Signalton auch wahlweise über einen Ohrhörer abzugeben. Die Observation von Verdächtigen wurde dadurch erheblich vereinfacht, weil man zum Beispiel nicht mehr durch ein Fenster nach einem Verdächtigen schauen musste, und so der Gefahr ausgesetzt war, gesehen zu werden. Um sich wach zu halten pfiff er leise ein Lied.

„Sag mal, willst du uns schon vorher verraten?", fragte Fromm genervt.

„Warum, stört dich die schöne Melodie?"

„Die Melodie ist ja ausbaufähig, aber die Ausführung ist extrem talentfrei!"

„Banause!", grunzte Meininger im Halbschlaf.

„Sitz doch aufs Klo und mach's Licht an und die Tür zu, dann kannst du ne Zeitung lesen oder ein Kreuzworträtsel lösen."

„Da schlafen mir nach zehn Minuten die Füße ein!"

„Dass du ja nicht einschläfst! Ich möchte nicht, dass wegen deinem Geschnarche der Putz von der Decke fällt."

„Das könnte allerdings passieren. Dann musst du mich halt unterhalten, erzähl dem Onkel Gerhard eine schöne Geschichte, spannend, wenn es geht!"

„Bin ich jetzt im Seniorenheim, oder was? Bereitest du dich schon auf deine Pension vor?"

„Arschloch!"

Tatsächlich hatte Meininger nur noch wenige Jahre zu seiner Pensionierung und es kam des Öfteren vor, dass er von diesem Ereignis seinen Kollegen erzählte. Er ärgerte seine Kollegen mit seinen Planungen zu seiner Freizeitgestaltung nach dem Berufsleben. Die aktuelle politische Lage allerdings sprach eine ganz andere Sprache, da war die Rede von der allgemeinen Beamtenpensionierung im Alter von mindestens siebenundsechzig Jahren. Und nach dieser These hatte er schon noch eine ganze Anzahl von Dienstjahren vor sich. Es kam, wie es kommen musste, Meininger schlief wenig später tief und fest. Zunächst waren leise Grunz-Geräusche zu hören, die wenig später aber in ein wütendes Schnarch-Gewitter mündeten. Christian Fromm blieb nichts anderes übrig, als von seinem Stuhl aufzustehen und seinen Kollegen mit einem Schlag in die Seite zum Leben zu erwecken.

„Was is'n, Renate?", grunzte Meininger.

„Nix Renate, ich bin es! Wen du diese Lautstärke beibehältst, können wir gleich nach Hause gehen."

„Ja, ja", brummte Meininger schmatzend und wenig später war er schon wieder eingeschlafen.

Christian Fromm schaute instinktiv auf die Uhr, als das Radargerät anschlug. Auch Gerhard Meininger war sofort hellwach. Sein Kollege war an ein Fenster geschlichen, um zu sehen, ob er eine Person erkennen konnte. Meininger verließ das Sofa und presste sich hinter eine Wand, damit er von außen nicht gesehen werden konnte. Er konnte Fromm nur schemenhaft in der Nähe der Wohnungstür sehen. Durch Handzeichen signalisierte dieser, dass er nach draußen zur Haustür gehen wollte. Meininger schlich nun ebenfalls aus dem Raum und folgte seinem Kollegen. Die Haustür hatte einen Lichtdurchbruch, durch den man deutlich eine Gestalt sehen konnte, die sich am Schloss der Tür zu schaffen machte. Meininger ging nun direkt zu Fromm an die Haustür und gab ihm per Handzeichen zu verstehen, dass er die Tür ruckartig öffnen wollte und Fromm die Person in den Hausgang ziehen sollte. Fromm nickte und zählte mit den Finger von drei herunter. Bei null riss Meininger die Haustüre auf und Fromm zog die Person mit einem solchen Schwung in die Wohnung hinein, dass diese zu Fall kam. Meininger taumelte ebenfalls und fiel mit seinen hundert Kilo Lebendgewicht auf die am Boden liegende Person. Er brauchte kurz eine Weile, um sich zu ordnen. Doch dann kamen ihm schon erste Zweifel, ob die festgesetzte Person wirklich ein Mann war. Diese Tatsache untermauerte ein Geruch nach billigem Parfüm und das unangenehme, stechende Gefühl von Lockenwicklern. Das Rätsel wurde endgültig gelöst, als Christian Fromm den vorher ertasteten Lichtschalter betätigte. Da lag nun, in die Arme Meiningers verschlungen, Hermine Veith, in ihrer ganzen Größe, auf dem Boden. Gekleidet war sie mit einem geblümten Nachthemd. Sie trug ihre Gummistiefel, mit denen sie wohl auch zu Bett ging und hatte Lockenwickler und ein Haarnetz auf dem Kopf. Ihre Augen funkelten giftig, wie es schlimmer nicht sein konnte.

„Könntet ihr noch einen Augenblick so liegen bleiben, das gibt ein schönes Foto für das Abteilungsalbum!“, sagte Fromm, der die Sprache als Erster wieder gefunden hatte, lachend.

Meininger sprang mit einem Satz auf und sortierte seine Kleidung.

„Ja saget amol, send Ihr au no ganz bacha?“, schimpfte Hermine Veith. „Mi so auf da Boda na pfeffra!“

„Was suchen Sie hier unten? Sie wissen doch, dass wir hier auf einen Verdächtigen warten!“, erzürnte sich Meininger.

„I hann halt bloß gugga wella, ob ihr au ett schlofat! Mr liest so viel vo de Beamte!“

„Danke für das Vertrauen!“, sagte Meininger nur kurz.

Hermine Veith schlurfte schimpfend davon, sie hatte genug von der Unterhaltung.

„In deinem Fall hatte die ja recht!“, sagte Fromm grinsend.

„Wenn du das irgendwo erzählst, dann breche ich dir sämtliche Knochen!“

„Schon dich, alter Mann. Ich glaube, wir können unsere Zelte hier abbrechen. Ich rufe den Dombrowski an, dass er uns abholt.“

Fromm wählte die Nummer der Dienststelle und bat den Kollegen, ihn und Meininger abzuholen. Währenddessen bauten beide das Radargerät ab und verstauten es in einem dafür vorgesehenen Koffer. Ein paar Minuten später hielt der Dienstwagen vor dem Haus und beide Beamten gingen aus der Wohnung hinaus nach oben.

„Den kriegen wir auch auf andere Art und Weise. Früher oder später!“, sagte Meininger zu Fromm, als sie durch die Hofeinfahrt gingen.

„'S hot a mancher gmoit, wenn er an Furz auf da Acker lässt, no sei au glei dongat!“, krächzte Hermine Veith aus der Dunkelheit den beiden Beamten hinterher.

„Hast du das verstanden?“, fragte Fromm seinen Kollegen.

„Nein, muss ich das?“, antwortete Meininger gelangweilt.

„Ja, schon, ist ein alter Gogenspruch! Du kommst doch aus der Hauptstadt der Gogen!“

„Sagt mir nichts“, sagte Meininger gähnend.

Meininger wohnte in Tübingen, wo die Weingärtner in alter Zeit Gogen oder Raupen genannt wurden und durch ihren derben Humor bei Mundartliebhabern äußerst beliebt waren. Eigentlich war die ganze Aktion an diesem Tag ein großer Flop gewesen, aber nicht für Christian Fromm. Der wachte nämlich in der folgenden Nacht laut lachend auf, weil ihm das Bild des am Boden liegenden Meininger mit der eng umschlungenen Beißzange Hermine Veith wieder in den Sinn kam. Seiner Frau versprach er, alles am anderen Morgen zu erklären. Bei Meiningers hingegen kam die ganze Sache nicht zur Sprache, aus verständlichen Gründen. Früher oder später allerdings würden die Kollegen …

Einige Tage später trafen sich Killer, Dose und der Prof wieder in ihrem Saal, wie Killer den Raum nannte. Die Übungen waren weit fortgeschritten und für Killer war nun der Zeitpunkt gekommen, die Katze aus dem Sack zu lassen und die Realityshow, wie er es nannte, zu starten. Er schaltete beim Eintreten in den Raum sofort den an der Decke montierten Beamer ein. Bis dieser seine Betriebstemperatur erreicht hatte, ging Dose zum Kühlschrank und holte drei Flaschen Bier. Er öffnete sie mit einem überdimensionalen Kampfmesser, das leicht angerostet war. Killer startete den alten Laptop, auf dem er verschiedene Übungsszenerien für das Schießtraining gespeichert hatte. Dann kramte er einen USB-Stick aus der Tasche und steckte ihn in die vorgesehene Buchse am Laptop. Er stand auf und öffnete die Tür, um sich zu vergewissern, dass draußen auch niemand war.

„Also, auf dem Bild seht ihr drei Geldtransportmitarbeiter beim Abholen der ersten Charge der Tageseinnahmen eines Supermarktes. Was auf dem Bild auffällt, ist die Tatsache, dass alle drei, also auch der Fahrer, außerhalb des Fahrzeugs sind. Das ist vorschriftswidrig. Der eine Mann, der an der Fahrertür lehnt, müsste eigentlich im Fahrzeug sein, während seine Kollegen das Geld transportieren. Er muss bei einem Überfall sofort einen Alarmknopf im Fahrzeug drücken. Da dieser Fahrer aber ein starker Raucher ist, verlässt er immer das Fahrzeug, um eine zu ziehen, während seine Kollegen das Geld holen. Das ist unsere Chance! Es gibt nur ein Problem: Die Besatzungen der Fahrzeuge werden immer ausgetauscht, das heißt, es sind ganz selten dieselben Leute hintereinander am gleichen Einsatzort und im gleichen Fahrzeug. Das soll verhindern, dass sich unter den Angestellten Gruppen bilden, die in Versuchung geraten könnten, sich an den Geldern zu vergreifen. Wichtig für uns sind also nicht die beiden, die den Geldkoffer holen, sondern nur dieser Fahrer. Ich habe mir über einen ganzen Zeitraum lang die Schichtpläne notiert, da gibt es einen gewissen Rhythmus. Ich denke, dass in nächster Zeit dieser Fahrer wieder in dem Supermarkt an der Reihe ist. Das Ganze findet meistens so um ein Uhr statt. Unsere Aufgabe besteht darin, alle drei auf einmal auszuschalten, das heißt, jeder bekommt eine Person zugeordnet, um die er sich zu kümmern hat.“

„Was heißt das im Klartext?“, fragte der Prof.

„Umlegen, was sonst? Die Geldboten sind mit großkalibrigen Revolvern bewaffnet und gut trainiert. Das bedeutet für uns, dass wir den Überraschungseffekt nutzen müssen. Ansonsten sind wir ihnen waffentechnisch unterlegen. Es gilt, einen gezielten Kopftreffer zu setzen. Wenn wir auf den Körper zielen, besteht das Risiko, dass der Getroffene durch den Schock zunächst gar nicht spürt, dass er eine Kugel abbekommen hat. Dann wird es für uns brenzlig. Noch was: Der Geldkoffer ist mit einer Kette am Handgelenk von einem der Boten gesichert. Diese Kette müssen wir durchtrennen. Dafür besorgen wir uns einen Bolzenschneider, der das mühelos schafft.“

„Wo bekommen wir den her?“, fragte Dose.

„Den besorgen wir uns in einem Baumarkt. Natürlich wird der nicht gekauft, sonst gibt es ja Zeugen. Ich hab da einen Plan, wie wir das machen können. Dazu aber später mehr. Wir üben jetzt den Angriff auf die Geldboten. Wir kommen von der hinteren Seite des Supermarktes her. Da befindet sich ein großer Parkplatz eines Fitnesscenters. Wir müssen über den Zaun steigen und können uns dann hinter einem Mauervorsprung verstecken. Ich positioniere mich allerdings auf dem Gelände eines Baustoffmarktes. Von dort aus sieht man sehr gut in die Einfahrt des Supermarktes. Sobald der Geldtransporter rückwärts in den Hof fährt, gebe ich euch ein Zeichen und steige ebenfalls über den dortigen Zaun. Dann greifen wir von hinten an. Das muss alles sehr schnell gehen! Ich zeige jetzt eine Aufnahme, die ich mit dem Handy vom Gelände des Baustoffmarktes gedreht habe. Wir üben jetzt mal, wie wir uns dem Fahrzeug nähern. Also, alle auf die Positionen!“, befahl Killer.

Er hatte eine Leinwand am Ende des Raumes aufgehängt. Davor hatte er ein paar alte Schränke gestellt, sodass das

Ganze eine Art Einfahrt nachbildete. Der Prof hatte sich auf der linken und Dose auf der rechten Seite platziert. Sie hatten die Waffen in den Hosenbund gesteckt und warteten auf das Startsignal. Killer steckte ein Verbindungskabel vom Beamer in sein Handy und startete dann ein Video, das ein paar Männer in Uniform zeigte, die einen Geldkoffer zu einem blauen Geldtransportfahrzeug trugen. Als der richtige Augenblick gekommen war, gab Killer das Zeichen zum Angriff. Alle drei stürmten nun auf die vermeintliche Einfahrt zu. Der Prof lies vor lauter Aufregung die Waffe fallen und Dose schoss viel zu früh. Beinahe hätte er den Prof am Bein getroffen.

„Stopp! Mann oh Mann! Das hat ja klasse geklappt! Echt toll! Ich glaube, das üben wir nochmal in aller Ruhe und ohne Waffen, nicht dass da noch einer von euch abgeknallt wird! Also Waffen ablegen und noch mal auf Position!“

Alle drei gingen zurück zu ihrem Ausgangspunkt und legten die Waffen ab. Wieder startete Killer das Video und gab anschließend ein Zeichen. Dose und der Prof wären beinahe mit den Köpfen zusammengestoßen, so schnell rannten sie los. Killer war der Verzweiflung nahe. Wenn das in der Realität genauso ablief, dann gute Nacht! Er beschloss, eine Art Choreografie zu machen und die Abläufe für jeden Einzelnen einüben zu lassen. Nach etwa einer Stunde klappte alles dann so, wie er es geplant hatte. Nun kam wieder der Waffeneinsatz hinzu. Auch das klappte zu seiner Zufriedenheit, sodass er beschloss, nach einer weiteren Trainingseinheit den Termin zur Verwirklichung seines Planes festzulegen, es war der kommende Sonntag. An diesem Tag war eine Art „Tag der offenen Tür“ im Industriegebiet, in dem sich der infrage kommende Supermarkt befand. Noch einmal sprach er alle Details mit seinen Komplizen durch. Diese machten den Eindruck, als handele es sich um ein Spiel. Immer wieder musste Killer sie auf die geforderte Disziplin hinweisen. Draußen hörte man das Quietschen der Eingangstür. Killer gab ein Zeichen, dass sich alle still verhalten sollten. Wenig später wurde die Tür wieder bewegt, die Musiker vom Nebenraum waren gekommen um zu üben, obwohl der heutige Tag eigentlich nicht dafür geplant war. Offenbar hatten sie am Wochenende einen Auftritt und übten noch einmal ihr Repertoire ein.

Heinz Schenk aus Sickenhausen hatte an diesem Sonntag eigentlich etwas anderes vor, als mit dem Geldtransporter der Firma Secuport einige Kunden abzuklappern und deren Tageseinnahmen in Empfang zu nehmen. Aber sein Chef, der Inhaber der Firma, hatte ihn gedrängt, die Tour mit der eingeteilten Besatzung des Transporters mitzufahren, weil an diesem Tag die Geldmenge besonders hoch und dazu noch ein ziemlich brisantes Frachtstück abzuliefern war. Die Besatzung bestand außer Schenk noch aus Josef Strimp, einem aus Kasachstan stammenden Russlanddeutschen, Ohmud Kürgün, einem Türken, und Tim Schreiber, dem Fahrer, der ein starker Raucher war. Es war ein schöner, warmer Sommertag und schon am Vormittag war im Industriegebiet In Laisen in der Oststadt Reutlingens die Hölle los. Es war verkaufsoffener Sonntag und einige angesiedelte Betriebe nutzten die Gelegenheit zu einem „Tag der offenen Tür". Secuport holte die Einnahmen von einem großen Supermarkt und von ein paar kleineren Firmen auf Anruf ab. Es gab keinen festen Zeitplan, wann und wo Geld abgeholt werden sollte. Dies diente zur Sicherheit vor eventuellen Überfällen. Kurz vor dreizehn Uhr kam der Anruf, die Besatzung solle doch beim Supermarkt in der Straße Am Heilbrunnen vorbeifahren und die Einnahmen des Vormittages abholen, damit die Summe am Abend nicht so hoch ausfallen würde. Schenk saß im hinteren Teil des Transporters, der über eine Schiebetür von außen erreichbar war. Dort saß im Normalfall niemand, da sich auch hier ein tresorähnlicher Behälter befand, in dem Geldkoffer deponiert werden konnten. Da nun aber vier Mann im Einsatz waren, fand er im vorderen Teil des Fahrzeuges keinen Platz mehr. Er klopfte an die Scheibe, die das Fahrerhaus vom restlichen Teil trennte. Einer der Männer öffnete das Schiebefenster und Schenk gab die Order seines Chefs weiter. Der Transporter kam nur langsam voran, weil immer noch Besucher nach Parkmöglichkeiten suchten. Durch die dunkle Farbe des Fahrzeuges wurde es im Innenraum langsam mächtig warm. Die Besatzung im Führerhaus hatten eine Klimaanlage, Heinz Schenk hinten aber nicht. Deshalb sehnte er sich der nächsten Geldübergabe, um die Tür wenigstens ein bisschen öffnen zu können. Dementsprechend erleichtert war er, als der Geldtransporter anhielt, um rückwärts in den Hof des Supermarktes hinein zu fahren. Nach etwa zehn Metern wurde eine Seitentür sichtbar. Aus Sicherheitsgründen telefonierte Heinz Schenk mit dem Pförtner, um ihm mitzuteilen, dass die Geldübergabe nun stattfinden konnte. Der Pförtner wiederum verständigte einen weiteren Angestellten, der den Geldkoffer zur Übergabe in einen besonderen Raum brachte, zu dem nur die Geldboten und er Zutritt hatten. Heinz Schenk öffnete einen kurzen Moment die Schiebetüre des Fahrzeugs, um frische Luft zu tanken. Dann meldete sich wieder der Pförtner und gab Bescheid, dass die Geldübergabe stattfinden könne. Er schloss nun wieder die Schiebetür und seine Kollegen Strimp und Kürgün gingen durch die nur kurz geöffnete Seitentür in den Supermarkt hinein. Es dauerte eine ganze Weile, bis die Formalitäten erledigt waren und Strimp und Kürgün wieder mit einem Koffer zurückkamen. Heinz Schenk hatte sich zurückgelehnt und die Augen geschlossen. Es waren immer die gleichen Geräusche, die bei der Verladung des Geldkoffers entstanden. Das leichte Quietschen der gepanzerten Heckklappe, wenn sie nach oben gehoben wurde. Dann das Schnattern des Schlosses vom eingebauten Sicherheitsbehälter. Jetzt folgte das ruckartige Zuschlagen der Behältertür, aber dieses Mal fehlte etwas. Es gab offenbar Probleme mit dem Schließen des Sicherheitsbehälters. Das war ihm auch schon öfter passiert, besonders wenn man es eilig hatte und der Geldkoffer nicht richtig im Behälter lag, sodass die Tür nicht ganz geschlossen werden konnte. Heinz Schenk öffnete die Augen und sah durch die Scheibe einen Kopf vorbeihuschen, den er nicht kannte. Er schaute auf den Monitor, der die Bilder der diversen Kameras an Bord des Fahrzeugs zeigte. Nach vorne war nichts Ungewöhnliches zu sehen und nach hinten verdeckte die noch immer aufgeklappte Heckklappe die Sicht. Schenk stand auf und schaute aus dem Fenster gegenüber der Seitentür. Da sah er die ausgestreckte Hand von Tim Schreiber auf dem Boden. Es musste etwas passiert sein! Schenk zog instinktiv seinen Dienstrevolver und öffnete vorsichtig die Schiebetür. Dann warf er einen kurzen Blick hinaus und sah am hinteren Fahrzeugende die beiden anderen Kollegen liegen. Blut rann auf dem Asphalt in Richtung eines Gullideckels. Nun spannte er den Hahn des Revolvers und ging mit gestreckten Armen zum Heck des Fahrzeugs. Da sah er, wie sich ein junger Bursche am Ende des Hofes bückte und eine Waffe aufhob, die er wohl verloren hatte.

„Halt! Stehen bleiben! Halt“, rief Schenk.

Schenk reagierte wie in Trance. Der Kerl mochte etwa zwanzig Meter entfernt gewesen sein und richtete die eben aufgehobene Waffe auf Schenk. Dieser drückte seinerseits den Abzug seines Revolvers. Der hob sich von dem enormen Rückschlag der 357 Magnum-Patrone nach oben, sodass Schenk den Arm wieder nach unten bewegen musste, um im Ziel zu bleiben. Er drückte noch einmal ab, und dann noch einmal. Jetzt sah er erst, dass der Mann am

Boden lag. Offenbar hatte er ihn getroffen. Er steckte seinen Revolver in seinen Holster zurück und drehte sich zurück, um nach seinen Kollegen zu schauen. Alle drei lagen leblos am Boden. Jetzt erst kam der Pförtner aus der Stahltür und starrte mit weit aufgerissenen Augen Schenk an.

„Mann, glotz nicht so doof, ruf den Rettungswagen! Vier verletzte Personen, schnell!“, rief er. Der Pförtner reagierte und verschwand wieder hinter seiner Tür. Dann ging Schenk zum Transporter und übermittelte der Zentrale den Notruf, in dem er einen Alarmknopf drückte.

Anschließend versuchte er, seine Kollegen zu versorgen. Dies war aber äußerst schwierig, weil er nicht wusste, wie schwer die Schussverletzungen waren.

Erst jetzt registrierte er einen heranstürmenden Mann.

„Was ist passiert?“, fragte dieser.

Killer und Dose hatten am Tag zuvor in einem Baumarkt einen großen Bolzenschneider besorgt. Sie hatten den Leitertrick angewandt, den Killer sich ausgedacht hatte. Er nahm zunächst eine Haushaltsleiter aus einem Regal, die in einem großen Karton verpackt war. Diese legte er auf einen Einkaufswagen, der eigentlich für Holzplatten vorgesehen war. Dann suchte er nach einem durchsichtigen Klebeband, welches er ebenfalls auf den Wagen legte. Zu guter Letzt fuhren sie in die Werkzeugabteilung und suchten sich einen geeigneten Bolzenschneider heraus. Als nun alles auf dem Wagen lag, gingen sie in die Holzabteilung, die erfahrungsgemäß nicht so gut von Kunden frequentiert war. Hinter einem Regal begann Dose den Karton der Leiter so zu öffnen, dass es an der Kasse nicht auffiel. Dazu trennte er den mit einem Klebeband verschlossenen Karton mit einem Teppichmesser auf. Killer entnahm kurzerhand die Leiter und stellte sie in eine Nische hinter einem Regal. Dann stopfte er den Bolzenschneider in den Karton, den Dose wieder fachgerecht mit Klebeband verschloss. Dann begaben sie sich zur Kasse und zahlten brav die vermeintliche Leiter. Nun lehnten der Prof und Dose an einem Zaun auf dem Parkplatz eines Fitnessstudios und warteten auf ihren Einsatzbefehl. Um die Sache durchziehen zu können, hatten alle drei vor der Abfahrt zum Supermarkt eine Dosis Crystal Meth konsumiert. Sie hatten Sichtkontakt zu Killer, der sich etwa fünfzig Meter entfernt auf dem Gelände einer Baustofffirma befand und Interesse für Auslegeware im Gartenbereich vorgab. Außer ihm waren noch mehrere Besucher anwesend, sodass er nicht weiter auffiel und die Verkäufer mit anderen Kunden genug zu tun hatten. Dose sah nicht direkt in den Hof des Supermarktes, da eine große Hecke die Sicht versperrte. Er wurde langsam nervös und die Pistole im Hosenbund störte ungemein. Der Prof lehnte ungerührt an einem Zaunpfosten und machte einen sehr konzentrierten Eindruck. Es war nun kein Spiel mehr, jetzt galt es zu zeigen, was man sich vorgenommen hatte. Sie waren entschlossen, es allen zu zeigen! Ihr Plan war perfekt ausgearbeitet und sie hatten genug falsche Spuren gelegt, um von sich abzulenken. Nach diesem Coup konnten sie sich endlich einige ihrer Träume verwirklichen, so erging es jedenfalls Dose. Ihre Wege sollten sich danach trennen, Killer wollte in die USA reisen und Dose endlich einen großen Wagen fahren. Das ging natürlich nicht hier in Reutlingen, er wollte nach Italien ziehen, um dem deutschen Winter zu entfliehen. Dort wollte er dann ein schickes Wägelchen kaufen und eine Weile leben, einfach nichts tun und leben! Er wurde durch das Geräusch eines Motors aus seinen Träumen gerissen. Ein Autofahrer parkte sein Fahrzeug unmittelbar neben ihm. Um nicht aufzufallen hielt er sein Handy ans Ohr und tat so, als würde er telefonieren. Seine innere Spannung wurde langsam unerträglich. Es war schon fast dreizehn Uhr und nichts geschah! Er tappte nervös mit dem Schuh auf den Asphalt, der durch die Wärme weich geworden war. Dann sah er plötzlich, wie Killer das Gelände des Baustoffhandels verlies. Das war das Zeichen! Dose nickte kurz zu dem Prof hinüber und der folgte nun Dose in Richtung des Zaunes, welcher das Grundstück des Supermarktes und des Fitnessstudios trennte. Zuvor nahm Dose den Bolzenschneider an sich. Sie hatten einige Mühe über den Zaun zu kommen, denn die geteerte Fläche vom Hof des Supermarktes lag einen halben Meter tiefer. Als sie unten angekommen waren, pressten sie sich an die Wand eines Vorbaus des Gebäudes. Killer war ein paar Meter vor ihnen und schaute vorsichtig um die Ecke. Er zog seine Waffe und entsicherte sie. Dose und der Prof taten es ihm nach. Vom Gelände des Baustoffmarktes konnten sie nicht gesehen werden, denn auch dort befanden sich Hecken, die die Sicht verdeckten. Killer hielt kurz inne und dann kam das Signal. Die drei stürmten ein paar Meter nach vorne und schossen ohne Verzögerung auf die ihnen zuvor zugeteilte Person. Durch die verwendeten Schalldämpfer und den vom Baumarkt herüberreichenden Lärm der Musik hörte man keinen Knall. Die Männer der Geldtransportfirma fielen getroffen zu Boden. Dose griff nun den Bolzenschneider und versuchte die Kette des Geldkoffers zu durchtrennen. Dies gelang nicht sofort, sodass Killer ihm helfen musste. Schließlich gab die Kette nach. Killer schnappte sich den Koffer und rannte mit Dose zusammen den Hof hinunter zum Zaun. Der Prof hatte seine Waffe verloren und musste noch einmal anhalten, um sie aufzulesen. Killer wuchtete den Koffer über den Zaun. Er schaute kurz zurück und sah, wie der Prof nun auch den Zaun erreichte. Dose hatte inzwischen den Kofferraum des Fluchtfahrzeuges geöffnet und den Koffer hinein geworfen, als er in das Fahrzeug einsteigen wollte, ertönte ein lauter

Knall, dann noch einer und noch einer ... Es war Knall eines Schusses aus einer großkalibrigen Waffe. Dose sah Killer mit großen Augen an. Der Prof war nicht zu sehen.

„Weg hier, aber schnell!", befahl Killer und Dose setzte das Fahrzeug in Gang.

„Meinst du, den hat's erwischt?", fragte Dose aufgeregt.

„Wenn wir Glück haben, redet der kein Wort mehr. Das heißt, nur durch zwei teilen", sagte Killer seelenruhig.

Dose saß nachdenklich im Auto auf der Rückfahrt zum Versteck. Er bekam es mit der Angst zu tun, der Kerl da neben ihm war ihm langsam nicht geheuer. Sie fuhren durch die Einfahrt des Lagergebäudes und verschlossen sofort das Tor hinter sich. Dose fuhr den Wagen hinter einen auf dem Hof abgestellten Container, damit er nicht sofort gesehen werden konnte. Dann wuchtete er den Koffer aus dem Auto und beide verschwanden im Keller des Gebäudes.

Es gab ein paar Dinge, die Kriminalhauptkommissar Meininger überhaupt nicht gerne tat. Dazu gehörte das Einkaufen mit seiner Frau, wobei er gerne mit ihr über den Markt am Samstagmorgen schlenderte, wenn er mal Zeit hatte. Aber wenn seine Frau Renate dann auch noch auf die Idee kam, mal kurz in einen Klamottenladen zu gehen, um zu schauen, was es Neues gab, dann war seine Laune dahin. Ganz extrem war es, wenn er auch noch das Opfer der Kleiderwahl wurde, wenn zum Beispiel der Erwerb von Hosen und Hemden anstand. Ausgerechnet an einem heiligen Sonntag war in Reutlingen „Tag der offenen Stadt". Da er samstags meist dienstlich unterwegs war, nutzte seine Frau nun die Gelegenheit, mit ihm in die benachbarte Großstadt zu fahren. Welch' ein Graus, schon die Parkplatzsuche entwickelte sich zu einer mittleren Katastrophe. Alle Parkhäuser waren schon am Vormittag verstopft, also parkte er außerhalb und beide fuhren mit einem Shuttlebus in die Innenstadt. Dann dieses Gedränge in der Wilhelmstraße und in den Läden erst, furchtbar! Offenbar hatten alle potenziellen Kunden der Umgebung nur auf diesen einen Sonntag gewartet, um ihr Geld loszuwerden. Meininger hatte den Eindruck, als wären die Geschäfte die letzten sechs Wochen geschlossen gewesen. Oder aber, all diese Menschen hatten am Vorabend einen enormen Lottogewinn erzielt. Ihm taten die armen Verkäuferinnen leid, die ihren freien Tag wegen solch einem Mist opfern mussten. Missmutig stapfte er seiner Frau in einem großen Modehaus am Marktplatz hinterher. Als er in die Gesichter der anwesenden Männer sah, konnte er nur Zustimmung erkennen. Nicht einer machte einen zufriedenen Eindruck und jeder sehnte sich nach seinem Liegestuhl auf der Terrasse. Draußen war ein Bilderbuch-Sommertag, die Sonne schien und die Temperaturen waren moderat. Genau richtig für ein gemütliches Bier oder eine Tasse Kaffee. Stattdessen ein Gewirr von Menschen und der Geruch von Schweiß, den einige der Verkäuferinnen und Kundinnen hinter sich herzogen. Mit finsterer Miene stand er neben einem Kleiderständer und betrachtete das Treiben. Immer wieder kam seine Frau und legte Kleiderstücke über seinen Arm, die sie noch anprobieren wollte. Sie war von seiner Laune völlig unbeeindruckt, im Gegenteil, sie lächelte jedes Mal, wenn sie ihn belud.

„So mein Schatz, das alles ist für mich und jetzt bist du dran, dazu gehen wir nach oben, gell?“, sagte sie fröhlich. Es kam ihm so vor, als zwitschere sie, wie ein Vöglein im Frühling.

„Muss das unbedingt heute sein, bei dem Trubel?“, brummte er.

„Sonst bekomme ich dich ja nicht in solch ein Geschäft, du unmodischer Klotz! Du läufst herum wie ein Penner!

Jetzt werden Nägel mit Köpfen gemacht, basta!", sagte sie immer noch fröhlich.

Er trottete ihr hinterher und blieb stehen, wenn auch sie anhielt. Sein Blick zeigte eine Leere, die einem umgeworfenen Bierglas ähnelte. Und wieder das gleiche Spiel: Arm ausstrecken und beladen. Doch dieses Mal gab es eine Änderung im Ablauf, denn er musste in eine Kabine gehen und sich umziehen. Lustlos zog er ein knallbuntes Hemd an, in dem er aussah wie eine Litfaßsäule. Sein wenig begeisterter Blick ermunterte seine Frau, noch mehr von diesen Exemplaren modischer Verirrung anzuschleppen. Offenbar gefiel seiner Frau dieser bunte Gorilla, der da unbeholfen in dieser Ankleidekabine stand. Und dann kamen auch noch Hosen dran. Wie bei Frauen selbst so üblich, reichte sie ihm das erste Exemplar in zu enger Ausführung. Natürlich konnte sie die Bemerkung nicht verkneifen, dass er bei der letzten Aktion dieser Art noch keinen solchen „Kessel" vor sich her schob. Das musste aber, seiner Erinnerung nach kurz nach seiner Konfirmation gewesen sein. Und da kannte er seine Frau noch nicht. Seit dem aber war er immer schon etwas stark an den Hüften, ein Mann halt, kein Hungerhaken! Er wusste nicht genau, wann das ganze Trara vorüber war, aber er war sichtlich froh, als seine Frau das Signal zum Aufbruch gab. Für ihn gab es nur noch eines, so schnell wie möglich weg hier! Mit eiligen Schritten und mit einer Anzahl von Taschen beladen, überquerten sie den Marktplatz, um zum Shuttlebus zu gehen. Dort angekommen, erlebten sie die nächste Überraschung. Hunderte von Menschen hatten dieselbe Idee. Kein Gedanke dran, in der nächsten Stunde zum Parkplatz zu kommen. Also beschloss das Ehepaar Meininger, wieder zurück in die Innenstadt zu gehen, um sich nach etwas Essbarem umzuschauen. Es war um die Mittagszeit, als sie sich an einem gerade frei gewordenen Tisch in einer großen Gartenwirtschaft direkt am Marktplatz niederließen. Die Bedienung kam überraschend schnell und wies die beiden daraufhin, dass sonntags immer Brunch-Time wäre. Meininger sah seine Frau an und schüttelte den Kopf, das war zu viel für ihn, er bedankte sich bei der Bedienung für den Hinweis und erhob sich. Auch noch in eine Schlange stehen um Essen zu fassen, das tat er sich nicht an, nicht am Sonntag! Also schlenderten beide die Wilhelmstraße hinunter, in der Hoffnung, dass sich dort etwas finden würde. Sie sollten sich täuschen und so kam es, wie es kommen musste. Sie landeten in einem Burgerladen, hinter einem großen Kaufhaus. Meininger verspeiste mit großer Wonne einen doppelten Cheeseburger und eine Portion Pommes. Seine Frau bestellte selbst nichts, sie naschte ein paar Pommes von der Portion ihres Mannes.

„Wie man so etwas mögen kann!“, sagte sie und deutete auf den Cheeseburger.

„Schmeckt klasse!“, antwortete Gerhard Meininger kurz und wischte sich den mit Ketchup verschmierten Mund ab.

„Da brauchst du dich nicht zu wundern, wenn deine Hosen nicht mehr passen und deine Blutfettwerte in astronomische Höhen steigen!“

„Ja, ja!“, war die eintönige Antwort.

„Wir gehen jetzt noch kurz zu dem Baustoffhändler, um die Bodenplatten für den Garten heraus zu suchen, gell?“

„Auch das noch!“, jammerte Meininger und verdrehte dabei die Augen.

Nachdem er den Burger samt Pommes frites verschlungen hatte, machte sich das Ehepaar Meininger wieder auf den Rückweg, um zum Bus zu gelangen. Dieses Mal war ihnen das Glück hold und so fuhren sie zum Parkplatz außerhalb der Stadt. Gerhard Meininger musste zuerst einmal das Auto lüften, denn es stand inzwischen voll in der Sonne, sodass es sich im Inneren stark aufgeheizt hatte. Sie machten sich dann auf den Weg zu diesem besagten Baustoffhändler, quer durch die Stadt. Meiningers Nachbar hatte ihm angeboten, seine recht antiken, inzwischen unansehnlich gewordenen Waschbetonplatten im Garten auszutauschen. Gerhard Meiningers Mithilfe war da natürlich erforderlich. Seine Frau Renate war sofort begeistert von dem Gedanken, denn sie versuchte schon länger, ihren Mann zu überreden, den Garten umzugestalten. Das bedeutete für Gerhard Meininger tagelange Rückenschmerzen, durchgescheuerte Knie und jede Menge leere Bierflaschen, denn so ein Bauarbeiter wollte versorgt werden, er selbst natürlich auch. Also einigte man sich darauf, dass Meiningers die Platten heraussuchten und der Nachbar sie dann besorgte, zu einem günstigen Preis natürlich. Auch im Industriegebiet Im Laisen, wo sich der Baustoffhändler befand, war verkaufsoffen, dementsprechend war auch das Publikumsaufkommen. An einen freien Parkplatz war kaum zu denken, zumindest nicht in unmittelbarer Umgebung des Baustoffhändlers. Also versuchte er es auf dem Parkplatz des benachbarten Supermarktes. Nach einigen Runden, die er drehen musste, klappte es dann auf dem Oberdeck.

„Komm bloß nicht auf die Idee, dass wir auch noch in den Supermarkt gehen und irgendetwas einkaufen, das du vergessen hast!“, raunte Meininger vorsorglich.

„Nein, Lebensmittel brauch ich keine!“, antwortete seine Frau immer noch gut gelaunt.

Sie ließ sich an diesem Tag durch die Muffigkeit ihres Mannes einfach nicht aus der Ruhe bringen. Also trabte er ihr wieder hinterher zum Baustoffhändler. Auch hier dasselbe Bild wie in der Innenstadt: Ausgerechnet an einem Sonntag suchten Hunderte Leute irgendwelche Dinge bei einem Baustoffhändler. Er fragte sich, was diese Leute am gestrigen Samstag unternommen hatten. Waren das alles etwa Polizisten, die Dienst gehabt hatten? Wohl kaum, sonst hätte er ja einige erkannt. Die ganze Sache hatte aber den Vorteil, dass er in Ruhe die ausgelegten Bodenplatten betrachten konnte, ohne von einem Verkäufer belästigt zu werden, der ihm seine Ladenhüter andrehen wollte. Seine Frau schrieb eifrig die infrage kommenden Plattenmodelle und deren Preis auf. Nun galt es umzurechnen, was das Ganze im Endeffekt kosten sollte. Gerhard Meininger überschlug gerade im Kopf die Gesamtkosten, als er durch einen Schrei aufgeschreckt wurde. Jemand hatte nicht weit von dem Ort, an dem er gerade stand, „Halt“ gerufen. Kurz darauf ertönte ein lautes „Bumm“. Meininger erkannte das Geräusch sofort, es konnte sich nur um den Schuss aus einer großkalibrigen Waffe handeln. Kurz danach folgten zwei weitere Schüsse. Seine Frau sah ihn mit großen Augen an. Er ließ sie einfach stehen, lief zum Ausgang und schaute auf die Straße. Linkerhand befand sich die Einfahrt des benachbarten Supermarktes, die als Lieferanteneingang genutzt wurde. Meininger sah, wie sich dort Neugierige sammelten. Er zwängte sich durch die Umstehenden hindurch und sah einen Geltransporter stehen, neben dem ein Mann auf dem Boden lag. Ein anderer kniete neben ihm und versuchte, ihn anzusprechen.

„Was ist los, was ist passiert?“, fragte Meininger den Mann.

„Überfall … alle tot …“, stammelte der Mann.

Erst jetzt sah Meininger, dass der Mann einen Revolver in der Hand hielt. Er wies sich aus und bat den Mann, ihm die Waffe zu geben. Dann zog er sein Handy aus der Brusttasche und wählte die Notfallnummer der Polizei. Der Kollege teilte ihm mit, dass bereits vor wenigen Augenblicken mehrere Anrufe eingegangen seien. Er bat Meininger, ein genaues Bild der Lage durchzugeben, da die Angaben der Anrufer widersprüchlich gewesen seien.

Kriminalobermeister Carsten Dombrowski war an diesem Sonntag Kommissar vom Dienst. Das passte ihm überhaupt nicht, zumal das Wetter geradezu zum Faulenzen in der Sonne einlud. Er und seine Frau waren am Samstagabend bei Bekannten zum Grillen eingeladen gewesen und als es so richtig gemütlich war, musste er die Heimreise antreten, weil er heute früh raus musste. Es war ein ruhiger Vormittag gewesen, ein paar Sachbeschädigungen, eine Schlägerei und eine versuchte Brandstiftung waren die Bilanz der vergangenen Nacht. Nichts, was sein Erscheinen an den Tatorten gerechtfertigt hätte. Nun saß er in seiner Mittagspause auf einem Stuhl in der Sonne und verspeiste ein mitgebrachtes Brötchen, das mit Käse belegt war. Beinahe wäre er eingeschlafen, aber die Sitzhaltung auf dem harten Stuhl ließ dies nicht zu. Er nahm die Sonntagszeitung hervor und begann darin zu lesen. Dann schlief er doch ein, denn er erwachte unsanft, weil das schnurlose Telefon, das er bei sich hatte, klingelte. Eine blecherne Stimme machte die Durchsage, dass im Gewerbegebiet In Laisen ein Raubüberfall auf einen Geldtransport stattgefunden habe und dass mehrere Täter flüchtig seien. Außerdem gebe es mehrere Opfer, deren Verletzungsgrad noch nicht feststehe. Augenblicklich sprang Dombrowski auf und machte sich zur Abfahrt in die Nord-Ost-Stadt fertig. Mit Sondersignal fuhr er die Karlstraße hinaus. Unterwegs begegneten ihm Rettungswagen, die ebenfalls mit Sondersignal schon auf der Rückfahrt ins Krankenhaus waren. Da musste wohl etwas Größeres vorgefallen sein, dachte er. Als er in die Straße Am Heilbrunnen einbog, sah er schon von Weitem die Blaulichter der Einsatzfahrzeuge. Er hatte große Mühe, sein Dienstfahrzeug abzustellen, ohne dass es die Rettungskräfte behinderte. Mehrere Streifenwagen standen quer zur Fahrbahn, um diese abzusperren. Beamte in Uniform waren dabei, ein Absperrband um den vermeintlichen Tatort anzubringen, damit die Spurensicherung in Ruhe arbeiten konnte. Kriminalobermeister Dombrowski bahnte sich einen Weg durch die umherstehenden, zahlreichen Neugierigen. Die Kollegen von der Streife erkannten ihn und grüßten stumm. Einer von ihnen wies ihm den Weg zum Tatort. Dort erkannte er dann auch seinen Chef Kriminalhauptkommissar Gerhard Meininger, wie er mit einem Mann sprach, der den Kopf gesenkt hatte und offenbar weinte. In der Hand hielt er einen schwarzen Revolver, der offenbar dem Weinenden gehörte.

„Was ist passiert? Was machst du denn hier?“, fragte Dombrowski seinen Chef.

Der erschrak, weil er nicht damit gerechnet hatte, in diesem Augenblick angesprochen zu werden.

„Der Geldtransporter wurde eben überfallen. Es war eine unbekannte Zahl von Tätern. Alle drei Geldboten wurden angeschossen, Kopfschuss. Wir wissen nicht, ob sie noch am Leben sind. Einen von den Kerlen hat es ebenfalls erwischt. Der liegt da vorne am Zaun. Das ist der Herr Schenk, ihn haben die Täter offenbar übersehen, er arbeitet ebenfalls bei dem Unternehmen. Einer der Täter hat vermutlich versucht, auch auf ihn zu schießen. Schau dir mal die Waffe an, die der Kerl benutzt hat“, sagte Gerhard Meininger. Er machte einen gefassten Eindruck, ein Wunder bei dem Durcheinander, das am Tatort herrschte. Die Verletzten waren inzwischen alle abtransportiert worden, man sah am Boden nur noch ihre Umrisse, die mit Kreide aufgezeichnet worden waren. Überall am Boden waren große Blutflecke zu sehen. Weiter hinten im Hof lag unter einer Plastikplane der erschossene Täter. Thomas Maier von der Spurensicherung machte sich an dem dahinter befindlichen Maschenzaun zu schaffen. Er sicherte Faserreste von der Bekleidung der anderen Täter, die den Zaun auf der Flucht überwunden hatten. In einer durchsichtigen Plastiktüte lag die sichergestellte Waffe des Täters. Maier hatte sie zu den sichergestellten Gegenständen gelegt. Carsten Dombrowski betrachtete die Waffe eingehend. Maier kam zu ihm herüber und schaute ihm über die Schulter.

„Walter PP, Kaliber 7,65, die kennen wir doch oder? Hat dieser Tscheche nicht auch solch eine besessen? Oder stammt die da gar auch von dem? Der Schalldämpfer sieht nach selbst gebastelt aus. Offenbar aber recht wirkungsvoll, denn so wie ich das mitgekriegt habe, hat keiner etwas gehört. Die ballistische Untersuchung wird zeigen, woher die Waffe stammt. Geschosse von den anderen Waffen habe ich keine gefunden, die stecken entweder noch in den Opfern oder sie sind davon geflogen. Der Kerl der da liegt, ist höchsten achtzehn Jahre alt.

Die zweite Kugel hat ihn in die Herzkammer getroffen, absolut tödlich, sagte der Arzt“, erklärte Maier.

Ansonsten hatte er immer einen humorigen Kommentar auf den Lippen, dieses Mal aber ließ es die Lage nicht zu. Dombrowski hob die Plane, mit der der Täter zugedeckt war, an, um das Gesicht zu sehen. Tatsächlich war der junge Mann seinem Aussehen nach höchstens achtzehn Jahre alt. Maier war wieder zum Zaun gegangen, um weiter nach verwertbaren Spuren zu suchen.

„Hatte er Papiere bei sich oder eine Geldbörse, Handy oder so was?“, fragte Dombrowski.

Maier schüttelte nur stumm den Kopf.

„Hast du denn schon danach gesucht?“

„Nein, denn der läuft uns ja nicht mehr davon!“

Carsten Dombrowski zog ein paar Gummihandschuhe an und wollte gerade mit der Durchsuchung der Leiche beginnen, als Gerhard Meininger zu ihm trat.

„Was machst du hier, wer hat dich angerufen? Du hast doch frei heute!“, meinte Dombrowski.

„Ich war gerade zufällig da drüben bei dem Baustofffritzen. Da hab ich die Schüsse gehört.“

„Der Maier sagte mir aber gerade, dass niemand die Schüsse gehört habe, was stimmt denn nun?“

„Ich hab die Schüsse von dem Wachmann gehört, nicht die von den Tätern."

„Schau dir mal die Tatwaffe an. Wieder so ein tschechischer Reimport."

„Das hat noch Zeit. Ich helfe dir kurz, den Kerl da zu durchsuchen. Vielleicht haben wir Glück und finden etwas."

Meininger hob den Leichnam an und Dombrowski tastete ihn ab. In den Hosentaschen war nichts zu finden, kein Schlüssel, keine Geldbörse, nichts. Dann untersuchte er die Schuhe, auch da war nichts zu finden. Enttäuscht deckten sie den Leichnam wieder zu.

„So eine junge Rotznase! Wie kaltblütig muss man sein, einen Menschen einfach in den Kopf zu schießen? Der kann doch nur unter Drogen gestanden haben, ein normaler Mensch tut doch so was nicht. Der sieht doch ganz normal aus, passt nicht in das Täterbild, das wir von solchen Typen haben. Ich bin zutiefst erschüttert, was passiert denn noch alles!", sagte ein sichtlich angeschlagener Kriminalhauptkommissar.

„Hallo Jungs, ich hab was gefunden!", rief Maier vom Zaun herüber.

Er hielt dabei ein Smartphone in der Hand. Dombrowski lief zu ihm hinüber, um das Handy entgegenzunehmen. Da es mit einem Passwort gesichert war, konnte es nicht gestartet werden. Für solche Falle hatte Maier Allzweck-SIM-Karten dabei, mit denen man alle Handys in Gang bringen konnte. Diese musste er allerdings zuerst aus seinem weißen Transporter holen. Er hatte bereits vorher Fingerabdrücke und Haut- und Haarreste am Smartphone gesichert. Mit einem Spezialwerkzeug holte er die SIM-Karte heraus und ersetzte sie mit der von ihm bearbeiteten Karte. Nach wenigen Augenblicken gab das Handy seine Geheimnisse preis. Ein paar Fotos waren drauf gespeichert. Zu sehen waren junge Burschen, die sich in einer Diskothek gemeinsam in Siegerposen fotografiert hatten. Dann waren ein paar Filme gespeichert, die vom Internet heruntergeladen waren. Viel interessanter aber versprachen die gespeicherten Telefonnummern zu sein. Eine davon war unter dem Namen MA abgespeichert. Dombrowski wählte im Menü die Auswahl Anrufen. Es dauerte eine ganze Weile, bis sich am anderen Ende eine Frauenstimme mit „Hallo“, meldete.

„Ja, guten Tag! Ich habe gerade dieses Handy gefunden und möchte wissen, wem es gehört. Kennen Sie jemanden mit dieser Nummer?“, fragte Dombrowski.

„Das kann jeder sagen!“, antwortete die Stimme und legte auf.

„Scheiße!“, schimpfte er.

Dann suchte er nach der Nummer des Telefons. Dies ging mit der von Maier eingelegten Karte natürlich nicht. Also musste er nach einer sogenannten App suchen, in der die eigene Nummer gespeichert war oder aber Nachrichten, die von diesem Telefon aus geschickt wurden. Er fand auch sofort eine, die als Nachrichtenapp auf dem Telefon installiert war. Dort schaute er in den Kontakten nach und fand an oberster Stelle die Nummer, mit der von diesem Telefon aus Nachrichten versendet worden waren. Dombrowski notierte sich die Nummer und rief sofort bei der Datenstelle an. Dort bekam er zu seiner Enttäuschung die Auskunft, dass es sich bei der SIM-Karte um eine Prepaidkarte handelte, der kein Name zugeordnet worden war. Noch einmal rief er nun die Nummer an, die unter der ominösen Bezeichnung MA gespeichert war, dieses Mal aber von seinem Diensthandy. Wieder meldete sich die Frauenstimme mit „Hallo“.

„Hier spricht Kriminalobermeister Dombrowski von der Kripo in Reutlingen. Das ist kein Scherz! Wir haben ein Handy gefunden, das vermutlich im Zusammenhang mit einem Raubüberfall auf einen Supermarkt steht. Mit wem spreche ich, und wie kann ich Sie erreichen? In welchen

Zusammenhang stehen Sie mit der von mir vorher gewählten Nummer?", fragte Dombrowski.

Wieder legte das Gegenüber auf.

„Ha, leg mich doch am Arsch! Jetzt reicht es mir aber!", schimpfte er.

Er gab die Telefonnummer an die Datenstation durch und erhielt die Antwort, dass diese Nummer in keinem öffentlichen Telefonbuch eingetragen war. Also bemühte die Dame von der Datenstation den Netzbetreiber. Der zeigte sich aber zunächst wenig kooperativ. Erst nachdem mit einer richterlichen Verfügung gedroht wurde, kam die Auskunft. Die Teilnehmerin wohnte in einem Hochhaus im Efeu, im Osten von Reutlingen, nahe der Bundesstraße 28.

Inzwischen war allerlei Prominenz eingetroffen, um sich ein Bild der Lage am Tatort zu machen. Meininger kümmerte sich um die Herren, denn damit hatte er mehr Erfahrung als Dombrowski. Zudem wurde der Kollege Kriminalmeister Max Rilling aus der Sonntagsruhe geholt, um Carsten Dombrowski zu unterstützen. Auch er war erschüttert vom Ausmaß der Zahl der Opfer. Die Leiche des Täters wurde inzwischen in einem Leichenwagen nach Tübingen ins Gerichtsmedizinische Institut zu Professor Heimerl gebracht.

Carsten Dombrowski und Max Rilling verließen den Tatort und fuhren in die Rangenbergstraße im Ortsteil Efeu. Dort befand sich ein Hochhaus, in der die Angerufene, die den Namen Müller trug, wohnte. An einem überdimensionalen Klingeltableau suchten die beiden Beamten den Namen Müller. Diesen fanden sie gleich dreimal, kein Wunder, denn so hießen viele Menschen in Deutschland. Also klingelten sie der Reihe nach alle Müllers durch. Bei Zweien wurde nicht geantwortet, es schien also niemand anwesend zu sein.

Beim dritten Versuch hatten sie Glück, denn Dombrowski erkannte die Stimme wieder, die sich mit dem typischen „Hallo" meldete.

„Kriminalpolizei, machen Sie auf!“, herrschte Dombrowski in die Sprechanlage.

Wenig später summte der Türöffner.

„Im sechsten Stock, links“, sagte eine jammernde Stimme.

Carsten Dombrowski und sein Kollege Max Rilling betraten einen Aufzug und drückten den Knopf, der sie in den sechsten Stock brachte. Als die beiden Beamten aus dem Aufzug traten, wurde eine Tür gegenüber zaghaft geöffnet. Dombrowski zog seinen Dienstausweis aus der Tasche und hielt ihn der Frau, die aus der Tür schaute, unter die Nase.

„Frau Müller, wir haben ein paar Fragen an Sie, können wir hereinkommen?“

Die Frau trat zur Seite und machte eine Geste, dass die beiden ihr folgen sollten.

Es war eine schlicht eingerichtete Wohnung, die aber sauber aufgeräumt war. Sie gingen in ein Wohnzimmer, in dem eine in die Jahre gekommene Couchgarnitur stand.

„Frau Müller, wem gehört die Telefonnummer, von der ich Sie heute angerufen habe?“, fragte Dombrowski streng.

„Welche meinen Sie?“, fragte sie zögerlich zurück.

Die Frau mochte Mitte fünfzig sein, war aber schwer einzuschätzen. Sie war schlicht gekleidet, was darauf hinwies, dass ihre Einkommensverhältnisse nicht üppig waren.

„Ich meine die erste Nummer, als ich sie das erste Mal angerufen habe! Also, wem ist diese Nummer zugeordnet?“, fragte Dombrowski immer noch streng.

„Meinem Sohn, wieso? Ist was mit ihm?“

„Wie alt ist Ihr Sohn, Frau Müller?“

„Neunzehn!“

„Wo befindet sich Ihr Sohn im Augenblick?“

„Er wollte in die Stadt gehen, da ist doch dieser offene Tag oder wie das heißt.“

„Haben Sie uns ein Bild von Ihrem Sohn?“

„Ja, aber das ist schon ziemlich alt, Moment!“

Sie stand auf und kramte in der Schublade einer Schrankwand, die in den siebziger Jahren modern gewesen war. Dann reichte sie Dombrowski ein Bild eines etwa zehnjährigen Jungen, der in die Kamera lächelte. Damit konnte er natürlich nichts anfangen. Er zeigte der Frau eine Aufnahme des Toten vom Raubüberfall. Augenblicklich wurde die Frau aschfahl und drohte umzukippen.

„Frau Müller, sollen wir Ihnen einen Arzt holen?“, fragte Dombrowski.

Max Rilling hatte dies aber schon erledigt.

„Wie heißt Ihr Sohn, Frau Müller?“, fragte Dombrowski nach.

Sie konnte nichts mehr sagen, sondern starrte ihn nur noch mit weit aufgerissenen Augen an.

Wenig später ertönte das Knarren der Haustürglocke. Carsten Dombrowski betätigte den Türöffner und nannte den Sanitätern das Stockwerk. Er hatte die Wohnungstür offen stehen gelassen, damit die Rettungskräfte sofort in die Wohnung fanden. Eine Frau und ein Mann kamen bald herein und erkundigten sich nach dem Grund des Anrufes. Dombrowski wies sich aus und führte die beiden in das Wohnzimmer, wo sie sich sofort um die Frau kümmerten. Währenddessen sah sich Max Rilling in der Wohnung um. Er öffnete eine Tür, auf der Aufkleber verschiedener Heavy Metal Bands angeklebt worden waren, und lugte vorsichtig ins Innere. Überall lagen Kleider, an der Wand hingen Poster von Musikern, die aussahen, als kämen sie von einem anderen Stern. Auf einem Schreibtisch lagen Ordner, wie sie in der Schule Verwendung finden, daneben ein ziemlich zerfleddertes Deutsch-Buch. Rilling klappte es auf und sah im Inneren des Umschlages einen Stempel: „Eigentum der Ferdinand-von-Steinbeis-Schule Reutlingen Klasse BEJ“, stand da zu lesen. Auf den Ordnern las er am Rückenschild den Namen Kevin Müller BEJ 1B. Das war also der Name des Jungen. Auf der Innenseite des Ordners waren verschiedene Zeichnungen abgebildet. Erstellt aus Langeweile, während des Unterrichts. Max Rilling hatte während seiner Schulzeit ebenfalls solche Kunstwerke von oftmals zweifelhafter Qualität angefertigt. Rilling nahm den Ordner an sich, denn ein Polizeipsychologe konnte daraus lesen wie aus einem Buch. Allerdings musste zuerst die Identität des Toten zweifelsfrei geklärt werden und das konnte nur durch Mithilfe der nächsten Angehörigen erfolgen. Er sah keine Anzeichen, dass noch mehr Personen in dem Haushalt wohnten. Mit einem Ohr horchte er, was draußen vor sich ging. Die Rettungsassistenten beratschlagten das weitere Vorgehen auf dem Gang vor der Tür. Sie hatten zur Sicherheit einen Arzt über Funk angefordert. Bis der eintreffen würde, könnte es eine Weile dauern, also genug Zeit, sich im Zimmer weiter umzusehen. Rilling zog Schubladen auf und untersuchte die darin befindliche Wäsche. Im hinteren Teil einer Schublade mit T-Shirts fand er einen kleinen Beutel mit einer cremeweißen Substanz, ihr kristallartiges Aussehen konnte nur eines bedeuten: Das war Crystal Meth. Wenn der getötete junge Mann diese Droge konsumiert hatte, wäre sein kaltblütiges Verhalten zu erklären gewesen. Rilling verstaute den Beutel sorgsam in seiner Tasche, er hatte ihn zuvor noch in ein Papiertaschentuch eingewickelt. Er tastete die Poster an der Wand nach Hohlräumen ab. Etwa in Kopfhöhe des Bettes wurde er auch tatsächlich fündig. Er löste das Poster vorsichtig von der Wand, dahinter kam eine Art Schubfach hervor. Rilling zog daran vorsichtig und siehe da, neben Spritzbesteck und anderen Drogenutensilien fand sich ein weiterer Beutel mit kristallartigem Pulver. Er gab seinem Kollegen Dombrowski ein Zeichen, dass er aus dem Wohnzimmer auf den Hausflur kommen solle. Dann zeigte er stumm seine Fundgegenstände. Sofort rief Carsten Dombrowski beim diensthabenden Staatsanwalt an, damit dieser beim Richter einen Durchsuchungsbefehl erwirken konnte. Max Rilling schloss die Zimmertür und ging hinter seinem Kollegen her ins Wohnzimmer. Irene Müller saß apathisch auf dem Sofa und winselte vor sich hin. Carsten Dombrowski zweifelte stark an der Echtheit des Benehmens dieser Frau. Er wollte gerade zu einer Befragung ansetzen, da wurde die Haustür geöffnet. Herein kam eine junge Frau mit stark blondierten Haaren und jeder Menge Piercings im Gesicht.

„Was is n' hier los?", fragte sie mit rauer Stimme.

„Darf ich fragen, wer Sie sind?", sagte Carsten Dombrowski und hielt ihr seinen Dienstausweis unter die Nase.

„Ich bin die Mandy und ich wohne hier, wenn Sie nix dagegen haben!", antwortete sie provozierend.

„Wo kommen Sie jetzt her?"

„Das geht Sie aber mal so was von nichts an!"

Sie machte auf dem Absatz kehrt und ging zum Erstaunen von Max Rilling in das Zimmer, das er zuvor durchsucht hatte. Hatte er sich geirrt oder lag in den Schubladen Herrenwäsche? War das eine Frau oder ein Kerl? Auf jeden Fall war die Person aufgrund der Funde verdächtig. Nur konnte er zu diesem Zeitpunkt nichts gegen sie unternehmen, denn er hatte ja keinen offiziellen Durchsuchungsbefehl. Er bekam auch Probleme, weil er vorher schon das Zimmer durchsucht hatte. Zur Vorsicht postierte er sich vor der Haustür, was sich Sekunden später als richtig beweisen sollte, denn die Person versuchte zu türmen.

„Wohin so schnell des Weges?", fragte Rilling.

Dann sah er das Messer in der Hand. Kurze Zeit später lag die Person, die sich nun doch als Frau herausstellte, auf dem Boden und hatte Handschellen angelegt. Carsten Dombrowski hatte sie mit einem gezielten Schlag entwaffnet und die Hände auf den Rücken gezogen. Er selber war vor Jahren bei einem Einsatz durch einen Messerstich schwer verletzt worden. Seither ließ er bei solchen Einsätzen immer größte Vorsicht walten. Carsten Dombrowski hob die Frau auf und drückte sie gegen die Wand. So konnte

Max Rilling ihre Taschen durchsuchen. Zunächst fand er aber nichts Verdächtiges, was den Einsatz von einer Kollegin notwendig machte, weil in der Unterwäsche eventuell Beweismaterial versteckt war.

Irene Müller hatte das Ganze natürlich mitbekommen und war aufgesprungen, um ihrer Tochter zur Hilfe zu eilen. Die Sanitäter setzten sie aber mit sanftem Druck wieder zurück. Die vom herbeigerufenen Arzt verordnete Beruhigungsspritze hatte sie abgelehnt, wonach dieser wieder gegangen war. Die Sanitäter blieben zur Sicherheit noch da, bis die Polizeibeamten eintrafen. Dies geschah nach etwa zwanzig Minuten. Zwei uniformierte Beamte kamen zur Tür herein und nahmen Mandy Müller sofort in Gewahrsam. Danach kamen Thomas Maier und ein Kollege und begannen mit der Durchsuchung der Wohnung. Dombrowski überreichte der heftig protestierenden Wohnungsbesitzerin den Durchsuchungsbefehl.

„Mit wem verkehrte Ihr Sohn in letzter Zeit?", fragte Carsten Dombrowski die Frau.

„Das weiß ich doch nicht!", antwortete sie bockig.

„Warum wissen Sie das nicht? Eine Mutter fragt doch sonst ihren Sohn, wo er sich herumtreibt! Sind Sie verheiratet?"

„Nein, geschieden! Aber das geht Sie gar nichts an!"

Dombrowski hatte den Eindruck, als stände die Frau unter Drogen. Er machte eine Bewegung in Richtung der Sanitäter, aber die schüttelten den Kopf. Aus der Frau war nichts herauszubringen, sie wurde für den nächsten Tag zur Vernehmung vorgeladen. Carsten Dombrowski und Max Rilling beschlossen, wieder zurück an den Tatort am Supermarkt zu fahren, um zu sehen, ob es schon verwertbare Zeugenaussagen gab.

Killer und Dose saßen auf dem abgewetzten Sofa im Keller der alten Lagerhalle und zählten das erbeutete Geld. Sie hatten den Koffer, in dem es sich befand, zuvor mit einer Diamantsäge geknackt. Einige der Geldscheine wurden bei der Aktion beschädigt. Da es sich aber nur um kleine Scheine handelte, konnten sie den Verlust verschmerzen. Es mussten weit über Hunderttausend Euro sein, die auf dem Tisch lagen. Nach dem Überfall waren sie eiligst in ihren alten japanischen Kombi gestiegen und direkt hierher gefahren. Zur Sicherheit vor den eingesetzten Hubschraubern ließ Killer das Auto in der Durchfahrt stehen, wo es von oben nicht gesehen werden konnte. Da keiner der Musiker am Sonntag in den Proberaum ging, konnte der Wagen dort unbemerkt wenigstens bis zum nächsten Tag stehen bleiben.

„Wir haben unseren Freund verloren“, sagte Dose nachdenklich.

„Ja, das ist das Risiko bei so einer Sache! Einer von uns musste dafür bezahlen, das ist der Blutzoll!“, sagte Killer eiskalt.

Er sah Dose dabei mit zusammengekniffenen Augen an. Dieser wich erschrocken zurück.

„Du wirst doch jetzt nicht in die Hose scheißen, oder?“, fragte er mit heiserer Stimme.

„Quatsch, warum denn?“, antwortete Dose betont cool.

Dann widmeten sie sich wieder dem Geld. So langsam ließ bei Dose die Wirkung der Droge nach, ihm wurde zunehmend schlecht. Mit einem Ruck sprang er auf und verließ den Raum, um nach oben an die frische Luft zu gehen. Killer suchte währenddessen aus dem noch ungezählten Geld eine Menge großer Scheine heraus und versteckte diese in der Schublade eines alten Schrankes. Dann horchte er auf, denn er hörte ein Geräusch, das ihm mächtig Sorgen bereitete. Er machte sich nun ebenfalls eilends auf den Weg nach draußen, um Dose wieder zurückzuholen. Sein Gehör hatte ihn nicht getäuscht, denn das Geräusch gehörte zu einem Polizeihubschrauber, der in der Nähe kreiste. Er musste die Augen zusammenkneifen, denn das Sonnenlicht blendete ihn. Er sah sich um, sah aber seinen Komplizen nirgends. Wo steckte der Kerl bloß? Der wird doch nicht hinaus auf die Straße gegangen sein! Killer durchquerte vorsichtig den Durchgang, indem das Fluchtfahrzeug abgestellt war. Er schaute über den großen Hof und sah Dose zunächst nicht. Dann erblickte er auf dem Boden die Spur, die dieser beim Erbrechen gezogen hatte. Killer folgte der Spur bis in das dichte Gebüsch, das sich rechter Hand auf einem Abbruchgelände wucherte. Dort sah er dann auch seinen Komplizen hustend liegen. Killer packte ihn an den Schultern und rüttelte ihn.

„Sag mal, bist du bescheuert? Willst du heute noch in den Knast wandern, du Idiot?", raunte er halblaut in das Ohr von Dose.

Der hatte große Mühe sich wieder aufzurichten, deshalb unterstützte ihn Killer tatkräftig. Der Hubschrauber drehte in der Nähe seine Kreise und kam immer näher. Wenn der Pilot das Gelände um die alte Lagerhalle entdeckte, würde er bestimmt ein paar Kreise darüber drehen, um mit seiner Infrarotkamera nach dort anwesenden Personen zu suchen. Und genau das wollte Killer unbedingt vermeiden. Deshalb drängte er nun Dose in das Innere des Gebäudes, um nicht entdeckt zu werden. Killer warf Dose auf das alte Sofa. Am liebsten hätte er ihm schon jetzt eine Kugel verpasst, aber die Vorbereitungen für dessen Abgang waren noch nicht vollendet. Dose lag auf dem Sofa und starrte apathisch an die Decke, während Killer seelenruhig das Geld weiter zählte. Oben kreiste der Hubschrauber inzwischen über dem Lagerhaus. Da es draußen noch ziemlich warm war, konnte der Pilot mit Sicherheit keine Spuren der Restwärme von Dose und Killer am Boden des Hofes ausmachen. Einzig die Wärme der Motorhaube des Fluchtfahrzeuges konnte sie noch verraten, aber Killer hatte sie mit einigen Planen zugedeckt. Er zählte noch etwa eine Stunde, setzte Häufchen um Häufchen mit Geldscheinen aneinander. Inzwischen war er schon bei über Hundertfünfzigtausend Euro angekommen und kein Ende war in Sicht.

„Ich bin ein Mörder, ein beschissener Mörder!“, lallte Dose.

„Halt’s Maul, Mann! Du gehst mir so was von auf die Eier!“, brüllte Killer.

Er musste sich wahnsinnig zusammennehmen, um den Kerl da nicht umzubringen. Die Uhr an der Wand zeigte inzwischen nach zehn Uhr, Zeit also, abzuhauen um sich schlafen zu legen. Killer ging nach oben, um nachzusehen, ob die Luft rein war. Es war inzwischen dunkel geworden und die Lage hatte sich beruhigt. Also legte er das Auto frei und parkte es hinter einem großen Container, der im hinteren Hof abgestellt worden war. Dann packte er Dose und beförderte ihn nach Hause.

Am Supermarkt war immer noch geschäftiges Treiben. Die Spurensucher hatten am Geldtransporter ein Einschussloch entdeckt, offenbar hatte einer der Täter zunächst daneben geschossen. Thomas Maier sucht nun im Inneren des Fahrzeuges nach dem Projektil. Dabei stieß er auf eine Holzkiste, die asiatisch beschriftet war. Die zeigte ebenfalls ein Einschussloch, weshalb sie geöffnet werden musste. Das Erstaunen Maiers war um so größer, als er eine Vase entdeckte, die komplett mit einem weißen Pulver befüllt war. Nach erster Analyse stellte es sich heraus, dass es sich dabei um reines Kokain handeln musste. Nun hatte die Geldtransportfirma ein Problem. Natürlich konnte keiner außer dem Versender ahnen, was der wahre Inhalt der Kiste war, denn sie war verplombt worden, bevor sie an die Geldtransportfirma übergeben worden war. Das war so üblich, um Diebstahl durch Konkurrenten vorzubeugen. Nun interessierte sich die Kripo für den Adressaten der Kiste. Der anwesende Kriminalhauptkommissar Meininger verständigte sofort seine Kollegen vom Rauschgiftdezernat, nachdem ihm Maier den Fund gezeigt hatte. Die Kiste wurde wieder verschlossen, nachdem Maier das Projektil geborgen hatte. Nun galt es eine Strategie zu entwickeln, wie man an den Empfänger der heißen Ware kommen konnte. Zur weiteren Untersuchung wurde das Geldtransportfahrzeug in die Werkstatt der Spurensuche gebracht. Da es sich um eine vergleichsweise große Menge Rauschgift handelte, lag der Verdacht nahe, dass es sich beim Versender der Holzkiste um eine international tätige Rauschgiftbande handelte. Deshalb wurden LKA und BKA in den Fall eingeschaltet. Das LKA schickte noch am Sonntagabend mehrere Beamte nach Reutlingen, die sich in den Fall einarbeiten sollten und um weitere Maßnahmen zu koordinieren. Kriminalhauptkommissar Meininger war das ganz recht, denn er hatte zurzeit mit dem Überfall auf den Geldtransporter und den Mordfall Schnitzler genug zu tun. Einigermaßen freudig registrierte er das Ankommen seiner Kollegen Dombrowski und Rilling. Er wurde langsam müde, die Nacht brach schon herein. Aber an einen Feierabend war heute so schnell nicht zu denken. Meiningers Frau Renate war längst nach Hause gefahren, sie war solche Situationen eigentlich schon gewohnt, doch heute war eine Ausnahme, denn sie war zum ersten Mal unmittelbar Zeugin eines Verbrechens gewesen. Meininger fuhr mit Dombrowski und Rilling zurück zur Dienststelle, wo ein Krisenstab eingerichtet wurde. Im Fall des Rauschgiftfundes bildete sich ein Ermittlerteam aus drei LKA-Beamten und Carsten Dombrowski, der sich als Beamter der Reutlinger Kriminalpolizei mit den Örtlichkeiten auskannte. In den Frachtpapieren war als Absender eine Firma genannt, die in München ansässig war. Die Kiste wurde von dort per Kurier an die Geldtransportfirma angeliefert und sollte nach Sondelfingen zu einem gewissen Pavel Prpic gebracht werden. Die Kiste sollte am anderen Morgen an der Adresse abgeladen werden, zuvor aber wollten die LKA-Beamten und Carsten Dombrowski vor Ort sein, um festzustellen, wer die Kiste wieder abholte. Meininger telefonierte mit Prpics Vermieterin Hermine Veith, um sie zu bitten, die Kiste anzunehmen und zwischenzulagern. Sie erklärte dabei beiläufig, dies für Prpic in der Vergangenheit schon öfters getan zu haben. Nun kamen auch erste Lagemeldungen vom Gesundheitszustand der in das Krankenhaus eingelieferten Werttransportmitarbeitern.

Tim Schreiber, der junge Fahrer, war seinen Kopfverletzungen erlegen, Josef Strimp und Ohmud Kürgün wurden in ein künstliches Koma versetzt, sie hatten schwere Hirnschäden erlitten, ihre vollständige Genesung war mehr als ungewiss. Allen Dreien wurden die Projektile aus dem Körper entfernt und der KTU, der Kriminaltechnischen Untersuchungsstelle zur weiteren Untersuchung übergeben. Bis spät in die Nacht hinein wurden das weitere Vorgehen besprochen und die Teams für den nächsten Tag eingeteilt.

Völlig unausgeschlafen trafen sich alle beteiligten Beamten am anderen Tag um elf Uhr im großen Besprechungsraum. Auch Kriminaloberrat Stefan Hetterich, der Chef der Kriminalpolizei, war zugegen, obwohl sein Dienstsitz nach Esslingen verlegt worden war.

In der Nacht gab es keine weiteren Erkenntnisse zum Raubüberfall. Die Obduktion des Täters wurde noch am

Abend abgeschlossen, sodass nun die Leichenschau durchgeführt werden konnte. Der Mann war von einer Kugel aus dem Revolver von Heinz Schenk genau ins Herzen getroffen worden, er war sofort tot gewesen. Die Rekonstruktion der letzten Bewegungen des Täters ergab, dass er tatsächlich versucht hatte, auf Schenk zu schießen, somit hatte dieser in einwandfreier Notwehr gehandelt. Die Höhe der gestohlenen Geldsumme stand noch nicht genau fest, da sie von der Werttransportfirma nicht gegengezählt worden war. Der Marktleiter des Supermarktes teilte aber mit, dass es sich um mindestens Dreihunderttausend Euro handeln musste. Auf der großen Pinnwand wurden nun die Aufgaben für den Tag verteilt. Kriminalobermeister Carsten Dombrowski und die drei Kollegen vom BKA sollten den Geldtransporter beschatten, welcher kurz von zwölf Uhr nach Sondelfingen starten sollte. Kriminalkommissar Christian Fromm und Kriminalobermeister Willi Früh sollten die Vernehmung der Mutter und der Schwester des Täters Kevin Müller führen und anschließend an die Ferdinand-von-Steinbeis-Schule gehen, um sich nach dem Umfeld von Kevin Müller zu erkundigen. Kriminalhauptkommissar Gerhard Meininger und sein Chef wollten bei einer Pressekonferenz mit dem zugeteilten Staatsanwalt sein und dort Rede und Antwort stehen. Diese Arbeit gefiel Gerhard Meininger überhaupt nicht, denn er konnte sich sehr schlecht in der Öffentlichkeit präsentieren. Er zog dabei immer ein missmutiges Gesicht, sodass man den Eindruck gewinnen konnte, er hasse die ganze Welt. Der junge Kriminalmeister Max Rilling durfte zum ersten Mal an so einer Veranstaltung teilnehmen, was bei ihm eine gewisse Nervosität hervorrief. Der Staatsanwalt, ein gewisser Dr. Pregitzer vom Landgericht in Tübingen, instruierte alle Anwesenden noch einmal aufs Peinlichste über ihre bevorstehenden Aufgaben. Er war ein Jurist der alten Art, bedächtig redend und keinen Widerspruch duldend. Die anwesenden LKA-Beamten verzogen das Gesicht bei seinem Vortrag, waren sie doch nicht das erste Mal in solch einen Fall involviert. Auch Gerhard Meininger machte sich hinter dem Rücken des Staatsanwaltes lustig. Dieser hatte das Tun offenbar bemerkt und blickte böse in Richtung des Kriminalhauptkommissars. Dann kam der Befehl zum Aufbruch. Gerhard Meininger ging zusammen mit Max Rilling zurück ins Büro, um sich auf die Pressekonferenz vorzubereiten. Dabei las er die Zeugenberichte durch, die unmittelbar nach dem Überfall von den Kollegen der Streife aufgenommen worden waren. Ein Angestellter des hinter dem Supermarkt befindlichen Fitness-Studios hatte die Täter bei der Flucht beobachtet. Er gab zu Protokoll, dass er sah, wie zwei Männer den Aluminiumkoffer, in dem das Geld verstaut war, in einen dunklen Kombi luden und in schneller Fahrt davonfuhren. Nach Meinung des Zeugen handelte es sich bei dem Auto um einen dunkelblauen Japaner älterer Bauart. Besondere Merkmale an dem Fahrzeug konnte er keine erkennen. Bei den Tätern handelte es sich seiner Beschreibung nach um junge Burschen im Alter von etwa zwanzig Jahren. Sie waren hell gekleidet, aber keinesfalls auffällig. Die Gesichter konnte der Zeuge nicht erkennen, da er die Täter nur von hinten sah. Alle anderen Zeugenaussagen zur Sache waren unbrauchbar, da sie entweder nur aus großer Entfernung oder aus vorbeifahrenden Autos gemacht wurden. Daher gingen die Personenbeschreibungen auch weit auseinander. Gerhard Meininger war sicher, dass es sich um junge Burschen handelte, die im selben Alter wie Kevin Müller waren. Als weitere Maßnahme forderte er vom Provider des Handys von Kevin Müller ein sogenanntes Bewegungsprofil an. So wollte er herausfinden, wie dieser an den Tatort gelangte, und ob er sich eventuell vor der Tat an einem Ort mit seinen Komplizen getroffen hatte, der für die weiteren Ermittlungen wichtig war.

Carsten Dombrowski parkte den weißen Transporter unauffällig in der Nähe des Wohnhauses der Hermine Veith in der Strohgäustraße in Sondelfingen. Von seinem Standort aus konnte er sehr gut den Eingang des Hauses beobachten. Um nicht unbedingt aufzufallen, hatten die Beamten des LKA ein paar Malerutensilien am Gehweg abgestellt, sodass es den Anschein hatte, als würden in Bälde an einem benachbarten Haus Renovierungsarbeiten beginnen. Über das Handy gab Dombrowski dem Werttransportunternehmen Bescheid, dass die Anfahrt beginnen könne. Nach etwa zehn Minuten tauchte der blaue Transporter im Rückspiegel auf, es war dasselbe Fahrzeug, das gestern beim Überfall im Einsatz war. Das Einschussloch am hinteren Teil des Fahrzeugs war mit einem Aufkleber notdürftig verdeckt worden. Die Besatzung bestand dieses Mal nur aus zwei Mann, da man offenbar diesen Transport als ungefährlich eingestuft hatte. Trotzdem blickten die beiden Männer vorsichtig um sich, als sie das Fahrzeug verließen, denn sie hatten mit Sicherheit vom Schicksal ihrer Kollegen erfahren. Die Gefahr bestand nun, dass einer von ihnen überreagierte, wenn er etwas Verdächtiges in der Nähe des Fahrzeuges bemerkte. Amüsiert beobachteten Carsten Dombrowski und seine Kollegen das Verhalten der schrulligen Alten, die die Kiste in Empfang nahm. Sie platzierte sie unmittelbar vor dem Eingang zur Einliegerwohnung im Untergeschoss, so wie es ihr von Kriminalhauptkommissar Meininger gesagt worden war. Nun galt es zu warten, ob etwas passierte. Zu dieser Zeit, es war kurz von ein Uhr, herrschte totale Stille in der Straße. Kein Auto fuhr, kein Mensch war zu sehen. Da auch an diesem Tag die Sonne schien, wurde es langsam warm im Transporter. Auf dem Dach war zwar ein Lüfter angebracht, doch der war während des Betriebes so laut, dass das Fahrzeug sofort aufgefallen wäre. So döste die Besatzung vor sich hin. Nach etwa einer halben Stunde klingelte das Diensthandy von Carsten Dombrowski.

Kriminalhauptkommissar Gerhard Meininger teilte ihm mit, die knorrige Hermine Veith habe ihm eben angerufen, dass in Bälde ein Paketdienstleister eintreffen werde, der die Kiste wieder abholen wollte. Dombrowski teilte dies seinen Kollegen mit, die sofort begannen, die Malerutensilien wieder ins Fahrzeug zu holen.

„Woher hat der Paketdienst so schnell gewusst, dass hier eine Kiste abgegeben wurde?“, fragte Dombrowski seine Kollegen.

„Der Auftraggeber hat wahrscheinlich eine Sendungsverfolgung bei der anderen Firma beantragt. Die hat ihm dann Bescheid gegeben, dass die Sendung abgegeben wurde“, erklärte ihm ein Kollege.

Dombrowski kannte sich mit so etwas nicht aus, denn er ließ sich keine Pakete zuschicken, höchstens seine Frau. Und meistens schickte sie das Ganze wieder zurück, weil es ihr nicht gefiel oder weil es nicht passte. Kurz darauf erschien ein weißer Lieferwagen und hielt vor dem Haus von Hermine Veith. Der Fahrer stieg eilig aus und klingelte an der Haustür. Als nicht sofort geöffnet wurde, betätigte er nochmals den Klingelknopf. Er sah sichtlich nervös aus. Dann endlich öffnete Hermine Veith die Tür und zeigte dem Fahrer die Kiste. Der Mann schnappte diese und verstaute sie im hinteren Teil seines Fahrzeuges. Dann stieg er schnell wieder ein und setzte seine Fahrt fort. Dombrowski startete den Motor und folgte dem Paketdienst. Die Fahrt dauerte aber nicht lange, denn zwei Querstraßen weiter hielt er wieder an und klingelte an einer weiteren Haustür. Als diese geöffnet wurde, überreichte der Paketdienst-Angestellte einen Umschlag und ließ die Empfängerin auf einem Display unterschreiben.

„Ach du Scheiße, der wird doch nicht seine ganzen Pakete ausfahren wollen!“, schimpfte Dombrowski.

Es blieb ihm nichts anderes übrig, als in einigem Abstand dem Paketlieferdienst zu folgen. Dies war auf Dauer aber nicht möglich, denn irgendwann würde dem Fahrer auffallen, dass ihm ein weißer Transporter folgte. Vor allem in den engen Straßen, in denen er sich nun bewegte, war dies eine Frage der Zeit. Carsten Dombrowski verständigte Kriminalhauptkommissar Meininger mit der Bitte, doch ein unauffälligeres Fahrzeug hinterher zu schicken. Nach zwanzig Minuten sah Max Rilling den weißen Transporter in der Hopfengartenstraße in Sondelfingen stehen. Er stellte den Dienstwagen direkt davor ab und sofort wechselten Dombrowski und seine Kollegen vom LKA in das Fahrzeug. Für die im Fond sitzenden drei Beamten war es nun zwar nicht bequemer, aber sie konnten so doch ihrer Observierungstätigkeit unauffälliger nachkommen. Der Paketdienstfahrer lieferte noch an vier weitere Adressen Pakete und Umschläge aus, bevor er endlich Sondelfingen in Richtung Reutlingen verlies. Die Beamten folgten ihm nun relativ dicht, sodass sie erkennen konnten, wie der Fahrer über das Handy von seinem Disponenten eine neue Order bekam. Dann beschleunigte der Mann das Tempo, Dombrowski hatte nun Schwierigkeiten, ihm ohne Geschwindigkeitsüberschreitungen zu folgen. Vorsichtshalber verständigte er seinen Chef von diesem Umstand, welcher sofort ein Streifenfahrzeug zur Unterstützung anforderte. Der Paketdienstfahrer durchquerte Pfullingen im Tunnel und fuhr weiter nach Lichtenstein. Da um diese Zeit starker Verkehr herrschte, konnte er nicht so schnell fahren wie zuvor. In der Honauer Steige überholte er einen LKW, der sich äußerst langsam den Berg hinauf quälte und hatte so einen gewissen Vorsprung vor seinen Verfolgern. Da Dombrowski auch dieses per Funk weitergegeben hatte, wartete ein Streifenwagen an der Station Lichtenstein auf den Paketdienstfahrer, um sich an ihn zu hängen. In der Ortsdurchfahrt von Großengstingen musste er an einer Ampel warten, sodass Dombrowski endlich wieder aufschließen konnte. Um nicht aufzufallen, bog der Streifenwagen nach der

Ampel links ab, nach Kleinengstingen. Dombrowski ließ nun wieder mehr Abstand, da er das Fahrzeug über eine große Distanz wahrnehmen konnte. Nach der Haidkapelle verlangsamte der Paketdienstfahrer das Tempo und setzte den Blinker, um links in das Gewerbegebiet Haid einzubiegen. Dombrowski beschleunigte das Fahrzeug stark, um wieder aufzuholen. Da klingelte das Handy eines Kollegen vom LKA. Dieser wies Dombrowski an, unter keinen Umständen dem Fahrzeug zu folgen, sondern bis zu einem Autohändler geradeaus zu fahren, um dort auf neue Anweisungen zu warten. Dombrowski folgte widerwillig der Aufforderung des Kollegen. Er fuhr wenig später in eine Straße ein, die zu einer Gastwirtschaft führte. Am liebsten wäre er dort in den Biergarten gegangen und hätte sich ein kühles Bier bestellt. So parkte er den Dienstwagen am Straßenrand und öffnete die Scheiben, um etwas frische Luft in das Fahrzeug zu lassen. Keiner sprach ein Wort, es herrschte gespenstische Stille im Fahrzeug. Dann kam wieder ein Anruf, mit der Aufforderung, dass sich die Beamten im Gewerbegebiet Haid in der Erwin-Rommel-Straße einzufinden hätten. Zunächst wusste Carsten Dombrowski nicht, wo sich diese Straße befand, aber einer der Kollegen hatte eine Wegbeschreibung über Handy erhalten. Ein paar Minuten später fuhren sie in den Hof eines eingeschossigen Gebäudes ein. Dort standen einige Zivilfahrzeuge mit offenen Türen. Auf dem Boden lagen mehrere Personen, die mit Rasterbändern gefesselt worden waren. Ein Mann mit einer Sonnenbrille kam auf Dombrowski zu.

„Hallo Kollegen, entschuldigt bitte die Einmischung, aber wir haben heute hier einen Drogenring gesprengt, hinter dem wir seit einigen Jahren her sind! Kleinschmid, vom BKA!“, sagte der Mann und schüttelte allen nacheinander die Hand.

„Sieht so aus, als wäre das eine große Sache“, sagte Carsten Dombrowski.

„Ja, eine ganz große sogar. Durch eure Hilfe sind wir endlich dahinter gekommen, wie die den Stoff transportiert haben. Kein normaler Mensch kommt doch darauf, dass ausgerechnet mit einem Geldtransporter Drogen ungehindert durch Deutschland gekarrt werden. Und hier oben, am Arsch der Welt, vermutet auch keiner, dass sich die Drehscheibe für den europäischen Drogenmarkt befindet. Die Aktion ist ein voller Erfolg, denn wir haben tatsächlich die Köpfe der Bande zu fassen gekriegt, was selten genug ist. Also nochmals schönen Dank!“, sagte der Mann und klopfte dabei Dombrowski auf die Schulter. Der arme Paketdienstfahrer lag ebenfalls auf dem Boden und wimmerte, er habe nichts mit der Sache zu tun und sei doch unschuldig. Keiner hörte ihm zu, denn die umher schwirrenden Polizisten hatten mit der Sicherung der Drogen genug Arbeit. Damit war die Sache mit dem Rauschgiftfund für die Reutlinger Kriminalpolizei beendet und Dombrowski machte sich mit seinen Kollegen auf den Rückweg nach Reutlingen. Diese verabschiedeten sich und fuhren anschließend zurück nach Stuttgart.

Währenddessen vernahmen Kriminalobermeister Willi Früh und Kriminalkommissar Christian Fromm die Mutter des beim Überfall auf den Geldtransport getöteten Täters Kevin Müller. Sie saß im Vernehmungszimmer schräg auf dem Stuhl, als wolle sie gleich losrennen. Sie hatte ihre Haare gerichtet und war im Stil der siebziger Jahre geschminkt, hellblauer Lidschatten, rosa Lippenstift. Ihr Gesicht glänzte von einer üppig aufgetragenen Creme. Die Aufmachung sollte den Eindruck vermitteln, man habe es mit einer Dame von Welt zu tun.

„Frau Müller, wo hielt sich Ihr Sohn am Sonntagvormittag auf?“, fragte Willi Früh.

„Im Bett!“, war die kurze Antwort.

Elvira Müller machte dabei ein Gesicht, als wollte sie damit sagen, wie blöde Fragen man doch stellen konnte.

„Wann hat Ihr Sohn Ihre Wohnung verlassen?“

„Weiß ich nicht, ich hab nicht auf die Uhr geschaut!“, kam es bissig zurück.

„Mit wem traf sich Ihr Sohn in seiner Freizeit? Ich meine ein junger Mann bringt mal eine Freundin oder einen Freund mit nach Hause.“

„Nein, er war immer alleine zu Hause!“

„Was hat er da gemacht? So alleine?“

„Weiß ich doch nicht! Glauben Sie, ich hab ihm nachspioniert? Er hat gelernt, für die Schule!“

„Wo ging er zur Schule?“

„In die Gewerbeschule, da in der Karlstraße.“

„Und da sind nie Mitschüler bei ihm gewesen, um mit ihm zu lernen?“

„Nein!“

Die Frau war eine harte Nuss, entweder wusste sie tatsächlich nicht, was ihr Sohn so in seiner Freizeit trieb oder es interessierte sie schlicht und ergreifend nicht. Christian Fromm hatte die ganze Zeit nur zugehört, er wollte sich einen Eindruck von der Frau verschaffen. Je länger aber die Unterredung dauerte, desto mehr kam er zur Einsicht, dass die Frau ein psychisches Problem hatte. Aus ihr war keine brauchbare Information zu holen, deshalb beschloss er das Verhör abzubrechen und die Schwester des Täters hereinführen zu lassen. Frau Müller wurde gebeten zu warten. Bei der Schwester Mandy war noch weniger herauszuholen, sie sprach nicht einmal eine Silbe. Sie machte den Eindruck einer dummen, pubertierenden Göre, die mit ihrer Umwelt und allen Umständen ihre miese Laune teilen wollte. Als Christian Fromm sie mit ihrem Vergehen am Vorabend konfrontierte, machte sie den Versuch, ihn anzuspucken. In diesem Augenblick verpasste er ihr eine Ohrfeige, sodass einer ihrer zahlreichen Ohrringe zu Boden fiel. Benommen und völlig konsterniert kroch sie auf dem Boden und sammelte die Bestandteile des Ohrrings wieder ein.

„Noch so eine Aktion und du fängst wieder eine!", drohte ihr Fromm.

Immer noch sagte sie keinen Ton, sondern presste die Lippen zusammen und sah ihr Gegenüber drohend an. Fromm musste grinsen, denn mit ihren schwarz geschminkten Augen sah sie aus wie eine Hexe aus dem Bilderbuch. Er überlegte, ob er diese Göre nicht mit dem Anblick ihres toten Bruders konfrontieren sollte, um sie aus der Reserve zu locken. Letztendlich aber verwarf er den Gedanken wieder, denn das Risiko, die Rotznase könnte bei dem altehrwürdigen Professor Haimerl durchdrehen, schien ihm dann doch zu hoch. Nachdem Christian Fromm eine halbe Stunde erfolglos auf die junge Frau eingeredet hatte, gab er auf. Die Sachlage in ihrem Fall war klar, Widerstand gegen die Staatsgewalt, versuchte schwere Körperverletzung. Wegen der akuten Fluchtgefahr kam sie in Untersuchungshaft. Er verließ den Vernehmungsraum und ging in das Büro, um mit der Mutter von Kevin Müller nach Tübingen zu fahren. Willi Früh begleitete ihn. Die Frau saß teilnahmslos auf der Rücksitzbank und schaute aus dem Fenster. Nach einer halben Stunde erreichten sie den Parkplatz des Gerichtsmedizinischen Institutes. Professor Haimerl hatte ausnahmsweise keine Vorlesung und widmete sich sofort seinen Gästen.

„Wo ist denn mein Freund Meininger heute?", fragte der Professor verwundert, während er mit verschränkten Armen vor den Besuchern herging.

„Der ist durch die Ereignisse der letzten Tage in Reutlingen gebunden!", antwortete Fromm.

„Jaja, ist ja ganz schön was los bei euch das drüben. Ihr beschert mir gerade mächtig Kundschaft."

Professor Haimerl öffnete eine Schwingtür und wies die drei Besucher in einen weiß gefliesten Raum. An der Wand waren Türen angebracht, hinter denen sich Schubfächer befanden, in denen die Leichen abgelegt waren. Haimerl öffnete eine der Türen und zog ein Schubfach heraus. Dann öffnete er den Reißverschluss eines Kunststoffsackes. Darin sah man das Gesicht des toten Mannes vom Vortag. Instinktiv sah Fromm zur Mutter von Kevin Müller hinüber. Die sah nur ganz kurz auf den Toten und drehte sich dann ruckartig um. Dabei murmelte sie etwas, das keiner der anderen Anwesenden verstand. Fromm war der Annahme, dass sie etwas zu ihrem Sohn gesagt hatte.

„Frau Müller, ist das Ihr Sohn?", fragte Christian Fromm die Frau.

Wieder murmelte sie etwas vor sich hin und schüttelte dabei den Kopf.

„Können Sie uns das laut sagen?", fragte Fromm erneut nach.

„Das ist nicht mein Sohn!", sagte sie nun lauter.

Wie vom Donner gerührt stand Christian Fromm da und sah mit weit aufgerissenen Augen nacheinander Willi Früh und dann Professor Haimerl an. Der hob nur verwundert die Augenbrauen. So etwas hatte der Kriminalkommissar Christian Fromm in seiner Polizeikarriere noch nicht erlebt.

„Sie sind ganz sicher, dass das da nicht Ihr Sohn ist? Wo ist dann bitte Ihr Sohn jetzt?", fragte er erneut die Frau.

Die antwortete nicht mehr, sondern schüttelte nur den Kopf.

„Wer soll denn dann das da sein? Wir haben doch sein Handy bei ihm gefunden und Sie angerufen!" Fromm war außer sich. Wenn es stimmte, was die Frau da sagte, begann die ganze Arbeit von vorne. Kopfschüttelnd ging er im Kreis herum. Dann rief er auf der Dienststelle an, um Gerhard Meininger die neueste Entwicklung mitzuteilen. Der war natürlich ebenso begeistert wie seine Kollegen. Vielleicht hätte er doch die Tochter der Müller mitbringen sollen, denn es bestand beim Gemütszustand der Irene Müller die Gefahr, dass sie in einer Scheinwelt lebte und den Tod ihres Sohnes einfach nicht wahrhaben wollte. Also zogen sie unverrichteter Dinge von dannen. Die beiden Kriminalbeamten fuhren Irene Müller nach Hause, in der Absicht, sich noch einmal im Zimmer von Kevin Müller umzuschauen. Irene Müller schloss die Haustür auf und Willi Früh schob sich sofort an ihr vorbei und ging in das Zimmer von Kevin Müller. Und siehe da, da lag ein junger Mann völlig angekleidet auf seinem Bett und schlief. Er war entweder vollkommen betrunken oder im Drogenrausch. Früh roch an ihm und verzog das Gesicht.

„Der ist völlig betrunken!“, stellte er fest.

Inzwischen war auch Irene Müller ins Zimmer gekommen.

„Ist das also Ihr Sohn?“, fragte Fromm genervt.

„Ja! Ja, das ist er!“, sagte sie kurz angebunden.

„Mein Kollege hat Ihnen doch am Sonntag ein Bild auf dem Handy gezeigt, warum haben Sie dann da nicht gesagt, dass der Tote nicht Ihr Sohn ist?“

„Hab ich nicht richtig gesehen! Gehen Sie jetzt endlich?“, sagte sie unfreundlich.

„Ihren Sohn müssen wir leider mitnehmen, der steht nämlich unter Verdacht der Beihilfe zum Mord an einem Geldtransportfahrer und der Verübung eines schweren Raubüberfalls“, klärte Christian Fromm die Frau auf.

„Aber Sie sehen doch, dass er schläft!“, keifte Irene Müller nun.

„Das ist doch nicht unser Problem. Wer saufen kann, der kann auch reden! Wir nehmen ihn mit und verlegen ihn in die Ausnüchterungszelle, dort wird er wenigstens von einem Arzt betreut.“

„Das lasse ich nicht zu!“, brüllte sie nun mit überschlagender Stimme.

„Wenn Sie sich nicht augenblicklich ruhig verhalten, dann liefern wir Sie in die Klapse ein, verstanden?", schrie Fromm die Frau an und baute sich drohend vor ihr auf.

Nun bekam sie es mit der Angst zu tun und verzog sich in ihr Wohnzimmer. Willi Früh versuchte derweil, den jungen Mann aus seinen Träumen zu wecken. Nach einer Weile und einigen Tricks öffnete Kevin Müller die Augen. Er sah verwirrt um sich, denn die beiden Gestalten da kannte er nicht.

„Was is' n' los? Was wollt ihr von mir? Ich hab doch alles bezahlt!", lallte er.

„Wir sind von der Polizei, können Sie gehen?", fragte Fromm den jungen Mann.

Mühsam richtete sich der junge Mann auf. Er hatte sichtliche Mühe aufzustehen, deshalb half ihm Willi Früh dabei.

„Geht es oder müssen Sie sich übergeben?"

„Nee, hab ich noch nie gemacht", antwortete der Mann.

Früh stützte ihn und so verließen sie die Wohnung.

„Wo haben Sie ihr Handy gelassen?", fragte Fromm während der Aufzug sie nach unten brachte.

„Is mir am Freitag in der Schule geklaut worden."

„Wann am Freitag?"

„Morgens ..."

Der junge Mann hatte sichtliche Mühe Worte zu finden. Als sie vor dem Eingang zum Hochhaus standen, lehnte Früh den jungen Mann an die Wand, während Christian Fromm den Dienstwagen holte. Zur Vorsicht setzte sich Willi Früh mit dem jungen Mann auf die Rücksitzbank. Dann fuhren sie direkt zurück zur Dienststelle, wo Kevin Müller sofort in eine Ausnüchterungszelle verbracht wurde. Irene Müller hatte inzwischen einen Rechtsbeistand eingeschaltet, welcher noch vor Feierabend vorbeikommen wollte, um sich Einblick in die Ermittlungsakten zu verschaffen. Daraus wurde aber nichts mehr, denn der Haftrichter war nicht mehr zu erreichen.

Kevin Müller wurde unsanft aus seinen Träumen geweckt. Neben ihm stand nicht etwa seine Mutter oder seine Schwester, sondern ein uniformierter Beamter, der ihn an der Schulter packte und wachrüttelte. Auf dem klappbaren Tisch stand ein Tablett mit dem Frühstück. Der Beamte gab ihm eine halbe Stunde Zeit, bis er wiederkommen wollte, um ihn zur Vernehmung abzuholen. Kevin Müller registrierte die aktuelle Situation noch gar nicht. Angestrengt dachte er über die Geschehnisse der letzten Tage und Stunden nach. Er konnte sich beim besten Willen an nichts mehr erinnern. Daran war dieses Teufelszeug von Droge schuldig, er nahm sich vor, unbedingt davon wegzukommen. Langsam aber sicher, begann ihm der Kopf zu schmerzen. Er konnte nicht mehr nachdenken, denn es pochte nun in seinem Kopf unaufhörlich. Das Frühstück rührte er nicht an, denn er brachte sowieso keinen Bissen hinunter. Dann wurde die Tür geöffnet und der uniformierte Beamte trat ein. Ohne Rücksicht auf seine Schmerzen zu nehmen, griff er Kevin Müller am Arm und führte ihn aus der Zelle. Wenig später saß er in einem schalldichten Raum und wartete, bis jemand zu ihm kam. Er hatte entsetzlichen Durst, sodass er das bereitgestellte Wasserglas in einem Zug leerte. Was er nicht wusste, war, dass er von außen beobachtet wurde. Kriminalhauptkommissar Gerhard Meininger und sein Kollege Christian Fromm standen vor der verspiegelten Scheibe und beobachteten den jungen Mann.

„Sieht ganz schön fertig aus, der Junge“, sagte Gerhard Meininger zu seinem Kollegen.

„Und einen gehörigen Brand hat er auch. Die haben wohl den erfolgreichen Abschluss ihres Raubüberfalls gefeiert“, antwortete dieser.

„Na, dann wollen wir mal!“, sagte Meininger und beide betraten den Raum.

Meininger stellte sich und seinen Kollegen vor und erklärte Kevin Müller seine Rechte. Dieser wusste gar nicht, wie ihm geschah, er hatte immer noch keine Ahnung, was um ihn vorging. Wenig später wurde die Tür zum Raum wieder geöffnet und der Anwalt, welcher von Irene Müller eingeschaltet worden war, betrat den Raum. Also mussten die beiden Kripobeamten wieder hinausgehen, denn er wollte mit seinem Klienten zuerst unter vier Augen sprechen. Nach etwa einer halben Stunde bekamen die beiden Beamten vom Anwalt grünes Licht zur weiteren Vernehmung.

„Mein Mandant möchte zu den Vorwürfen des Staatsanwalts nichts sagen. Er kann sich an nichts mehr erinnern, was er in den letzten Tagen erlebt hat. Ich möchte Sie somit bitten, ihn unverzüglich auf freien Fuß zu setzen!“, erklärte der Anwalt.

„Sie haben Ihrem Mandanten sicherlich gesagt, was ihm zur Last gelegt wird. Wir hätten trotzdem ein paar Fragen, die ihn nicht persönlich betreffen, uns aber in unseren Ermittlungen in der Mordsache Albert Schnitzler und den Raubüberfall am Sonntag weiterbringen könnten“, sagte Meininger.

„Bitte fragen Sie!“, antwortete der Anwalt und verbeugte sich dabei übertrieben.

„Herr Müller, nachdem Sie offenbar über das Wochenende Ihr Gedächtnis verloren haben, würde uns jetzt doch interessieren, wie Ihr Mobiltelefon in die Hände des noch unbekannten Toten kam?“

„Es wurde mir am Freitagmorgen in der Schule entwendet. Ich war in einer kurzen Pause auf der Toilette, dabei hab ich das Handy auf dem Tisch vergessen. Als ich zurück kam, war es weg“, erklärte Kevin Müller.

„Hat niemand von Ihren Mitschülern den Diebstahl gesehen? Da waren doch sicherlich einige davon immer im Klassenzimmer“, wollte nun Fromm wissen.

„Es war einer von denen. Hören Sie, ich habe wahnsinnige Kopfschmerzen, kann ich nicht eine Tablette haben?“, fragte er nun.

Christian Fromm stand auf und ging in das Büro, um eine Tablette zu holen. Wenig später kehrte er zurück, gab dem jungen Mann eine Tablette und füllte gleichzeitig das Wasserglas auf. Kevin Müller schluckte die Tablette und trank das Glas in einem Zug leer.

„Sie haben also einen Ihrer Mitschüler im Verdacht, das Handy geklaut zu haben, was für ein Verhältnis haben Sie zu Ihren Mitschülern?"

„Keines. Das sind Albaner, Russen und Türken. Und die sind alle in Gangs organisiert, die sich gegenseitig auf die Rübe hauen!"

„Was ist das für eine Klasse, die Sie besuchen?"

„BEJ, das ist ein Sammelbecken für abgelehnte Lehrstellenbewerber, damit sie weg von der Straße sind."

„Herr Müller, wir haben hier ein Bild des getöteten Täters, vom Raubüberfall auf den Supermarkt. Schauen Sie ihn bitte genau an und sagen Sie uns, ob Sie ihn erkennen", sagte Meininger und hielt dem Mann das Foto des unbekannten Toten unter die Nase. Müller sah das Bild kurz an stutzte und nickte dann.

„Das ist Browne, der ist in der Paraklasse. Hat der mein Handy gehabt?"

„Wer ist Browne und wie heißt der richtig?"

„Braun heißt der richtig. Alfred Braun. Der hat mein Handy geklaut? So eine schleimige Drecksau!", schimpfte Müller.

„Wo wohnt der, wissen Sie das?"

„Nicht so richtig, der lebt in einem Wohnwagen irgendwo in einem Garten. Das weiß eigentlich keiner so richtig."

„Alfred ist eigentlich ein untypischer Name für einen Mann seines Alters. Und warum nannten Sie ihn schleimig?"

„Weil er sich immer beim Lehrer einschleimt, so ein richtiger Arschkriecher. Der kommt aus Rumänien, das ist ein Übersiedler."

„Mit wem ist dieser Braun immer zusammen, etwa im Pausenhof."

„Eigentlich mit niemanden. Ich hab wenigstens niemand mit ihm zusammen gesehen. Außerdem interessiert mich die andere Klasse nicht."

„Haben Sie den einen oder anderen Kumpel in Ihrer Klasse?"

„Nein, niemals! Ich habe meine Bekannten außerhalb der Schule."

„Wenn Sie uns noch verraten, wo Sie sich am Wochenende aufgehalten haben, lassen wir Sie gehen. Da sonst immer noch der Verdacht besteht, Sie hätten sich am Raubüberfall beteiligt."

„Ich und Raubüberfall? So ein Quatsch! Ich bin bei einem Kumpel auf dessen Vaters Wochenendgrundstück gewesen. Wir haben ein bisschen gefeiert, auch gekifft, ich geb's ja zu, aber Raubüberfall ist nicht mein Ding, das können Sie mir glauben."

„Wo liegt das Grundstück und wem gehört es?"

Kevin Müller hatte also wieder sein Gedächtnis wiedererlangt und nannte den Namen und die Adresse des Grundstückeigentümers. Christian Fromm rief den Genannten an und dieser bestätigte, dass auf seinem Grundstück ein dreitägiges Saufgelage stattgefunden habe. Der Mitverursacher des Müllberges wurde schon vermisst, weil dieser ihm versprochen habe, die Überreste der Feier zu beseitigen. Kevin Müller hatte also für den Tatzeitraum ein einwandfreies Alibi. Er wurde deshalb unverzüglich aus der Untersuchungshaft entlassen.

Sein Telefon wurde aber zur weiteren Spurenverfolgung beschlagnahmt. Die beiden Kriminalbeamten gingen zurück ins Büro, um ihr weiteres Vorgehen zu besprechen. Zunächst einmal wurde in der Fahndungsdatei der Name Alfred Braun eingegeben, aber ohne greifbares Ergebnis. Der junge Mann war also noch nicht erkennungsdienstlich in Erscheinung getreten. Das machte die Sache nicht einfacher, da man keine Fingerabdrücke oder dergleichen hatte. Nun wurde die Wohnadresse ermittelt. Laut Einwohnermeldeamt war er in Reutlingen-Mittelstadt gemeldet, und zwar in der Lenzhalde. Dort wohnten auch seine vermutlichen Eltern, Adolf und Theresia Braun. Meininger hatte sich die Telefonnummer herausgesucht und wählte sie nun. Nach langem Warten wurde am anderen Ende abgehoben.

„Ja?“, meldete sich eine weibliche Stimme.

„Spreche ich mit Frau Braun, der Mutter von Alfred Braun?“, fragte Meininger ohne sich vorzustellen.

„Ja!“

„Kann ich Ihren Sohn sprechen, ist er zu Hause?“

„Nein, den können Sie nicht sprechen, der wohnt nicht mehr bei uns im Haus!“

„Können Sie mir dann sagen, wo er wohnt?“

„Ja, hinten im Wohnwagen. Der redet aber nichts mehr mit uns. Sie müssen schon hingehen, wenn Sie was wollen, wer sind Sie denn?“

Meininger legte ohne zu antworten auf.

„Das ist ja komisch. Der Sohn wohnt nicht mehr im Haus, sondern in einem Wohnwagen. Lass uns das Ganze doch mal von oben anschauen!“

Meininger öffnete die Seite eines Anbieters, der Satellitenbilder im Internet bereitstellte. Nachdem er Reutlingen in das Suchfeld eingegeben hatte, scrollte er weiter nach Mittelstadt. Und tatsächlich sah er am Rand von Mittelstadt vor einem Industriegebiet auf einem Grundstück einen Wohnwagen stehen. Der war von der Straße her aber nicht zu sehen, da er im hinteren Teil eines Gartens stand. Dort hauste also der vermutliche Mörder des Geldtransportfahrers. Da die Eltern des jungen Mannes offenbar völlig ahnungslos waren, wussten sie sicher auch nicht, welchen Umgang ihr Sohn pflegte. Gerhard Meininger beschloss, das Grundstück weiträumig abzusperren und anschließend den Wohnwagen mit mehreren Kollegen zu stürmen. Es konnte ja durchaus möglich sein, dass sich der Rest der Bande dort versteckte. Also starteten mehrere Zivil- und Streifenfahrzeuge in Richtung Mittelstadt. Im Schlepptau Thomas Maier von der KTU, den Spurensucher, mit seinem großen weißen Transporter. Alle Fahrzeuge fuhren mit Sondereinsatzsignal bis zum Ortsrand von Mittelstadt. Im folgenden Kreisverkehr fuhren sie nicht den direkten Weg geradeaus, sondern folgten dem Lachenhauweg bergan. Dann fuhren sie die Keltenstraße entlang bis zu einem sehr modern anmutenden Gebäude. Dort parkten sie zunächst ihre Fahrzeuge, was für ziemliches Aufsehen in den umliegenden Gewerbebetrieben sorgte. Gleichzeitig befuhren zwei Streifenwagen die Straße zum Hohbuchwasen ein paar Meter und sperrten den gesamten Bereich dort ab. Kriminalhauptkommissar Gerhard Meininger stieg aus seinem Dienstfahrzeug aus und ging ein paar Meter einen Hof hinab, um von dort aus das Grundstück der Familie Braun einzusehen. Er sah zwar durch die üppige Bepflanzung den Wohnwagen stehen, konnte aber nichts Genaueres feststellen. Nun gab er den hinter ihm wartenden Kollegen ein Zeichen, dass sie ihm folgen sollten. Mit verschränkten Armen beobachteten ein paar Arbeiter eines Metall verarbeitenden Betriebes das ganze Szenario. Meininger hatte seine Dienstwaffe gezogen, als er sich der Grundstücksgrenze näherte. Alles war ruhig und in den Büschen sangen die Vögel. Er suchte hinter einem Baum Deckung, als sich etwas im Garten bewegte. Vorsichtig sah er am Stamm des Baumes vorbei nach vorne. Da sah er, wie eine Frau im Garten mit einer Hacke werkelte. Das musste Frau Braun sein, mit der er telefoniert hatte. Wäre jemand im Wohnwagen anwesend, würde die Frau bestimmt nicht im Garten arbeiten. Deshalb ging Gerhard Meininger nun ganz normal am Grundstück entlang, bis er Blickkontakt zu der Frau hatte.

„Hallo, guten Tag, sind Sie die Frau Braun?“, fragte er.

„Ja, warum? Was gibt es denn?“

„Mein Name ist Meininger, ich bin von der Kripo in Reutlingen. Kann ich Ihren Sohn sprechen?“

„Ja, wenn der überhaupt da ist! Hat er etwas ausgefressen?“

„Darüber reden wir später. Wohnt er in dem Wohnwagen da?“

„Ja. Ach Sie haben heute schon angerufen! Warum haben Sie nicht gesagt, dass Sie von der Polizei sind?“

„Das erkläre ich Ihnen später. Können wir uns mal in dem Wohnwagen umsehen?“

„Ich weiß nicht. Das wird dem Alfred aber nicht Recht sein!“

„Wenn es so ist, wie ich vermute, wird den Alfred nichts mehr ärgern!“, sagte Meininger und öffnete das Schloss des Wohnwagens mit einem Dietrich.

Im Inneren sah es aus wie in einer Kontrollzentrale. Überall standen Monitore, Computer und Tastaturen. Teilweise waren die Gehäuse der Computer geöffnet, das konnte nur bedeuten, dass Alfred Braun sein Geld mit der Reparatur von diesen Geräten verdiente. An der Wand klebte ein DIN-A4-Ausdruck mit einem jungen Mann, der mit einem sogenannten Lichtschwert da stand. Meininger nahm das Bild ab und ging nach draußen zu der Frau, die respektvoll vor dem Wohnwagen wartete. Es zeigte den beim Überfall erschossenen Täter. Nun war man endlich aufseiten der Polizei sicher, wenigstens einen Täter gefunden zu haben.

„Frau Braun, ist das Ihr Sohn?“, fragte Meininger.

„Ja, das ist unser Alfred“, antwortete sie mit unsicherer Stimme.

„Kann ich mich mit Ihnen irgendwo in Ruhe unterhalten, Frau Braun?“

„Ja, ja kommen Sie bitte“, sagte sie und ging voraus ins Haus. Sie bot ihm einen Platz in der Küche an, wo eine

Eckbank stand wie man sie in den sechziger Jahren oft in Esszimmern sah.

„Frau Braun, wir wissen nun fast sicher, dass sich Ihr Sohn am Raubüberfall auf den Supermarkt in Reutlingen beteiligt hatte. Er hat dabei den Fahrer eines Geldtransporters erschossen. Als sich Ihr Sohn vom Tatort entfernen wollte, wurde er seinerseits von einem Wachmann erschossen. Meine Frage ist nun Frau Braun, mit wem verkehrte Ihr Sohn in letzter Zeit? Hatte Ihr Sohn ein Auto oder ein anderes Verkehrsmittel? Sie müssen uns helfen, die anderen Beteiligten am Überfall zu finden!“, redete Meininger auf die Frau ein. Die saß aber nur da und weinte still in ein Taschentuch, das sie aus ihrer Schürzentasche geholt hatte.

„Er hat nie jemand im Wohnwagen gehabt, das hätte ich bemerkt. Er war immer allein, das war ja so komisch, nicht mal ein Mädchen. In seinem Alter schaut man doch nach den Mädchen und hockt nicht immer die ganze Zeit an diesen blöden Kisten da! Er hat nicht mehr mit uns gesprochen, seit sein Vater zu ihm gesagt hat, er solle einen anständigen Beruf lernen und endlich richtiges Geld verdienen. Es hat ja so kommen müssen!“, sagte sie und weinte nun lauter.

„Wo ist Ihr Mann zurzeit?“

„Er arbeitet da vorne in der großen Firma. Er hat heute Spätschicht und kommt um zehn Uhr nach Hause.“

„Frau Braun, wir können es Ihnen nicht ersparen, aber Sie müssen Ihren Sohn identifizieren. Ich möchte Sie bitten, dass Sie morgen nach Tübingen kommen, um im Gerichtsmedizinischen Institut die Identifizierung vorzunehmen.“

„Wie soll ich da hinkommen? Ich weiß doch gar nicht, wo das ist.“

„Am besten, Sie kommen auf unsere Dienststelle, dann wird Sie ein Kollege begleiten. Sagen wir, morgen früh um zehn Uhr?“ Sie nickte nur stumm und weinte wieder in ihr Taschentuch.

Meininger stand wieder auf und ging hinaus zum Wohnwagen. Thomas Maier war inzwischen mit Eifer bei der Arbeit.

„Und Moers, schon was Interessantes gefunden?“, fragte er den Kollegen, den er immer so nannte, in Anlehnung an Simenons Maigret-Romane.

„Non, Monsieur le Kommissaire. Es ist erstaunlich sauber hier drin. Bisher ist alles negativ, keine Drogen, keine Waffen, nichts!“

„Scheiße, elende!“, entfuhr es Meininger.

Nachdem er das enttäuschende Ergebnis Maiers erfahren hatte, löste er den Einsatz auf, sodass alle Kräfte wieder an ihre gewohnte Arbeit gehen konnten. Es war schon lange nach Mittag und schon wieder hatten er und seine Kollegen die Mittagspause durchgearbeitet.

„Gibt's hier irgendwo ein Lokal, wo man noch was zu Essen bekommt?“, fragte Meininger seinen Kollegen Fromm mit knurrendem Magen.

„Um diese Zeit sicherlich nicht mehr. Ich weiß aber, dass es im Ort eine Bäckerei gibt, die klasse Leberkäsweckle hat.“

„Dann lass uns mal da hinfahren!“, brummte Meininger und stieg in das Dienstfahrzeug.

Sie fuhren in den Ort den Berg hinab in Richtung Neckar. Dann folgte auf der rechten Seite in einer Seitenstraße die besagte Bäckerei. Ein Schild im Schaufenster wies darauf hin, dass heute echtes Holzofenbrot gebacken wurde. Die beiden Beamten kauften je zwei Leberkäsweckle und dazu noch ein Holzofenbrot, in der Hoffnung, dass es am Abend, angeschnitten und mit Butter bestrichen, genossen werden konnte. Dann fuhren sie weiter hinunter an den Neckar, um auf dem Parkplatz des nahen Sportgeländes eine Pause einzulegen und mit großem Appetit die Brötchen zu verspeisen.

„Was hältst du von der Frau Braun?“, fragte Meininger.

„Eine biedere Hausfrau mit rumäniendeutschen Wurzeln, deren Sohn auf die schiefe Bahn geraten ist."

„Der hat wohl in seiner eigenen Zockerwelt gelebt. Wie kommt so ein junger Mann auf die Idee und schießt einfach auf einen Unschuldigen? Ich begreife das einfach nicht! Das familiäre Umfeld ist doch nicht von Gewalt geprägt! Es würde mir einleuchten, wenn der als Kind andauernd Dresche bekommen hätte, aber bei der Frau kann ich mir das beim besten Willen nicht vorstellen!"

„Tja, verkehrte Welt. Lass uns zurückfahren, es wartet noch eine Menge Arbeit!", sagte Christian Fromm resignierend.

„Sollen wir nicht noch vorher bei dieser Berufsschule vorbei fahren? Wenn der Braun keine Freunde gehabt hat, dass besteht doch immerhin die Möglichkeit, dass wir in seiner Klasse seine Komplizen finden."

„Weißt du noch, wie die Klasse genau heißt, die der besucht hat?"

„Nein, aber im Schulsekretariat wird man doch wissen, in welche Klasse der gegangen ist."

„Okay, probieren können wir es ja", sagte Fromm und suchte die Telefonnummer der Ferdinand-von-Steinbeis-Schule im Internet. Wenig später meldete sich eine freundliche Dame und fragte, wie sie helfen könne. Fromm nannte den Namen Alfred Braun und wenig später notierte er den Namen der Klasse auf einem Zettel. Dann fragte er, ob er den Klassenlehrer sprechen könne. Dieser war aber nicht mehr in der Schule, aber sie könne gerne einen Termin mit dem Schulleiter ausmachen, der sich in der Klasse ebenfalls auskenne. Fromm bat die Frau, ihm zunächst eine Namensliste der betreffenden Schüler zukommen zu lassen. Sie versprach nach Rücksprache mit dem Schulleiter diese Liste per Fax weiterzuleiten. Fromm gab ihr seine Handynummer, damit sie ihn für weitere Informationen erreichen konnte. Die beiden Beamten hatten gerade die Stadtgrenze von Reutlingen erreicht, als das Handy von Fromm klingelte. Es war der Schulleiter der Steinbeis-Schule persönlich, der sich nach dem Grund der Anfrage Fromms erkundigte. Fromm sagte, dass er mit dem Schulleiter gerne persönlich darüber gesprochen hätte. Also erklärte sich der Mann bereit, sofort mit den beiden Kripobeamten zu reden.

Gerhard Meininger kannte das Berufsschulgebäude nur vom Vorbeifahren. Hin und wieder hatte die Kriminalpolizei kleinere Fälle von Diebstahl und Rauschgiftdelikten zu bearbeiten, die auch im Zusammenhang mit Schülern der Ferdinand-von-Steinbeis-Schule zu tun hatten. Er selber war aber noch nie in dem Gebäude gewesen. Als sie in die Silberburgstraße einfuhren, in der sich die Parkplätze der Schule befanden, erkannten sie das erste Problem. Es war kein freier Parkplatz zu finden, selbst nicht in dem Parkhaus, das zur Schule gehörte. Nach einer Ehrenrunde über die Krämer- und dann die Bismarckstraße, wieder zurück auf die Karlstraße rief Fromm noch einmal in der Schule an und erkundigte sich nach einer Parkmöglichkeit. Die Schulsekretärin erklärte ihm, er könne über den hinteren Eingang zum inneren Schulhof fahren und dort sein Fahrzeug abstellen. Also fuhr Gerhard Meininger missmutig brummend in die Charlottenstraße ein und durchquerte im Schritttempo das Schulgelände. Entgegenkommende Schüler und Lehrer schauten die beiden Ankömmlinge neugierig an. Im Schulhof parkte Gerhard Meininger das Dienstfahrzeug auf einer gepflasterten Fläche. Anschließend gingen beide Beamte durch eine doppelte Schwingtür ins Innere der Schule. Es war wohl gerade eine Schulstunde zu Ende, denn eine Menge Schüler drängten sich im Hauptgang des Schulgebäudes. Gegenüber dem Haupteingang hing ein großer Bildschirm an der Wand, der als Wegweiser und als Infotafel diente. Das Sekretariat befand sich im ersten Stock des Gebäudes. Also begaben sie sich über eine breite Treppe mitten durch die nach unten strebenden Schüler in den ersten Stock. Die Tür zum Sekretariat stand offen. Gerhard Meininger trat in einen schmalen Gang hinein und schaute sich um, ob er jemanden erkannte, der auf ihn wartete.

„Hallo die Herren!“, rief es aus einem Raum, der sicherlich als Konferenzzimmer diente.

Ein schlanker, groß gewachsener Mann kam auf die beiden mit ausgestreckter Hand entgegen.

„Kaiser, ich bin der Schulleiter. Kommen Sie doch bitte herein! Möchten Sie einen Kaffee?“, sagte er freundlich.

Gerhard Meininger und Christian Fromm stellten sich vor und nahmen die Einladung zum Kaffee dankend an, dann setzten sich an einen großen Konferenztisch. Der Schulleiter brachte zwei Tassen und eine Kanne Kaffee. Er schloss die Tür und setzte sich zu den beiden an den Tisch.

„So, was liegt nun im Fall Braun an?“, fragte er neugierig.

„Wir arbeiten an der Aufklärung mehrerer Kapitalverbrechen, die sich im Laufe der letzten Wochen in Reutlingen und Umgebung ereignet haben. Da geht es zunächst um die Ermordung eines Rentners auf dem Parkplatz der ehemaligen Hauptpost. Dann geht es um einen Raubüberfall auf eine Bank in Gomaringen. Und nicht zuletzt um den Raubüberfall auf einen Supermarkt mit einem erschossenen Fahrer und zwei schwer verletzten Beifahrern am letzten Wochenende. Sie haben sicherlich davon aus den Medien erfahren. Nun wurde bei dem Überfall auf den Supermarkt einer der Täter von einem Wachmann erschossen. Dabei handelt es sich mit ziemlicher Wahrscheinlichkeit um den Schüler Alfred Braun. Wir haben zunächst einen anderen Schüler verdächtigt, weil wir am Tatort ein Handy gefunden haben. Dieses wurde aber dem unbeteiligten jungen Mann offenbar durch diesen Alfred Braun entwendet. Wir vermuten, dass es insgesamt drei Täter waren, dass die zwei anderen Täter Mitschüler aus Brauns Klasse sind. Deshalb benötigen wir eine Namensliste aller Mitschüler“, klärte Kriminalhauptkommissar Gerhard Meininger den Schulleiter auf. Dieser schüttelte während Meiningers Ausführungen andauernd den Kopf.

„Wissen Sie, das wundert mich nicht. Die Klasse BEJ ist nichts anderes als ein Sammelbecken von jungen Menschen, die bis dato keiner haben wollte. Verkrachte Existenzen, die keine Zukunftsperspektiven haben, weil sie weder einen Lehrvertrag bekommen, noch eine weiterführende Schule besuchen können. Damit sie in keiner Statistik auftauchen, werden sie bis zum vollendeten achtzehnten Lebensjahr bei uns in diesen Berufseinstiegsklassen untergebracht. Danach wechseln sie dann sofort in Hartz IV. Wir haben etwas getan, was wir eigentlich immer vermeiden wollten, wir haben einen Schulsozialarbeiter eingestellt. Und der hat inzwischen mehr als genug zu tun. Besonders in den Klassen des BEJ. Es gibt Tage, da können wir nur vier Schüler in einem Raum unterrichten, wenn man überhaupt von Unterricht reden kann. Tja und jetzt dieser Braun, der war eigentlich einer der unauffälligen Sorte. Schlimm, sehr schlimm!"

„Können Sie uns einen Tipp geben, wer die Komplizen von diesem Braun sein könnten?", fragte Fromm.

„Ich selber kenne keinen von den Burschen näher, da müssten Sie mit dem Herrn Geiger sprechen, dem Klassenlehrer. Der ist aber nicht mehr im Haus. Das Komische an der Sache ist, dass die Schüler einen Klassenausflug organisiert haben und die nächsten Tage nicht da sind."

„Wohin ist die Klasse gefahren?"

„Gefahren? Geflogen, nach Mallorca! Vier Tage Ballermann, entspricht ganz dem Niveau der Klasse!"

„Wer begleitet die Klasse?"

„Ausgerechnet unser Schulsozialarbeiter, der Herr Grabowski. Er verspricht sich davon, dass die Auseinandersetzung unter den ethnischen Gruppierungen aufhören."

„Gibt es solche Probleme?"

„Natürlich! Da gibt es hin und wieder Reibereien zwischen den Russen, den Türken, den Libanesen und den

Rumänen. Ein schöner europäisch-arabischer Konflikt und wir mittendrin."

„Wann sagen Sie kommt die Klasse wieder zurück?"

„Sie sind erst heute Morgen abgeflogen und bleiben vier Tage."

„Und alle Schüler dieser Klasse sind mitgegangen?"

„Nein, es gibt welche, die kommen aus ärmsten Verhältnissen, die sind natürlich nicht dabei!"

„Wo halten die sich jetzt auf?"

„Zuhause, die machen halt Ferien!"

„Könnten Sie uns diejenigen, die nicht in Mallorca sind auf der Liste kennzeichnen?"

„Das kann der Kollege Geiger gerne machen, der kennt die Schüler besser."

Gerhard Meininger hatte genug gehört und stand auf, Christian Fromm folgte ihm. Sie verabschiedeten sich vom Schulleiter und gingen zurück zu ihrem Dienstwagen, um in das Büro zu fahren. Während die beiden in der Ferdinand-von-Steinbeis-Schule ermittelten, waren die Eltern von Alfred Braun in der Dienststelle erschienen, um ihren Sohn zu identifizieren. Kriminalobermeister Carsten Dombrowski begleitete sie nach Tübingen, um die undankbare Aufgabe zu erledigen. Inzwischen war auch die Analyse der gefundenen Geschosse vom Tatort eingetroffen. Daraus ging eindeutig hervor, dass Alfred Braun den Fahrer Tim Schreiber erschossen hatte. Ebenfalls wurde vom Provider des gestohlenen Handys das Bewegungsprofil Brauns am Tag des Überfalls übermittelt. Die Auswertung musste aber erst mit einem Stadtplan abgeglichen werden, da nur die Koordinaten aufgelistet waren. Dies wollten die Kriminalbeamten am nächsten Tag erledigen.

Kriminalhauptkommissar Gerhard Meininger trat seinen Dienst am anderen Tag mit Sodbrennen an. Er hatte am Vorabend zu viel von dem frischen Holzofenbrot gegessen, zudem bereitete ihm seine Frau auch noch einen äußerst leckeren Wurstsalat zu. Da konnte er sich einfach nicht bremsen. Nun hatte er an den Folgen zu leiden, selber Schuld! Es saß an seinem Schreibtisch, als ein Mitarbeiter der Poststelle ihm einen Umschlag brachte. Der Absender war der Schulleiter der Gewerbeschule. Im Umschlag befanden sich eine Schülerliste und ein Klassenfoto. Einige der abgebildeten Schüler kamen ihm merkwürdig bekannt vor. Auch die Namensliste war sehr aufschlussreich, denn es fanden sich auf Anhieb ein paar „Kunden" von ihm darunter. Einige der Namen ließ er durch das Fahndungsregister laufen. Seine Ahnungen wurden bestätigt, denn so Delikte wie: Körperverletzung, Raub, Diebstahl, Erpressung und Rauschgifthandel las er bei fast allen überprüften Personen. Gerade, als er auf dem Weg zum Drucker war, läutete das Telefon. Es war kurz vor neun Uhr, als die Mitarbeiterin einer Bank anrief und mitteilte, dass beim routinemäßigen Überprüfen von eingezahlten Banknoten auf Echtheit, ein Geldschein aussortiert wurde, der farblich gekennzeichnet war. Er stammte mit aller Wahrscheinlichkeit aus dem Raubüberfall auf den Supermarkt. Meininger versprach, sofort bei der Bank vorbeizufahren. Dann nahm er die Liste mit den Koordinationsdaten des Handys von diesem Kevin Müller, das sein Mitschüler Alfred Braun gestohlen hatte, in die Hand und gab sie in den Rechner ein. Dabei benutzte er ein Programm, das die Wegstrecke, die der Täter am Tag des Überfalls zurückgelegt hatte, aufzeichnete und in eine Karte des Landesvermessungsamtes eintrug. Er war offenbar mit der Stadtbuslinie sechs von Mittelstadt nach Reutlingen gekommen. An der Haltestelle Max-Eyth-Straße war er ausgestiegen und war der Mittnachtstraße folgend in die Storlachstraße eingebogen. Dort wurde die Handy-Ortung unterbrochen, entweder, weil es ausgeschaltet worden war, oder weil dort kein Empfangssignal vorhanden war. Die Pause dauerte etwa eine Stunde, dann ging der Weg weiter die Storlachstraße entlang in Richtung Stadtmitte. Da die Wegstrecke zwischen den Einwahlimpulsen immer kürzer wurde, nahm Meininger an, dass der Täter in einem Auto saß. Dies bestätigte sich, als das Ziel erreicht worden war, nämlich der Parkplatz des Fitnesscenters hinter dem Supermarkt. Dort wurde dann das Handy nicht mehr bewegt, bis zum Auffinden durch die Polizei. Meininger verfolgte die Strecke des Täters nun auf einer Luftbildaufnahme. An der Stelle, an der das Handy abgeschaltet worden war, befand sich der große Parkplatz eines Discounters. Dieser diente offenbar als Treffpunkt für die Täter. Die Genauigkeit der Handy-Ortung hing von der Dichte, der in der Nähe befindlichen Umsetzer ab. Deshalb konnte der Treffpunkt auch an einer anderen Stelle in der Nähe des Parkplatzes sein. Gerhard Meininger beschloss, nach dem Besuch der Bank die Örtlichkeit in der Storlachstraße in Augenschein zu nehmen. Inzwischen waren auch seine Kollegen anwesend, somit konnte er ihnen seine gewonnenen Informationen weitergeben. Nach der kurzen Besprechung machte sich Kriminalhauptkommissar Gerhard Meininger und sein Kollege Kriminalkommissar Christian Fromm auf den Weg zu der Bank, auf der das Raubgeld eingezahlt worden war. Sie befand sich in unmittelbarer Nähe des Marktplatzes. Meininger parkte das Dienstfahrzeug im Halteverbot, weil er keine Lust hatte, lange nach einem freien Parkplatz zu suchen. Hinter der Frontscheibe brachte er ein Einsatzschild der Polizei an, das sollte ihn vor dem Abschleppen des Autos bewahren. Beide betraten die Bank durch die große Schalterhalle, dann steuerten sie den Infoschalter an. Meininger zeigte der Dame seinen Dienstausweis, weshalb sie sofort zum Telefonhörer griff und jemand Bescheid sagte, dass die Polizei im Hause sei. Es dauerte eine Weile, bis ein gut gekleideter junger Mann auftauchte und die beiden Beamten aufforderte, ihm zu folgen. Er führte sie in ein Büro, in dem ein weiterer Mann auf sie wartete. Auf seinem Schreibtisch lag eine Banknote, die in einen Plastikbeutel verpackt war.

„Ich hab' Ihne den Geldschein gleich verpackt, falls Sie noch Spuren daran finden wollet“, sagte der Mann dienstbeflissen. Er sprach dabei einen näselnden Stuttgarter Akzent.

„Häberle isch übrigens mein Name. Häberle, Hans Georg“, sagte er und gab dabei mit einem leichten Diener den beiden Kriminalbeamten die Hand.

„Angenehm!“, sagte Gerhard Meininger. „Tja, Herr Häberle, wie kommen wir an den Überbringer dieser Banknote?“

„Des isch net oifach, aber es besteht immerhin die Chance. Wir überwachen die Schalterhalle und die Kassen ja, wie bekannt sein sollte, mit Videokameras. Der Geldschein ist an der Kasse zwei eingereicht worden, denn die Kassette stammt eindeutig von dort. Jetzt besteht die Möglichkeit, die aufgezeichneten Bänder anzuschauen, in der Hoffnung, Sie erkennen ein bekanntes Gesicht darauf.“

„Können wir die Bänder nicht einfach mitnehmen, dann können wir sie in Ruhe bei uns auf der Dienststelle anschauen?“

„Das isch s Problem, gell! Es sind eigentlich gar keine Bänder, ich hab das so in alter Gewohnheit gsagt ghabt! Die Aufnahmen, besser gsagt, sind auf dem Computer da!“, sagte der Mann und deutete mit einer ausholenden Geste auf einen hinter ihm stehenden Computer.

„Dann nehmen wir halt den mit. Wo liegt das Problem?“

„Ha ja! Der zeichnet im Augenblick ja ebenfalls auf, live so zu saga!“

„Aha, und was schlagen sie dann vor?“

„Sie machet sich s gemütlich und schauet die Aufnahmen hier an.“

Er stand auf und rollte einen Bürostuhl vor den Monitor. Dann ging er aus dem Raum, um noch einen Stuhl zu holen. Also setzten sich Meininger und Fromm vor den Monitor und warteten, bis der komische Herr Häberle die Aufnahmen startete. Der erste Einzahler kam bereits am frühen Montagmorgen. Es handelte sich offenbar um einen Geschäftsmann, der seine Wochenendeinnahmen ablieferte. Die Aufnahmen waren von einer hervorragenden Qualität, sodass jede der aufgezeichneten Personen sehr gut zu erkennen war. Dann kam eine ganze Weile niemand mehr. Da die Aufnahme in Echtzeit war, konnte die Sache sich bis in den Abend hinziehen, dazu hatte aber Gerhard Meininger und sein Kollege Christian Fromm keine Lust.

„Kann man das nicht beschleunigt abspielen?“, fragte Meininger genervt.

„Das geht schon, aber dann ist die Qualität entsprechend schlecht!“, antwortete Häberle der eine ziemlich feuchte Aussprache hatte und dabei auch noch aus dem Mund roch.

„Beschleunigen Sie bitte mal das Ganze“, befahl Meininger.

Dienstbeflissen reagierte Häberle und beschleunigte den Abspielvorgang. Nun ging die Sache flotter vonstatten. Im Eiltempo sah man alte Leute, Frauen mit Kinder und auch Handwerker an den Kassen auftauchen und Geld einzahlen und aber auch abheben. Bisher war kein bekanntes Gesicht zu erkennen. Um die Mittagszeit herum war die Schalterhalle praktisch leer. Erst gegen zwei Uhr kamen wieder die ersten Kunden. Meininger hatte große Mühe den schnell laufenden Bildern zu folgen.

„Halt! Kann man das zurückfahren?“, rief er plötzlich.

„Hast du jemanden erkannt?“, fragte Fromm erstaunt.

„Vielleicht!“

Häberle stellte die Aufnahme zurück und lies sie nun wieder in Echtzeit laufen. Ein junger Mann kam an die Kasse und legte einen Zettel vor. Daraufhin bekam er von der

Angestellten einen Geldbetrag ausgezahlt. Meininger schüttelte den Kopf, er hatte sich wohl geirrt. Also ging das ganze Spiel wieder von vorne los. Ein paar Minuten später stoppte Meininger erneut die Aufnahme. Dieses Mal war er aber sicher, deutlich erkannte er den Schulsozialarbeiter Grabowski, der eine Anzahl Geldscheine einreichte. Meininger lies die Aufnahme auf Standbild stoppen und holte das Klassenfoto aus dem Umschlag, den er mitgenommen hatte.

Er hatte sich nicht geirrt, eindeutig war Grabowski am Schalter der Bank zu sehen.

„Wenn wir Glück haben, hat er sogar seine Fingerabdrücke auf der Banknote hinterlassen!“, freute sich Gerhard Meininger.

„Du meinst, dass der mit dem Raubüberfall was zu tun hat?“

„Das nicht unbedingt, aber wir wissen dann vielleicht, von wem er das Geld bekommen hat. Können sie uns davon einen Ausdruck machen?“, fragte Meininger Häberle.

Der drehte auf dem Absatz um und kam wenig später mit einem DIN-A4-Ausdruck zurück.

Gerhard Meininger bedankte sich überschwänglich bei dem kauzigen Häberle, der umgehend nach einer etwaigen Belohnung fragte. Die beiden Kriminalbeamten mussten ihn vertrösten, bis der Fall vollständig gelöst war.

„Ich bin sicher, dass die Täter aus der Klasse stammen! Der Sozityp hat bestimmt das Geld für die Flugtickets eingesammelt und dann auf der Bank eingezahlt. Dabei hat er einen Geldschein bekommen, der beim Öffnen des Geldkoffers farblich gekennzeichnet worden ist. Wenn wir Glück haben, geben die Kerle noch mehr von dem Geld aus.“

„Wenn der Sozialarbeiter aber weiß, wer ihm das gekennzeichnete Geld gegeben hat, ist er in ernster Gefahr!“

„Ja, nur leider sind uns die Hände gebunden, oder willst du nach Mallorca fliegen und den Mann beschützen?“

„Warum nicht? Vier Tage Mallorca, ist doch nicht übel!“

„Na, das erzähl mal deinem Chef!"

Als sie ihren Dienstwagen erreichten, sahen sie auch schon einen Stadtbediensteten, der gerade dabei war, das Schild hinter der Windschutzscheibe zu betrachten. Er redete dabei aufgeregt in ein altertümliches Funkgerät. Meininger ging auf den Mann zu und hielt ihm seinen Dienstausweis unter die Nase. Dann stieg er in den Wagen ein und sah den Mann böse an, der sich verwundert am Kopf kratzte. Wenige Minuten später fuhren Kriminalhauptkommissar Gerhard Meininger und sein Kollege auf den Parkplatz eines Discountmarktes an der Kreuzung Storlach- und Mittnachtstraße.

„An einem Sonntagmorgen würde ich mich hier nicht verabreden, wenn ich eine Straftat geplant habe", sagte Meininger zu Christian Fromm.

„Warum nicht? Was spricht dagegen?", fragte dieser zurück.

„Nun, erstens ist da der ganze Parkplatz leer, nicht so wie jetzt, und sieh mal da!" Gerhard Meininger deutete auf eine in einer runden Glaskugel angebrachte Überwachungskamera.

„Dann versuchen wir doch unser Glück!", sagte Christian Fromm und stieg aus.

Sie gingen in den Discountmarkt hinein und steuerten den Informationsstand an, um nach dem Marktleiter zu fragen. Nach einem kurzen Telefonat der Dame am Infostand erschien ein junger Mann im weißen Arbeitsmantel.

„Guten Tag meine Herren, mein Name ist Hartmut Bosler, was kann ich für Sie tun?", fragte er freundlich.

Gerhard Meininger zeigt ihm seinen Dienstausweis und der Marktleiter wies ihnen den Weg in sein Büro. Dort bat Bosler die beiden Platz zu nehmen.

„Herr Bosler, Sie überwachen Ihren Parkplatz und wahrscheinlich auch das Gebäude mit Kameras. Werden die Aufnahmen aufgezeichnet?", fragte Meininger.

„Ja, aber nur eine gewisse Weile, wegen der Datenmengen. Wir haben seit Eröffnung unserer Filiale Probleme mit Leergutdiebstahl und Vandalismus. Am Wochenende ist auf dem Parkplatz der Treffpunkt für Leute, die illegale Rennen veranstalten. Wir haben deswegen auch schon mehrmals Ihre Kollegen kontaktiert."

„Sind die Aufzeichnungen vom letzten Wochenende noch vorhanden?"

„Ja. Die werden immer am darauffolgenden Freitag, also Ende dieser Woche gelöscht."

„Können wir diese Aufnahmen einsehen?"

„Normalerweise schon, was ist denn der Grund, darf ich das wissen?"

„Wir vermuten, dass sich die Täter des Raubüberfalls auf den Supermarkt in Laisen kurz vor der Tat, auf Ihrem Parkplatz getroffen haben. Da wir aber nur einen der drei mutmaßlichen Täter identifiziert haben, besteht eventuell die Möglichkeit, die anderen mithilfe der Aufnahmen ebenfalls zu identifizieren."

Der Marktleiter stand auf und entnahm aus einem Gerät das in der Ecke stand einen flachen Einschub, der eine Festplatte enthielt. Den steckte er in ein weiteres Gerät, welches mit seinem Computer gekoppelt war.

Dann startete er die Aufnahme, er drehte dabei den Monitor, dass Meininger und Fromm die Aufzeichnung mitverfolgen konnten. Die Aufzeichnungen starteten am Samstagabend nach zwanzig Uhr. Tatsächlich sahen sie etwa eine Stunde später eine Gruppe von jungen Männern, die sich mit ihren aufgemotzten Autos auf dem Parkplatz trafen. Zunächst begrüßten sich alle überschwänglich, dann wurde aus Dosen getrunken. Als diese ausgetrunken waren, kickten die Männer die Dosen ins nahe Gebüsch. Am Ende kam noch einer vorgefahren und packte Essen von einem sich in der Nähe befindlichen Fast-Food-Restaurant aus. Eine Autohaube diente dabei als Tisch. Nach dem Essen wurden die Reste einfach von der Haube gewischt und auf dem Boden liegen gelassen. Danach entfernte sich die Gruppe mit durchdrehenden Reifen, wie man am aufsteigenden Rauch erkennen konnte.

„Wir müssen jeden Montagmorgen zwei Mitarbeiter abstellen, die den Wohlstandsmüll des Wochenendes vom Gelände aufsammeln. Das sind oft zwei große Müllsäcke mit Dosen, Flaschen und Tüten. Von den Essensresten ganz zu schweigen, die dann auch noch Ungeziefer wie Ratten und Mäuse anlocken. Das ist ein ganz großes Ärgernis für uns!“, sagte der Marktleiter.

Dann war eine ganze Weile niemand auf dem Parkplatz zu sehen. Kurz vor elf Uhr tauchte ein Streifenwagen auf und fuhr in langsamer Fahrt über den Parkplatz. Wieder herrschte lange Zeit völlige Ruhe. Um zwei Uhr in der Nacht erschien ein Mann und machte sich an einer der abgeschlossenen Gittertüren zu schaffen, hinter denen sich das Leergut befand. Offenbar versuchte er, das Vorhängeschloss zu knacken. Nach einer Weile wurde es ihm zu bunt und er trat wütend gegen den Stahlzaun. Dann verließ er unverrichteter Dinge den Tatort. Das war die letzte bewegte Aufnahme in dieser Nacht, denn man sah, wie es langsam hell wurde. Der Sonntag war ein schöner Tag, denn es trafen sich einige Familien schon sehr früh auf dem Parkplatz, um einen Ausflug zu unternehmen. Nun war laufend Betrieb vor dem Discountmarkt. Sogar ein Reisebus wartete dort auf seine Fahrgäste. Um halb elf Uhr rief Meininger plötzlich: „Stopp! Da!“ Am oberen Bildrand erkannte er Alfred Braun, wie er die Straße entlang schlurfte. Es bestand kein Zweifel, denn er hatte dieselbe Hose an, wie sie Meininger an dem Erschossenen im Hof des Supermarktes gesehen hatte. Braun ging am Parkplatz vorbei, also schied dieser definitiv als Treffpunkt der Bande aus. Zur Sicherheit betrachteten Meininger und Fromm die nachfolgenden Aufzeichnungen, um sicherzugehen, dass die Täter nicht doch noch einmal auftauchten. Dies war aber nicht mehr der Fall.

„Es wäre doch zu schön gewesen, wenn die sich auf dem Parkplatz getroffen hätten", sagte Christian Fromm enttäuscht.

Meininger zuckte nur mit den Schultern und stand auf, um sich bei dem Marktleiter für seine Zusammenarbeit zu bedanken. Beim Einsteigen in das Dienstfahrzeug fiel Gerhard Meininger ein zweiter Parkplatz gegenüber dem Discounter Markt auf. Dort befand sich ein weiterer Einkaufsmarkt, der aber nicht mir Kameras überwacht wurde. Um dorthin zu gelangen, musste Braun die Straßenseite wechseln und das wäre auf dem Video zu sehen gewesen.

Wenig später fuhren beide Beamte langsam die Storlachstraße in Richtung Stadtmitte. Auf der linken Seite tauchte der Schuppen des ehemaligen Lagerhauses auf, in dem man in den sechziger Jahren Kohlen gelagert hatte, auf der rechten die Fabrikhallen eines Maschinenbauunternehmens. Links und rechts der Straße befanden sich Parkbuchten, in denen LKWs abgestellt waren. Dazwischen standen aber auch normale Autos. Hier war die ideale Stelle, um unauffällig in ein wartendes Auto einzusteigen, denn es war zwischen den LKWs sehr schwer zu erkennen. Hier hatte sie sich also getroffen. Blieb nur noch die Frage, warum das Handy, welches Braun benutzt hatte, an der Stelle eine halbe Stunde lang keinen Empfang gehabt hatte oder warum es ausgeschaltet worden war? Über Funk wurde nun mitgeteilt, dass es interessante Neuigkeiten gäbe. Deshalb fuhr Gerhard Meininger sofort zurück zur Dienststelle. Und es gab tatsächlich Neuigkeiten. Zunächst fiel Carsten Dombrowski auf dem Klassenfoto ein junger Mann auf, der dem Sohn eines Kollegen der Verkehrspolizei sehr ähnlich sah. Das Foto war nicht in bester Qualität, da es mit einer Handykamera aufgenommen und auf DIN-A4 vergrößert war. Gerhard Meininger hätte der junge Mann eigentlich ebenfalls auffallen müssen, denn er war ja immerhin als Schülerpraktikant eine Woche im Polizeipräsidium unterwegs gewesen. Das war vor zwei Jahren, weshalb sich der Kriminalhauptkommissar nur schwer an den jungen Mann erinnern konnte. Um Meininger auf die Sprünge zu helfen, holte Dombrowski einen Ordner, in dem alle Schülerpraktikanten der letzten zwanzig Jahre namentlich und mit einer Bewertung abgeheftet waren. Diese Aufgabe hatte Gerhard Meininger einst von seinem Vorgänger übernommen und bis zum jetzigen Zeitpunkt beibehalten. So mancher spätere Beamte der Reutlinger Polizei war in diesem Ordner vermerkt, weil er ein Praktikum bei der Polizei absolviert hatte. Der Sohn des Kollegen wollte ebenfalls zur Polizei und hatte dieses besagte Praktikum absolviert. Meininger hatte ihn unter dem Anfangsbuchstaben seines Nachnamens abgeheftet und auch sofort wieder gefunden. Unter dem Namen und der Anschrift der Schule hatte er ein dickes kv notiert, was nichts anderes bedeutete, als: Kannst vergessen! Das war die Art der Verschlüsselung, die Gerhard Meininger kurz und bündig benutzte, wenn er der Ansicht war, der Schüler sei für den Polizeidienst nicht zu gebrauchen. Er hatte sogar darunter handschriftlich notiert, dass der junge Mann unmotiviert und arrogant gewirkt hatte.

Der war sich wohl zu sicher, bei der Polizei durch die Beziehungen seines Vaters unterzukommen, obwohl auch seine Zeugnisse nicht den Anforderungen entsprachen. Meininger erinnerte sich nun wieder an die Sache, denn der Kollege hatte ihn danach eine ganze Weile nicht mehr gegrüßt. Auch Carsten Dombrowski war zu der Zeit auf Meininger nicht besonders gut zu sprechen, denn er war mit dem Kollegen zu der Zeit befreundet. Nun war der junge Mann also in der BEJ-Maßnahme gelandet, was zu bedeuten hatte, dass er auch anderswo keine Lehrstelle erhalten hatte.

„Wir könnten ihn doch als V-Mann einsetzen!“, schlug Carsten Dombrowski vor.

„Erstens, ist es gar nicht sicher, dass der da und der Sohn unseres Kollegen dieselbe Person sind und zweitens, ist es für den Jungen ein immenses Risiko, wenn er sich in eine der Banden einschleust“, antwortete Meininger abwehrend.

„Vielleicht ist der schon Mitglied in einer der Gangs!“, warf Christian Fromm ein.

„Der? Der bekommt doch seinen Hintern nicht vom Sofa. Der wird den lieben langen Tag vor der Glotze hocken und sich jeden Müll reinziehen, der gesendet wird“, sagte Meininger.

„Er ist es! Es ist Ruben Blankenhorn, der Sohn von unserem Kollegen! Sein Vater meint, dass der Junge bestimmt mitmacht, wenn er mit ihm redet!“, berichtete Dombrowski, der mit seinem Kollegen inzwischen telefoniert hatte.

„Wenn! Ja, wenn er mit ihm redet. War da nicht ein gespanntes Vater-und-Sohn-Verhältnis? Ich bin dagegen!“, wendete Meininger ein.

„Versuchen sollten wir es, vielleicht bringt es uns doch in der Sache weiter“, sagte Christian Fromm.

Meininger winkte nur ab und ging ans Telefon, das eben zu läuten begann. Ohne zu antworten, horchte er in den Hörer.

„Mhm! Ja, verstanden und wann?“, fragte er nun.

Dann legte er auf und schaute mit versteinerter Miene in die Runde.

„Soeben teilt uns ein Kollege vom LKA mit, dass ein gewisser Oleg Ramelow aus Reutlingen gestern Abend in El Arenal auf der Insel Mallorca verhaftet wurde. Er ist Mitglied einer Reisegruppe, die unter der Leitung eines gewissen Sören Grabowski vier Tage Urlaub auf der Insel verbringen wollte. Ramelow und seine Begleiter hatten in einem Hotel einen Konflikt angezettelt, bei der ein paar andere Männer krankenhausreif geschlagen wurden. Ramelow fiel durch seine Brutalität auf. Und jetzt kommt's: Ramelow hatte sich mit den herbeigerufenen Sicherheitskräften ebenfalls angelegt. Deshalb wurde er verhaftet. Man fand bei seinen persönlichen Gegenständen auch Bargeld. Eine Überprüfung ergab, dass alle Geldscheine mit einer unsichtbaren Farbe gekennzeichnet waren, genau wie die, die vom Raubüberfall auf den Supermarkt stammen!"

„Wow! Jetzt haben wir wenigstens einen von ihnen!", jubilierte Fromm und klatschte dabei in die Hände.

„Ja, der Kerl wird heute Abend in Stuttgart ankommen und zwar in Begleitung zweier spanischer Kollegen. Die anderen Mitglieder der Reisegruppe sind bereits wieder da, nachdem sie aus ihrem Hotel geflogen sind, wurden sie in verschiedene Maschinen verfrachtet und nach Deutschland zurückgeschickt. Der arme Betreuer Grabowski muss so lange unten bleiben, bis alle Schäden reguliert sind, die die Randalierer verursacht haben. Das heißt aber, einer von den Kerlen läuft immer noch frei rum!"

„Wann kommt die Maschine mit dem Kerl in Stuttgart an?", fragte Carsten Dombrowski beflissen.

„Die Maschine wird um neun Uhr erwartet. Der wird allerdings im Nebengebäude an uns übergeben. Ich denke, wenn wir zu dritt fahren, wird das reichen!", sagte Gerhard Meininger.

„Toll, dann wird es heute wieder spät!", protestierte der junge Kollege Max Rilling.

Er hatte vor Kurzem geheiratet, er und seine Frau erwarteten ihr erstes Kind. Es gab Probleme während der Schwangerschaft, weshalb Rilling des Öfteren während der Dienstzeit seine Frau zum Arzt bringen musste.

„Du brauchst ja nicht mitzukommen! Bereite hier alles vor und dann kannst du abhauen!", sagte Gerhard Meininger.

„Ich bin dabei!", meldete sich Carsten Dombrowski.

„Ich auch", ergänzte Willi Früh, der Älbler.

„Also, reicht doch! Wir drei fahren nachher zum Flughafen und holen unseren Freund dort ab", sagte Meininger zufrieden.

„Und wir beide halten hier die Stellung!", bemerkte Christian Fromm.

Kurz vor einundzwanzig Uhr setzten sich Kriminalhauptkommissar Gerhard Meininger und die beiden Kriminalobermeister Carsten Dombrowski und Willi Früh in einen vergitterten VW-Bus und begaben sich auf den Weg zum Stuttgarter Flughafen. Sie hatten zuvor im Internet die voraussichtliche Ankunft der Maschine aus Palma de Mallorca abgefragt. Wie meistens bei Flügen von den Balearen hatte auch dieser Flug eine Verspätung von mindestens einer halben Stunde. Rechnete man noch das Auschecken dazu, würden sie den vermutlichen Täter Oleg Ramelow frühestens um zehn Uhr in Empfang nehmen können. Die Übergabe sollte im Büro der Bundespolizei stattfinden. Da es sich um einen Sicherheitstransport handelte, parkte Gerhard Meininger den Bus direkt vor dem Eingang des Terminals. Es war nun kurz vor halb zehn Uhr und die Reutlinger Kripobeamten machten ein bisschen Small Talk mit ihren Stuttgarter Kollegen.

Währenddessen saß Christian Fromm im Büro und versuchte zum wiederholten Male, eine Nummer von dem von Alfred Braun gestohlenen Handy aus anzurufen. Er hatte zuvor alle auf dem Apparat gespeicherten Telefonnummern überprüfen lassen, die meisten erwiesen sich als harmlos, vor allem die älteren. Eine Nummer aber konnte weder zurückverfolgt, noch geortet werden. Entweder hatte sich der Teilnehmer beim Provider abgemeldet oder das dazugehörige Telefon war ständig ausgeschaltet. Die Ermittler vermuteten hinter der Rufnummer einen der Komplizen des bei dem Überfall getöteten Alfred Braun. Auch dieses Mal schien der Versuch fehlzuschlagen. Seinen jungen Kollegen Max Rilling hatte er kurz nach der Abfahrt der anderen nach Hause geschickt, an diesem Abend würde sowieso nicht mehr viel passieren. Er tippte aus lauter Langeweile noch einmal die besagte Rufnummer in die Suchsoftware ein und plötzlich, er traute seinen Ohren kaum, wurde ein Einwahlsignal wiedergegeben. Fromm drückte sofort eine Taste, um den Einwahlpunkt zu speichern, denn er wurde sofort wieder unterbrochen. Dann zoomte er auf dem Satellitenbild auf das Stadtgebiet von Reutlingen. Zu seinem Erstaunen befand sich dieser wieder im Stadtteil Storlach und wieder in der Nähe des Discounter-Parkplatzes. Das konnte nur der Aufenthaltsort des dritten, noch gesuchten Täters sein. Um keine Zeit zu verlieren, machte sich Christian Fromm sofort auf den Weg. Entgegen aller Vorschriften hinterließ er seinen Kollegen keine Nachricht und fuhr zudem alleine. Mit so einem Kerl würde er auch noch alleine fertig werden, dachte er auf der Hinfahrt. Er fuhr die Mittnachtstraße über die Rommelsbacher Straße an, damit er sofort sehen konnte, wer sich auf dem Parkplatz aufhielt. Zunächst wollte er an dem Parkplatz vorbeifahren, um nicht aufzufallen. Dann wollte er das Dienstfahrzeug in der Storlachstraße parken und zurückgehen.

Zu seiner Enttäuschung war aber niemand anwesend. Der Discounter hatte längst geschlossen, alles war dunkel. Niemand war weit und breit zu sehen. Wo konnte sich der Kerl nur aufhalten? Langsam fuhr Christian Fromm die Storlachstraße entlang und beobachtete dabei, wer sich auf den an beiden Seiten der Straße befindlichen Gehwegen aufhielt. Im Hof des alten Lagerhauses standen mehrere Transportfahrzeuge mit geöffneten Hecktüren. Das erweckte die Neugier des Kriminalkommissars. Etwa Hundert Meter weiter fand er zwischen den abgestellten LKWs eine Parklücke. Fromm stieg aus und überquerte die Storlachstraße, um zum Lagerhaus zu gehen. Vor ihm ging eine

Gruppe junger Leute, von denen einer einen Gitarrenkoffer trug. Die Schiebetore zur Einfahrt in den Hof des alten Lagerhauses standen nun offen, an einem waren bunte Luftballons aufgehängt. Die jungen Leute gingen wie selbstverständlich durch die Tore in den Hof hinein. Vom Keller her hörte man das Wummern einer Bassgitarre. Da hatte Christian Fromm plötzlich eine Idee und folgte der Gruppe, als würde er zu ihnen gehören. Auf der Rampe des Lagerhauses machten sich südländisch aussehende Männer an Kleidersäcken zu schaffen. Durch eine Schiebetür auf der Rampe sah Fromm ins Innere des Gebäudes. Dort türmten sich Unmengen von Kleidersäcken. Offensichtlich hatten Altkleidersammler das Lagerhaus angemietet, um dort ihre Ware zu deponieren, bevor sie nach Südeuropa oder Afrika exportiert wurden. Plötzlich waren die jungen Leute verschwunden. Christian Fromm war mit der Beobachtung der Altkleidersammler so beschäftigt gewesen, dass er die Gruppe aus den Augen verlor. Etwas unsicher stand er nun in dem unbeleuchteten Hof.

„Hey, suchst du den Eingang zur Session?“, fragte plötzlich eine Stimme aus dem Dunkeln.

„Äh, ja. Ich bin zum ersten Mal hier“, antwortete Fromm, der erschrocken war.

„Komm mit!“, sagte die Stimme und legte seine Hand auf Fromms Schulter.

Sie gingen durch eine Seitentür durch eine Art Verschlag in dem Fromm ein Wohnmobil erkannte, das dort wohl untergestellt war. Nach einer weiteren Tür kamen sie auf einen Hinterhof, an den ein Brachgelände, der frühere Bauhof der Stadt Reutlingen, grenzte. Vor einer weiteren Rampe war ein Grill aufgebaut, auf dem Würste und Steaks gebrutzelt wurden.

Über eine wackelige Treppe gelangte man in das Innere. Nach zwei Metern ging es eine steile Treppe hinab in den Keller. Von unten hörte man überlaute Musik und es strömte der Geruch von Zigarettenrauch und Moder entgegen. Gegenüber der Treppe befand sich ein Raum, in dem ein Musiker sein Instrument vorführte. Hinter diesem Raum befand sich ein weiterer, der offenbar als Veranstaltungsort für die Jamsession diente. Vor dem Raum stand eine alte Sitzgruppe, in der sich einige junge Leute tummelten. Fromm bemerkte jetzt erst, dass er noch seine Dienstwaffe und sein Funkgerät bei sich hatte. Um nicht aufzufallen, verließ er wieder den Keller, um beides im Dienstwagen zu deponieren. Er ging nicht davon aus, dass er beides an diesem Abend noch rege brauchen würde. Einer der Anwesenden aber konnte der gesuchte Komplize des verhafteten Russen sein. Fromm wollte sich nur die Gesichter ansehen, ob ihm eines von ihnen bekannt vorkam. Außerdem konnte er mit seinen Kollegen jederzeit wiederkommen und sich den Keller näher anschauen. Als er wieder zurück war, kaufte er an der Bar ein alkoholfreies Bier und mischte sich unter die Leute. Da wurde über neue Techniken der Aufzeichnung von Livemitschnitten und andere wichtige Themen der Musik diskutiert. Christian Fromm tat interessiert und musterte dabei die umstehenden Personen. Bis zu diesem Zeitpunkt war ihm kein Gesicht aufgefallen, wenn auch einige Gestalten darunter waren, die in jeden echten Rockerfilm gepasst hätten. Sie machten allesamt aber einen friedlichen Eindruck. Fromm ging aus dem großen Raum wieder hinaus und sah sich im Untergeschoss um. Dabei fiel im neben der Treppe ein Aufzug auf und daneben eine weitere Tür. Christian Fromm lehnte an die Wand und betrachtete eine Fototapete, die einen verrosteten Amischlitten in einer Wüste zeigte. Ein junger Mann trat neben ihn.

„Zum ersten Mal hier?“, fragte er.

„Ja, eigentlich rein zufällig. Findet das öfter statt?“

„So alle drei Monate. Je nachdem wie wir Lust haben. Spielst du auch ein Instrument?“

„Ja, aber das würde nicht so ganz hier herpassen!“

„Wenn es nicht gerade Blockflöte ist."

„Nein, nein, Posaune!"

„Ach so!"

„Haben die da hinten keine Lust auf Session?", fragte Fromm und wies auf die verschlossene Tür.

„Das sind Schrotthändler, die sammeln alte Elektrogeräte. Oben der Hof steht auch voll damit. Das sind zwei komische Typen, die man nur selten zu sehen bekommt."

„Wann sind die immer da?"

„Keine Ahnung! Wie gesagt, die sieht man selten!"

Christian Fromm trank sein Bier leer und brachte die leere Flasche zurück an die Bar. Eine Band bereitete sich auf ihren Auftritt vor. Einer von ihnen hatte Probleme, sein Instrument zu stimmen. Ein älterer Musiker bot ihm ein anderes an und nun konnte es losgehen. Die Band legte los wie die Feuerwehr. Sie spielte ein deutsches Punkrocklied mit einer Lautstärke, dass einem die Ohren dröhnten. Fromm ging langsam nach hinten aus dem Raum und schaute dabei jedes Gesicht an. Niemand kam ihm bekannt vor. Vor dem Raum war die Sitzgruppe nun leer, auch auf dem Gang danach war keiner mehr zu sehen. Diese Gelegenheit nutzte der Kriminalkommissar, um sich die Tür zu dem unbekannten Raum näher anzuschauen. Als er gerade die Klinke nach unten drücken wollte, hörte er Schritte auf der Treppe. Er tat so, als wolle er noch oben gehen, um frische Luft zu schnappen. Drei junge Mädchen kamen ihm kichernd entgegen, es waren offensichtlich Fans der Band, die gerade unten spielte, den sie trugen Buttons mit deren Namen an ihren Jacken. Nachdem Christian Fromm auf der Rampe ein paar Mal tief durchgeatmet hatte, ging er wieder nach unten, um einen weiteren Versuch zu unternehmen, die Tür zu öffnen. Zuerst schaute er durch das Schlüsselloch, um zu sehen, ob in dem Raum Licht brannte. Das Schloss war auf der anderen Seite der Tür abgedeckt. Also drückte Fromm die Klinke nach unten und zu seiner Überraschung ging die Tür auch auf. Sollte ihm jetzt jemand entgegenkommen, konnte er immer noch sagen, er suche die Toilette. Der Raum war sehr spärlich beleuchtet, sodass er zunächst nichts erkennen konnte. Er trat nun einfach ein und schloss die Tür hinter sich.

Kriminalhauptkommissar Gerhard Meininger und seine Kollegen Carsten Dombrowski und Willi Früh fuhren auf der Bundestraße 27 mit ihrem „Gast" an Bord nach Reutlingen. Der saß völlig konsterniert auf der Rückbank, mit Handschellen gefesselt und wunderte sich über die Behandlung wegen einer solchen Lappalie. Eigentlich hatte alles ziemlich harmlos begonnen. Die Anreise mit dem Flugzeug von Stuttgart war angenehm gewesen. Man hatte bei der Ankunft im Hotel an der Bar ein Bier oder zwei getrunken. Dann musste er sich schlafen legen, denn er wurde plötzlich hundemüde. Er musste einige Stunden tief geschlafen haben, denn er wachte erst spät am Abend wieder auf.

Danach ging er sofort wieder in die Hotelbar, ohne etwas zum Essen zu sich zu nehmen, das war ein großer Fehler. Er war sturzbetrunken gewesen und dabei wurde er immer aggressiv. Später hatte er ein paar Engländern ihr großes Maul gestopft, weil sie Schmähgesänge in Richtung der deutschen Gäste in der Hotelbar gesungen hatten. Er war zwar kein Deutscher, aber hasste dieses herablassende Getue dieser Insulaner. Also war er aufgestanden und hatte einem von ihnen eine poliert, sodass dieser ins Krankenhaus gebracht werden musste. Danach waren sie alle auf ihn gestürzt. Von seinen Freunden unterstützt, war er eigentlich glimpflich davongekommen. Nur seine Nase war leicht geschwollen. Als die Polizei die Hotelbar räumte, sah es aus wie auf einem Schlachtfeld, denn sie hatten ganze Arbeit geleistet. Die gegnerischen Engländer mussten sich alle einer ärztlichen Untersuchung unterziehen. Von seinen Leuten gab es keine nennenswerten Ausfälle. Man hatte ihn als Auslöser der Schlägerei ausgemacht und in Gewahrsam genommen. Die anderen mussten sofort das Hotel verlassen und wurden umgehend nach Deutschland zurückgeschickt. Und nun saß er in einem Gefangenentransporter, wegen einer Schlägerei in Spanien, zu komisch!

Wenig später wurde Oleg Ramelow in den Vernehmungsraum der Reutlinger Kriminalpolizei geführt. Kriminalhauptkommissar Gerhard Meininger betrachtete den Verdächtigen durch die große verspiegelte Glasscheibe. Ramelow saß teilnahmslos da und starrte in eine Ecke. Dann gingen Meininger, Dombrowski und Früh in den Raum hinein, um mit dem Verhör zu beginnen. Nachdem der junge Mann über seine Rechte aufgeklärt worden war, begann der Kriminalhauptkommissar.

„Herr Ramelow, können Sie uns bitte sagen, was Sie am Sonntag in der Zeit von etwa zwölf Uhr bis zwei Uhr getan haben?"

„Das weiß ich doch nicht mehr. Warum interessiert Sie das?", fragte Ramelow zurück.

„Das wäre aber gut für Sie, wenn Sie dass wüssten!"

„Was weiß ich, geschlafen! Natürlich! Geschlafen und zwar bis Nachmittags um vier Uhr!"

„Haben Sie dafür Zeugen?"

„Zeugen? Wofür? Warum?"

„Wir haben hier in der Tüte Ihre persönlichen Sachen, gehört das Geld da auch Ihnen?"

Ramelow betrachtete die Tüte, die Meininger ihm vor die Nase hielt, skeptisch.

„Die Geldbörse ist meine, ja. Aber das Geld ist nicht meines!"

„Woher wissen Sie denn das so genau?"

„Weil ich mein Geld in der Mitte falte und dann in die Geldbörse tue, deshalb! Und das ist nicht gefaltet!“

„Da sind aber Ihre Fingerabdrücke drauf!“, mischte sich Willi Früh ein. Er bluffte, denn man hatte das Geld noch nicht erkennungsdienstlich untersucht.

„Mag sein, dass ich es angefasst habe, aber es ist dennoch nicht meines!“

„Wissen Sie, woher das Geld stammt?“

„Also ich habe es vom Bankautomaten geholt, ich kann Ihnen sogar zeigen, wo!“

„Das Geld hier, das man in Ihrer Geldbörse gefunden hat, stammt aus dem Überfall auf den Supermarkt am letzten Sonntag. Also nochmal, wo waren Sie am letzten Sonntag zwischen zwölf und zwei Uhr?“

Langsam dämmerte es Ramelow, um was es ging. Er schüttelte nun energisch den Kopf.

„Nein, nein! Damit hab ich nichts zu tun! Nein!“, sagte er kopfschüttelnd.

„Kennen Sie einen Pavel Prpic?“, fragte Carsten Dombrowski.

„Den kennt doch jeder! Der hat sich doch jeden Tag auf dem Schulhof rumgeschlichen, um seine Geschäfte zu machen!“

„Auch mit Ihnen? Welche Geschäfte, zum Beispiel?“

„Naja, hin und wieder ein bisschen Koks. Oder Amphetamine! Aber das haben die meisten in der Klasse gemacht!“

„Der Braun auch?“

„Der Brownie? Nein, der war ein Computer-Rambo, der brauchte so etwas nicht!“

„Sie haben ja sicher mitbekommen, dass er getötet wurde.“

„Ja, am Dienstag hat es uns der Grabowski gesagt. Sogar für so was war der zu blöd!“

„Und Sie? Haben Sie es besser gemacht?“, fragte Meininger und zeigte wieder auf die Tüte mit dem Geld.

„Ich habe damit nichts zu tun, verdammt!“

„Hat Ihnen Pavel Prpic auch Waffen angeboten?“

„Nein! Niemals! Warum denn?“

„Sie lügen! Natürlich hat er Ihnen Waffen angeboten! Alte Polizeibestände, günstig!“

„Nein verdammt, nein!“

„Wir haben Zeugen, die Sie mit Prpic in einer Kneipe am Bahnhof gesehen haben. Dort hat er Ihnen die Waffen in einer Einkaufstüte übergeben! Geben Sie es endlich zu, Mann!“

„Ich sage gar nichts mehr! Nichts mehr! Ich will einen Anwalt!“, brüllte Ramelow und schwieg fortan.

Meininger gab seinen Kollegen ein Zeichen, dass er sich mit ihnen zurückziehen und beraten wollte. Also verließen sie den Raum.

„Ein schwerer Brocken! Aber den kriegen wir bis morgen früh weich!“, sagte Carsten Dombrowski.

„Ich weiß nicht, ich habe da so meine Zweifel!“, warf Gerhard Meininger zweifelnd ein.

„Du glaubst also, dass der da nichts mit der Sache zu tun hat?“

„Ich bin mir nicht sicher, aber das gefaltete Geld ist für mich der Knackpunkt. Das machen die tatsächlich so. Warum sollte er ausgerechnet seine Gewohnheit bei geraubtem Geld ändern. Stellt sich die Frage, wie er zu dem Geld gekommen ist. Da müsste ja gerade einer dem Kerl die Geldbörse geklaut und das Geld ausgetauscht haben!“

„Das klingt aber höchst unwahrscheinlich!“, sagte Willi Früh.

„Wo sind denn unsere beiden Kollegen?“, fragte Meininger.

„Max ist sicherlich nach Hause gegangen und der Christian auch, weil wir so spät gekommen sind!“, antwortete Willi Früh.

„Also gut, dann sperren wir den da bis morgen früh weg. Der Haftrichter soll dann entscheiden, was weiter geschieht“, sagte Gerhard Meininger gähnend.

Es war nun nach elf Uhr geworden. Der lange Arbeitstag forderte von den Kriminalbeamten seinen Tribut.

Eigentlich wollte Killer schon längst wieder weg sein. Nachdem er und seine Schulkollegen aus Spanien ausgewiesen und nach Deutschland ausgeflogen worden waren, fuhren er und Dose sofort in ihren Keller. Das hatte den Vorteil, dass in ihrer näheren Umgebung zunächst niemand wusste, dass beide schon zurück in Deutschland waren. Die Sache mit dem Russen Ramelow hatte hervorragend geklappt. Killer hatte ihm kurz nach der Ankunft auf Mallorca K.O.- Tropfen ins Bier gekippt. Daraufhin musste Ramelow in sein Zimmer gebracht werden. Dabei hatte Killer seine Geldbörse entwendet und das darin befindliche Geld mit Scheinen aus dem Überfall getauscht. Wenn die spanischen Behörden korrekt arbeiteten, dann fielen ihnen sicherlich die markierten Geldscheine auf. Sollte dies der Fall sein, dann saß Ramelow zuerst einmal in der Falle, aus der er nur schwer herauskam, da er schon mehrfach vorbestraft war. Die Zeit, bis Killers Schwindel aufflog, wollte dieser für die Flucht ins Ausland nutzen. Aber der Klotz an seinem Bein war sein Komplize Dose. Dieser lag gerade auf dem Sofa und jammerte, weil ihm seine Drogen, die er von Pavel Prpic bezogen hatte, ausgegangen waren.

Für Killer wurde dieser Junkie immer mehr zum Problem. Deshalb nahm er nun seine Waffe in die Hand und drückte zweimal ab, es waren die letzten beiden Patronen, die er auf Dose abfeuerte. Der lag nun tot auf dem Sofa. Killer wischte die Waffe mit einem Tuch ab und legte sie neben Dose auf den Boden, sodass es später aussah, als habe sich dieser selbst umgebracht. Killer erledigte dieses Vorhaben ohne jegliche Skrupel, er hatte sein Ziel erreicht und Dose hatte als Werkzeug für ihn ausgedient. Alles spielte sich wie in einem Film bei ihm ab. Dann packte er das Geld zusammen und verstaute es in einem Koffer. Er wollte es in einem Versteck deponieren und später abholen, wenn Gras über die Sache gewachsen war. Den Keller selber wollte er anzünden, sobald er sich auf den Weg machte.

Dazu hatte er schon zwei Kanister mit Benzin bereitgestellt. Gerade als er sich an das Öffnen der Kanister machte, hörte er draußen auf der Treppe Schritte. Offensichtlich ging einer der Musiker in den Proberaum. Da Killer nicht beim Verlassen des Gebäudes gesehen werden wollte, verschloss er den Kanister wieder und setzte sich zurück auf das Sofa. Er wollte warten, bis der Musiker wieder ging. Nach einer halben Stunde waren weitere Schritte auf der Treppe zu hören. Es kamen also noch mehr Leute. Was war los? Hatten die mal wieder eine von ihren Jamsessions da drüben? Das hätte Killer gerade noch gefehlt, denn so eine Sause bei denen dauerte nicht selten bis in die frühen Morgenstunden. Na gut, dann hieß es halt warten, auch kein Problem. Killer packte sein Tablet aus und begann wie schon so oft, einen Ego-Shooter zu spielen. Da er dabei Kopfhöher aufgesetzt hatte, bekam er den Lärm vor der Tür nur am Rande mit. Zwischendurch stand er auf und holte sich ein Bier aus einer Kiste, die Dose im Supermarkt geholt hatte. Als er zurück zum Sofa ging, fiel ihm auf, dass sich jemand an der Türklinke zu schaffen machte und ihm wurde bewusst, dass er vergessen hatte, die Tür abzuschließen. Killer griff nach einem Nageleisen, das er in der Ecke fand und stellte sich hinter die Tür. Im nächsten Augenblick hörte er das Gekicher von ein paar Mädchen auf der Treppe und er sah, wie der Türgriff wieder losgelassen wurde. Zur Sicherheit stellte Killer das Nageleisen hinter der Tür griffbereit ab, falls noch einmal jemand versuchen sollte, in den Raum einzudringen. Abschließen wollte er nun nicht mehr, sonst wäre den Leuten draußen aufgefallen, dass er anwesend war. Zur Vorsicht löschte er das Licht. Dann setzte er sich wieder auf das Sofa und spielte weiter. Immer wieder beobachtete er im Augenwinkel die Türklinke. Bei der Dunkelheit ermüdeten seine Augen sehr schnell, da der Bildschirm des Tablets die einzige Lichtquelle war. Er lehnte sich zurück und schloss kurz die Augen, weil sie brannten. Als er sie wieder öffnete, bemerkte er, wie sich die Türklinke abermals bewegte. Er stand sofort auf und trat hinter die Tür. Diese wurde nun langsam geöffnet und eine Gestalt trat herein. In der Dunkelheit konnte Killer nicht erkennen, wer das war. Die Person zog die Tür hinter sich zu und wollte gerade ein Licht einschalten, da schlug Killer zweimal hart zu. Der Mann brach mit einem Stöhnen sofort zusammen. Jetzt schaltete Killer seinerseits das Licht an und schloss ab, damit nicht noch mehr ungebetene Gäste eindrangen. Der Mann lag reglos auf dem Boden, Blut rann vom hinteren Teil des Schädels auf den Boden. Killer fesselte und knebelte den Mann zur Vorsicht mit einem Klebeband. Dann untersuchte er ihn, ob er eventuell ein Polizeispitzel war. Da er aber weder eine Waffe noch andere Polizeiutensilien bei sich hatte, ging Killer davon aus, dass es sich um einen Dieb handelte, der die Gelegenheit nutzen wollte, bei ihm im Keller eventuelle Wertgegenstände zu finden und mitzunehmen. Der hatte er sich aber getäuscht, denn er musste diese Aktion teuer bezahlen, mit seinem Leben nämlich. Killer setzte sich nun wieder seelenruhig auf sein Sofa und spielte weiter. Hin und wieder kam ein Stöhnen von dem Eindringling herüber. Hätte er nicht die beiden letzten Patronen für seinen Komplizen Dose verschossen, sondern nur eine, dann wäre der da längst tot. Vollends erschlagen wollte er den Mann auch nicht, denn sonst könnten Blutspuren an seiner Kleidung anhaften, die ihn noch verraten könnten. Inzwischen war es vor der Tür nämlich extrem ruhig geworden, also hatte er die Hoffnung, dass er in den nächsten Minuten aufbrechen konnte. Vorsorglich öffnete er einen der Benzinkanister.

Der Wecker zeigte genau drei Uhr fünfundzwanzig, als Gerhard Meininger vom Läuten des Telefons geweckt wurde. Der Apparat stand eigentlich im Wohnzimmer, sodass er im Schlafzimmer nicht gehört werden konnte, aber in dieser Nacht standen alle Türen offen, um die Wärme des Tages aus der Wohnung zu bekommen. Schlaftrunken hob er den Hörer ab und meldete sich.

„Gerhard, bist du zu Hause?“, fragte eine weibliche Stimme.

Zunächst erkannte er die Frau nicht, denn er war noch nicht richtig wach.

„Ja, warum?“, fragte er unsicher.

„Ich bin es, die Gaby. Der Christian ist noch nicht zu Hause und ich mache mir Sorgen. Ist er nicht mit euch nach Hause gegangen?“

Nun dämmerte es Meininger. Es war die Frau seines Kollegen Christian Fromm, die besorgt anrief.

„Ja, ist denn der nicht schon um acht Uhr nach Hause gegangen? Als wir vom Flughafen kamen, war er nicht mehr im Büro!“

„Nein, er ist bis jetzt nicht zu Hause! Es wird doch nichts passiert sein!“, antwortete die Frau mit weinerlicher Stimme.

„Er ist ja nicht alleine unterwegs, es ist ja der Kollege Rilling bei ihm!“, beruhigte Meininger die Frau.

„Ja, aber du weißt ja selber, wie schnell was passiert, auch wenn ihr zu zweit seid!“

Da wusste Meininger sehr wohl, war er doch mit dem Kollegen Rilling Opfer einer Entführung gewesen und dabei knapp dem sicheren Tod entronnen. Nun war er hellwach und begann nachzudenken.

„Ich kümmere mich um die Sache und melde mich, sobald ich etwas weiß!“, beruhigte er die Frau.

Inzwischen war seine Frau ebenfalls aufgewacht und sah ihn fragend an.

„Der Christian ist noch nicht zu Hause. Ich war der Ansicht, dass er und Max Rilling Feierabend gemacht haben, während wir diesen Russen am Flughafen abholten", sagte er mehr zu sich selbst. Dann kramte er die Visitenkarte seines jungen Kollegen hervor und rief auf dessen Privatanschluss an. Niemand hob ab, entweder war Rilling bei Freunden oder er war mit Fromm unterwegs. Langsam machte sich Gerhard Meininger Sorgen um seine Kollegen. Er zog sich nun rasch an und richtete sich zur Abfahrt in die Dienststelle. Seine Frau lehnte mit verschränkten Armen am Türrahmen und sah ihren Mann stumm an. Sie konnte sich in die Situation von Christian Fromms Frau hineinversetzen. Das Schlimmste war die Hilflosigkeit und das endlose Warten. Gerhard Meininger küsste seine Frau zum Abschied und fuhr eilends nach Reutlingen. Kaum war er dort angekommen, klingelte sein Handy. Es war Max Rilling, der ihm mitteilte, dass er kurz nach dem die Kollegen nach Stuttgart aufgebrochen waren, Feierabend gemacht hatte. Kriminalkommissar Christian Fromm hatte sich zu dem Zeitpunkt noch einmal das Bewegungsprofil von diesem Alfred Braun angeschaut. Rilling vermutete, dass Fromm noch einmal auf den Parkplatz des Supermarktes gefahren war, an dem sich die Täter vermutlich trafen. Max Rilling selber wollte sobald als möglich in die Dienststelle kommen, um Meininger bei der Suche nach Fromm zu unterstützen. Das dauerte diesem aber zu lange. Meininger setzte sich an den Schreibtisch seines Kollegen und versuchte, den Computer in Gang zu bringen. Dies klappte aber nicht, da Fromm ein Passwort eingerichtet hatte, das Meininger nicht kannte. Auf dem Schreibtisch fand er keinerlei Hinweise, wo Fromm hingegangen sein könnte. Als großes Problem stellte sich nun die Polizeireform der Landesregierung heraus. In früheren Zeiten war immer einer von seinen Kollegen als Kommissar vom Dienst in der Nacht anwesend gewesen. Nachdem die

Reviere Esslingen, Göppingen und Reutlingen zusammengelegt worden waren, hatte jeweils ein Kollege von einem Revier Nachtdienst und der saß in dieser Nacht in Göppingen. Gerhard Meininger rief bei der zentralen Rufstelle der Polizei an, um zu fragen, ob sich Christian Fromm abgemeldet hatte, bevor er sein Dienstfahrzeug verlassen hatte, wie es eigentlich Vorschrift war. Der Kollege gab ihm zur Auskunft, dass Fromm keinerlei derartige Funksprüche getätigt habe. Es bestehe aber die Möglichkeit, sein Funkgerät zu orten, wenn es denn eingeschaltet sei. Meininger erläuterte dem Mann die Erkenntnisse, sodass dieser umgehend eine Ortung vornahm. Das war bei allem Vorbehalt Meiningers gegenüber der neuen Digitalfunktechnik der große Vorteil. Man konnte von der zentralen Funkstelle aus alle in Betrieb befindlichen Funkgeräte recht genau orten. Es dauerte wenige Augenblicke, da meldete sich der Kollege wieder und teilte Meininger mit, dass das Funkgerät, das Fromm mitgenommen hatte, sich in der Storlachstraße befinden müsse. Der genaue Standort müsse ungefähr gegenüber dem Gebäude zwanzig sein. Meininger rief sofort die Kollegen vom Streifendienst an und forderte Verstärkung, denn er wusste nicht, was ihn dort erwartete. Er steckte seine Dienstwaffe ein und machte sich auf den Weg in die Storlachstraße. Nachdem er die am Anfang der Straße befindliche Tankstelle passiert hatte, fuhr er langsam die Straße entlang, um nach dem Dienstwagen, den Christian Fromm benutzt hatte, Ausschau zu halten. Und da, zwischen zwei geparkten LKW, stand der silberne Wagen. Meininger hielt sofort an und sah nach, ob das Fahrzeug verschlossen war. Mit einer Taschenlampe leuchtete er in das Innere, um nachzuschauen, ob er das Funkgerät entdecken konnte. Da er es nicht sah, öffnete er mit einem Zweitschlüssel, den er zuvor in der Dienststelle an sich nahm, den Kofferraum. Dort befand sich eine Art Tresor, in dem die Beamten Wertgegenstände und andere wichtige Dinge deponieren konnten. Meininger öffnete den Behälter und sah sofort die Dienstwaffe Fromms. Er hatte also alles im Auto deponiert, was ihn als Kriminalbeamter erkennen ließ. Wo war Christian Fromm hingegangen? In der näheren Umgebung gab es nichts, was ein solches Vorgehen rechtfertigen würde. Meininger verschloss den Wagen wieder und ging die Straße entlang in Richtung der Mittnachtstraße. Er erinnerte sich dunkel, dass sich gegenüber dem Supermarkt ein Getränkeabholmarkt befand, in dem eine Kneipe untergebracht war. Dorthin ging er nun mit schnellen Schritten. Er meldete sich dabei stets über Funk bei der Zentrale, nicht dass ihm auch noch dasselbe Schicksal widerfuhr, wie seinem Kollegen. Zu seiner Enttäuschung war die Kneipe geschlossen, Ruhetag! Also ging er hinüber zum Parkplatz, um zu sehen, ob sich dort eventuell Personen befanden, die er nach dem Verbleib von Christian Fromm fragen konnte. Dort war aber niemand mehr anwesend. Irgendwo her hörte er aber das Wummern eines Basses. Er ging zurück in die Storlachstraße und horchte in die Nacht. Dann sah er, wie ein paar junge Leute die Straße entlang gingen. Einer vor ihnen trug einen Gitarrenkoffer. Meininger holte die Gruppe ein.

„Hallo Leute! Entschuldigt die Frage, aber habt ihr gerade hier irgendwo Musik gemacht?"

„Das ist zwar schon eine Weile her, aber es stimmt", sagte eine junge Frau sichtlich besäuselt.

„Und wo war das genau?"

„Da drüben im Lagerschuppen. Durch das Gatter in den Hinterhof und dann in den Keller, es sind noch ein paar Leute da!", sagte einer der jungen Männer.

„Jop und Bier hat es auch noch!", ergänzte die Frau.

Das könnte erklären, warum Fromm seine Waffe und sein Funkgerät im Auto deponiert hatte.

Aber was wollte er bei einem Konzert einer Band finden? Den anderen Täter vielleicht? Meininger ging die

Straße entlang zu dem großen Lagerschuppen, der in der Nacht nur als Schatten sichtbar war. Wieder meldete er sich bei der Funkzentrale. Der Kollege dort teilte ihm mit, dass zwei Streifenwagen mit insgesamt acht Beamten unterwegs seien und in wenigen Minuten bei ihm eintreffen würden. Meininger bat den Einsatzleiter, diskret anzufahren, um die eventuellen Täter nicht aufzuschrecken und das Leben von Christian Fromm nicht zu gefährden. In der dunklen Nacht tastete sich Meininger in Hof der Lagerhalle vor. Keine Lampe brannte, deshalb nahm er sein Handy und benutzte es als Taschenlampe. Durch ein großes Gatter kam er in eine Art Verschlag, unter dem ein Wohnmobil untergestellt war. Er durchquerte den Verschlag und kam auf einen anderen Hof, den man nur von der Luft aus einsehen konnte. Wenn Christian Fromm ebenfalls hier war, hatte er denselben Gedanken, wie Meininger: ein ideales Versteck. Vor einer Rampe stand ein aus einem halb durchgesägten Ölfass gefertigter Grill. Um ihn herum saßen ein paar Leute in Campingstühlen und dösten vor sich hin. Neben ihnen standen einige Flaschen, die von üppigem Alkoholgenuss zeugten. Meininger ging an ihnen vorbei, ohne dass jemand Notiz von ihm nahm. Wie Bankräuber und Mörder sahen die aber nicht aus! Er stieg eine wackelige Holztreppe hinauf und ging ins Innere des Schuppens. Sofort stach ihm der modrige Geruch von alten Kleidern in die Nase. Ein mit Pressspanplatten gesäumter Gang führte ihn zu einer Treppe, die in den Keller führte. Unten roch es nach kaltem Rauch und Moder. Er sah nach seinem Eintreten in einen Raum mit einer Bar, an dem einige Leute lehnten, mehr oder weniger betrunken. Er grüßte freundlich und ging weiter zum nächsten Raum, aus dem laute Musik drang. Vor dem Eingang lag auf einer abgewetzten Sitzgruppe ein Mann und schlief. Im Inneren des Raumes befanden sich etwa zehn Personen. Keiner der Anwesenden war aber Gerhard Meiningers Kollege. Er trat ein und wurde sofort neugierig beäugt, denn er war wahrscheinlich der Einzige, der nüchtern war. Meininger ging an die Bar und fragte einen älteren Mann, der Bier ausgab, ob ihm ein Mann aufgefallen war, der nicht unbedingt wie ein Musiker aussah. Der Mann zuckte nur mit der Schulter und schüttelte den Kopf. Was sollte Christian Fromm auch hier gesucht haben? Als Versteck wäre der Keller ideal, aber keiner der Anwesenden machte den Eindruck eines Gewaltverbrechers. Enttäuscht verließ er den Raum. Als er gerade die Treppe wieder nach oben gehen wollte, sah er neben einer Aufzugstür einen weiteren Eingang. Er ging nun in den Raum gegenüber an die Bar.

„Tag Leute, was befindet sich denn hinter der Tür dort?“, fragte Meininger einen der Männer.

„Schrott! Alteisen! Elektroschrott!“, sagte der kurz angebunden.

„Wem gehört das? Ist da einer da?“

„Nö, die sehen wir ganz selten.“

Also wieder nichts. Sichtlich geknickt ging er die Treppe hinauf ins Freie. Er durchquerte mit hängendem Kopf den Verschlag, um seinen dort wartenden Kollegen seinen Misserfolg mitzuteilen.

„Da unten halten sich ein paar harmlose Musiker auf und außerdem stinkt es nach Moder, alten Klamotten und Benzin! Ich glaube nicht, dass unser Kollege dort zu finden ist!“, teilte er dem Einsatzleiter enttäuscht mit.

„Nach Benzin? Ist doch etwas merkwürdig, oder?“, fragte der Einsatzleiter nach.

„Hab ich Benzin gesagt? Ist mir gar nicht aufgefallen!“, antwortete Meininger und stutzte.

Wo hatte er nur Benzin gerochen? Na klar, als er die Treppe hochstieg, meinte er Benzingeruch wahrgenommen zu haben.

„Einsatzklar machen, mir folgen!“, rief er und streifte sich eine schusssichere Weste über.

Im Laufschritt und trotzdem leise durchquerten die Beamten den Verschlag. Vor dem Grill hatte sich keiner bewegt, alle schliefen bereits. Vorsichtig erklommen die Einsatzkräfte die Rampe. Meininger erklärte ihnen halblaut den Weg nach unten. Dann liefen sie die Treppe hinunter und bauten sich vor dem Proberaum auf. Meininger ging zu den Männern an der Bar und deutete ihnen an, dass sie sich unauffällig verhalten sollten. Dann ging alles sehr schnell. Mit einem Rammwerkzeug wurde die Tür des Raumes gegenüber aufgestoßen und das Kommando stürmte hinein. Kriminalhauptkommissar Gerhard Meininger folgte dem Kommando und sah sofort seinen Kollegen am Boden liegen. Zu seiner großen Erleichterung atmete dieser noch, obwohl er am Kopf schwer verletzt war. Das Einsatzkommando hatte einen Mann überwältigt, der nun mit Rasterbändern gefesselt am Boden lag und vor Schmerzen brüllte. Der Benzingeruch stammte von einem Kanister, der geöffnet neben der Tür stand.

„Auf dem Sofa da drüben befindet sich die Leiche eines jungen Mannes. Daneben hat diese Waffe gelegen. In der Reisetasche befindet sich eine große Menge Bargeld!", berichtete einer der Beamten.

Gerhard Meininger hatte zunächst den Rettungsdienst verständigt, damit dieser seinen Kollegen Erstversorgen und ins Krankenhaus bringen konnte. Dann sah er nach dem Toten, der auf einem abgewetzten Sofa lag. Das Gesicht kam ihm bekannt vor, ohne dass er es einordnen konnte. Noch immer lag der festgenommene Mann auf dem Boden und jammerte, weil die Beamten ihn zu Boden drückten. Meininger gab ein Zeichen, den Kerl auf die Beine zu stellen. Auch sein Gesicht erkannte er, und zwar sofort. Es war Ruben Blankenhorn, der Sohn des Kollegen, der auf Meininger sauer war. Kriminalhauptkommissar Gerhard Meininger trat dem jungen Mann gegenüber und verpasste ihm eine schallende Ohrfeige.

„Du dreckige Rotznase!“, schrie er.

Vor dem Eingang hatten sich nun alle Musiker versammelt und starrten ungläubig auf das Szenario. Wenig später trafen Max Rilling und Carsten Dombrowski ein. Dombrowski starrte mit offenem Mund den Sohn seines Kollegen an. Als dann auch noch Thomas Maier von der Spurensuche auftauchte, verließen alle anwesenden Beamten den Einsatzort. Blankenhorn wurde sofort in Untersuchungshaft genommen. Gerhard Meininger, Carsten Dombrowski und Max Rilling fuhren ins Krankenhaus, um sich nach dem Gesundheitszustand ihres Kollegen zu erkundigen.

Am anderen Morgen wurde Blankenhorn dem Haftrichter vorgeführt. Bevor der Richter überhaupt mit der Vorlesung der Anklageschrift beginnen konnte, verlangte Blankenhorn alias Killer einen Arzt. Er behauptete, bei seiner Festnahme in der Nacht von einem Kriminalbeamten misshandelt worden zu sein. Kriminalhauptkommissar Gerhard Meininger, der ebenfalls anwesend war, berichtete, dass sich der Beschuldigte bei seiner Festnahme zur Wehr gesetzt hatte und somit mit einer gewissen Verletzungsgefahr zu rechnen gehabt habe. Der Anwalt von Blankenhorn beharrte aber auf einer Untersuchung, sodass die Verlesung der Anklage verschoben werden musste. Dies gab Meininger die Gelegenheit, noch einmal ins Krankenhaus zu fahren, um sich nach dem Gesundheitszustand seines Kollegen zu erkundigen. In der Nacht hatten Meininger und seine Kollegen umsonst auf ein Ergebnis gewartet, da sich die Untersuchung der Verletzungen zu sehr in die Länge zog. Zu seiner Erleichterung bekam er die Auskunft, dass außer ein paar Platzwunden und einer Gehirnerschütterung keine schwereren Blessuren festzustellen waren, sodass Kriminalkommissar Christian Fromm in den nächsten Tagen wieder zum Dienst erscheinen konnte. Am Nachmittag fand nun die erneute Vorführung von Blankenhorn beim Haftrichter statt. Nachdem keine größeren Spuren von Verletzungen, die von der Festnahme stammen sollten, festgestellt werden konnten, begann die Vernehmung des Angeklagten.

Dieser erzählte in einer Seelenruhe von der Planung bis zur Ausführung seiner Taten, als handele es sich um ein alltägliches Abenteuer. Kennengelernt hatte er Susanne Schnitzler als Zivildienstleistender am Krankenhaus in Nürtingen. Er litt unter ihrer herrischen Art. Schnell fand er heraus, dass die Schnitzler ihr Auto unverschlossen auf dem Parkplatz abstellte. Auch wusste er, dass sie einen Ersatzschlüssel hinter der Sonnenblende in ihrem Auto deponiert hatte. Dieser Umstand half ihm beim Beschaffen eines Fluchtfahrzeugs. Der Überfall auf die Bank am Postareal in Reutlingen scheiterte, weil der Zufall es wollte, dass Susanne Schnitzlers Mutter am selben Tag einen Arzttermin im selben Gebäude wahrgenommen hatte. Blankenhorn parkte das gestohlene Auto neben dem des alten Schnitzlers. Der erkannte das Fahrzeug seiner Tochter an der Beschädigung der Beifahrertür und brüllte die beiden Insassen sofort an. Daraufhin erschoss Blankenhorn den alten Schnitzler kaltblütig und änderte seinen Plan. All das erzählte er mit einer stoischen Ruhe. Er wollte so seine Überlegenheit gegenüber den vernehmenden Beamten demonstrieren.

Meininger beeindruckte dieses Verhalten überhaupt nicht, denn in seinen vielen Dienstjahren waren ihm solche

Burschen schon öfter begegnet. Wenn die Kerle erst einmal eine Weile hinter Gitter saßen, änderte sich meist ihr Verhalten. Nicht wenige von ihnen heulten Rotz und Wasser, wenn sie Besuch von Eltern oder Verwandten bekamen. Wieder einer, dachte der Hauptkommissar. Aber einer, der ihn in seiner Kaltblütigkeit erschreckte, der ihm ein wenig Angst machte, was da noch auf sie zukommen konnte. Sie waren nur die Polizei. Sie kamen, wenn es brannte. Das Zündeln taten andere und wussten es vielleicht nicht einmal.